燕赵秀林丛书·艺术

冀艺青评

燕赵秀林文艺评论人才作品选

河北省文艺评论家协会 编著

河北出版传媒集团

花山文艺出版社
河北·石家庄

图书在版编目（CIP）数据

冀艺青评：燕赵秀林文艺评论人才作品选 / 河北省文艺评论家协会编著. -- 石家庄：花山文艺出版社，2025.3. --（燕赵秀林丛书）. -- ISBN 978-7-5511-7442-8

Ⅰ. I206.7-53

中国国家版本馆CIP数据核字第2024S4Z957号

丛 书 名：燕赵秀林丛书·艺术
书 　　名：冀艺青评——燕赵秀林文艺评论人才作品选
　　　　　　JI YI QING PING——YANZHAO XIU LIN WENYI PINGLUN RENCAI ZUOPIN XUAN
编 　　著：河北省文艺评论家协会
出 品 人：郝建国
选题策划：李　彬
责任编辑：王安迪
责任校对：杨丽英
美术编辑：陈　淼
出版发行：花山文艺出版社（邮政编码：050061）
　　　　　　（河北省石家庄市友谊北大街330号）
销售热线：0311-88643299/96/17
印 　　刷：石家庄海德印刷有限公司
经 　　销：新华书店
开 　　本：700毫米×1000毫米　1/16
印 　　张：18.5
字 　　数：240千字
版 　　次：2025年3月第1版
　　　　　　2025年3月第1次印刷
书 　　号：ISBN 978-7-5511-7442-8
定 　　价：68.00元

（版权所有　翻印必究·印装有误　负责调换）

序言

人才兴则事业兴、人才强则国家强，人是事业发展最关键的因素。文艺事业要实现繁荣发展，就必须培养人才、发现人才、珍惜人才、凝聚人才，培育造就大批德艺双馨的文学艺术家和规模宏大的文化文艺人才队伍，构建出成果和出人才相结合的工作格局。

为了进一步推动文艺人才培养和队伍建设，打造一支德艺双馨的文艺冀军，河北省坚持以习近平文化思想为指导，组织实施了文艺名家推出工程、中青年文艺人才"秀林计划"、文艺后备人才"春苗行动"、文艺名家情系河北"故乡创作计划"，构建起文艺人才培养的四梁八柱，形成了老中青梯次衔接、省内外交相辉映的文艺人才格局。在各界共同努力下，河北的文艺人才如雨后春笋般不断涌现，全省文艺事业呈现出蓬勃发展的繁荣景象。

作为中青年文艺人才"秀林计划"的重要内容，省委宣传部会同省文联、省作协开展了"燕赵秀林丛书"的编辑出版工作，将按照"一人一书"或者"一类一书"的原则，为我省优秀中青年人才出版代表性作品，并配套开展作品研讨、专场演出、展览展示和媒体宣传等活动，形成文艺人才培养、宣传、使用一体化格局，努力推动更多优秀中青年人才脱颖而出，在新时代的文艺道路上挑大梁、当主角。首批图书，将为11位青年作家各出版一部文学作品选集，并从戏剧、音乐、美术、曲艺、舞蹈、民间文艺、摄影、书法、杂技、影视、文艺评论等11个艺术门类中各遴选中青年艺术家代表，分别出版一部优秀作品合集。

　　青年是事业的未来。只有青年文艺工作者强起来，文艺事业才能形成长江后浪推前浪的生动局面。希望此次入选的中青年优秀人才，能以出版"燕赵秀林丛书"为新的起点，再接再厉、接续奋斗，立足河北丰厚的历史文化资源，聚焦中国式现代化在河北可视可感可行的火热实践，创作推出更多充满时代气息、具有河北特色的精品力作。也希望全省的作家、艺术家们，既秉持学习前人的礼敬之心，更树立超越前人的竞胜之心，增强自我突破的勇气，迈向更加广阔的创作天地，努力攀登新时代文艺新高峰！

丛书编委会

2024 年 9 月

目录 CONTENTS

◎ 崔立秋 ··· 001
 笨重与轻盈的奇妙世界
  ——关于铁凝《笨花》的对话 ·· 005
 徐光耀：蓦然回首，那人却在灯火阑珊处 ······························· 014
 史铁生：所谓天堂即是人的仰望 ·· 020

◎ 桫 椤 ··· 029
 经典作品与作家形象的网络传播与重塑
  ——以徐光耀为中心 ·· 033
 时代的同代人
  ——论贾大山 ·· 045
 论关仁山小说中的党员形象 ·· 060

◎ 王文静 ··· 067
 网络剧创作传播中对现实的虚化与聚焦 ···································· 070
 十年筑梦向峥嵘
  ——新时代网络文学发展回眸 ·· 087
 另一种史诗：《有生》的乡土经验、女性书写和抒情变奏 ··· 097

◎ 张红武 ……………………………………………………… 111
　"悲剧"与"崇高"
　　——兼评《下南洋》主题的位移与嬗变 …………… 115
　新时代河北省红色题材舞台演剧的话语表达与价值阐释 … 121
　宏大叙事与个体命运交相辉映
　　——评广播剧《中国赛道之：羊倌教练》………… 134

◎ 王亚芹 ……………………………………………………… 139
　数字时代文艺批评的"圈层化"与"破圈"之道 ……… 143
　从"身体美学"到"后身体美学"的范式转换及其内在逻辑 … 164

◎ 王雪松 ……………………………………………………… 183
　"呔"韵"行"腔，秀"外"慧"中"
　　——新时代冀东民歌的审美重建与传承 …………… 186
　家国诗意绘孤松，知心相携话大钊
　　——现代评剧《相期吾少年》的审美表达 ………… 200
　论音乐的"事件性" ……………………………………… 210
　承前启后　赓续华章　协同共进　文化共融
　　——评"百花迎春"中国文学艺术界2024春节大联欢 … 228

◎ 王志亮 ……………………………………………………… 233
　批判电视和电影
　　——理解录像艺术的两种媒介视角及其当代困境 … 236
　翻转剧场与反场所的异托邦
　　——参与式艺术的两种空间特性 …………………… 257

◎ 杨培伦 ……………………………………………………… 275
　"削足适履"还是"美美与共"
　　——中国舞蹈类综艺节目创作反思 ………………… 278

（按中青年文艺人才"燕赵秀林计划"入选年份及姓氏笔画排序）

一个批评家总是记住蒙田的箴告："我知道什么。"（李健吾）

崔立秋

　　崔立秋现任河北日报报业集团编委，文学博士，河北省作家协会副主席、河北省文艺评论家协会副主席。在《诗刊》《长城》《文学报》等报刊发表评论、散文、随笔若干，出版《凝望那一片遥远的完美》等著作，完成博士论文《东西文化汇流的精灵——莫言论》。曾获中国新闻奖、全国报纸副刊金奖、河北省文艺振兴奖等。获奖作品有报告文学《为了大地的丰收》、散文随笔《废墟上绽放的花朵》、文学评论《今夜，阅读文学从莫言开始》等。入选河北省文化名家暨"四个一批"人才工程、河北省"三三三人才"工程（二层次）、河北省宣传文化系统"四个一批人才"工程。2019年获批享受河北省政府特殊津贴专家。2022年获评燕赵文化名家。

个人感悟

在场批评,呼唤真诚和温度

一个时代有一个时代的文艺,一个时代也便有一个时代的文艺批评。我们常说,文艺批评是文艺创作的一面镜子、一剂良药,但是近年来深受"圈子批评""红包批评"等困扰,批评家在文坛的失语和缺席现象时有发生。进入新时代,打破批评的壁垒,呼唤在场批评和批评出圈,越来越成为当下文艺评论界讨论的热门话题。

批评为何失语?这与文艺批评在多大程度上融入了当下社会的日常生活密切相关。一些批评家对文坛不断涌现的新现象,因缺乏有效阐释的能力而主动规避,或者傲慢地视而不见。真正的批评家则不会割裂文艺作品与时代、与社会生活的联系,不会远离鲜活的文化现场。评论家谢有顺指出,尤其是面对从未被阐释过的作品,特别能检验一个人的眼光和能力,这要求评论家和作家都要有当代意识,不是只写当代题材,更要站在今天的立场和情境里与时代对话。

自20世纪90年代以来,互联网技术和手机移动端在很大程度上改变了传统文艺形态,催生了一大批新的文艺类型,也带来文艺观念和文艺实践的深刻变化。传播学家麦克卢汉说："任何媒介对个人和社会的任何影响都是由于新的尺度产生的，我们的任何一种延伸（或曰任何一种新的技术），都要在我们的事物中引进一种新的尺度。"电子媒介和视觉文化的兴起，使文艺及至社会文化面临着重大转型，然而文艺批评的滞后在一定程度上影响了当代文艺的繁荣。我们要适应新时代的形势发展，把文艺批评置于社会生活和当代文艺创作实践之中，呼唤一种在场的批评，与文艺创作构成新型的审美对话关系。

最近，出圈成为社会的热词。如果说在场是批评的向内转，那么出圈则是批评的向外转。当下文艺批评大体可分三大类：学院批评、媒体批评（网络批评）、协会批评。所谓批评的出圈，首先就要打破这三类批评各自的樊篱和壁垒，批评家们不要自说自话，而要百家争鸣，进行多元对话。

此外，文艺批评的出圈，还要实现从文艺向文化的转向。今天，占据大众文化生活中心的已经不是小说、诗歌、散文、戏剧、绘画等经典的传统艺术门类，而是一些休闲时尚、网络游戏等新兴的泛审美文化艺术，这种大众文化及日常生活审美化，促使文艺批评走向多元开放的跨学科研究方法。这种文化的越界与扩容，也呼唤批评的出圈。

在当下这样一个呼唤在场批评或曰批评出圈的时代，我们怎样做一个批评家呢？

首先，批评需要真诚。鲁迅先生在《南腔北调集》中说："批评必须坏处说坏，好处说好，这样才对作者有益。"然而，我们现在很多的文艺批评要么是片面地放大作品的坏处，即所谓的棒杀；要么就是片面地夸大作品的好处，即所谓的捧杀。我认为，这两种批评的真诚性都是值得怀疑的。这些所谓的批评要么是为了吸引读者的眼球，要么就是在批评中杂糅着利益与人情因素。当下文艺批评公信力缺失，已经成为文艺界所面临的一个极为严峻的问题。因此我认为，批评应当将真诚放在第一位。

其次,批评要有温度。批评要有温度并不是说批评只能说好不能说坏,而是说批评的出发点应该是善意的,是一种有建设性的批评。就像鲁迅先生所说的"对作者有益"的批评。谁能说医生的手术刀是冰冷的?虽然手术的时候会有鲜血流出,虽然病人会有彻骨的疼痛,但是医生的目的只有一个,那就是治病救人。真正有效的批评应当像一把带有情感温度、思想深度以及人文关怀的手术刀,准确找到作品的切口将其剥开,释放出一针见血、直抵人心的力量。所谓的温度还有一层意思是,批评家要始终保持对文学的激情、对生活的激情,只有这样,批评家才能写出有温度的文字来。文艺批评也是一种文艺创作,它不是文艺作品的附庸,它和文艺作品一样,也是一种需要激情、需要温度、需要情怀的创造性劳动。罗兰·巴特倡导一种零度的写作,王国维把文章分为有我之境和无我之境。我认为,零度写作也是一种温度,无我之境也是"我"之一种,它们都包含着一种态度、一种批评观。

最后,文艺批评要从文本出发。中国传统的鉴赏式批评和英美新批评都十分强调从文本出发,注重文本细读。文本批评是所有批评理论的起点。我个人认为,中国当代文艺理论与批评有一项重要的任务就是需要加强文本细读的训练。其实文本细读并不否定文艺史的视角,也不排斥文艺批评的方法。我觉得文艺批评研究仍然需要以文本细读为基础和出发点。离开文本批评的批评不是真正的文艺批评,不以读者身份出现的批评家不是真正的文艺批评家。

笨重与轻盈的奇妙世界
——关于铁凝《笨花》的对话

【2005年，中国文坛上一些深受读者喜爱的作家们，像王蒙、贾平凹、余华、史铁生、毕飞宇、阿来等人，都纷纷推出了自己的新作。作家铁凝也推出了自己潜心六年、三易其稿的长篇小说《笨花》。这部作品一改铁凝以往关注女性命运、注重个人情感开掘的基调，以冀中平原上一个小村子的生活为蓝本，将中国20世纪前半叶那段变幻莫测、跌宕起伏、难以把握的历史巧妙地融于"凡人凡事"之中。其时代风云的繁复波澜，世态风情的生动展示及人物命运在偶然中的必然、在必然中的偶然，均被作者精巧地糅为一体。这部小说好看而不流俗，耐看而不艰涩，扎实而不冗赘，堪称铁凝迄今为止最具分量的长篇力作。】

崔立秋：《笨花》是您在《大浴女》出版之后，潜心六年完成的一部长篇小说。这部作品一改您以往关注女性命运，注重个人情感开掘的基调，描写了清朝末年到20世纪40年代中期，冀中平原上一个叫笨花的村子，以及这个村子中向家几代人的命运。时代风云的瞬息万变，冀中平原风土人情的原生态呈现，众多人物命运的起伏跌宕，使读者在阅读过程中很快就能感觉到这部小说的厚重感和历史气息。您的前三部长篇小说《玫瑰门》《无雨之城》《大浴女》都是写城市题材，为什么《笨花》会突然从城市题材转移到历史题材呢？这部小说最初的创作动机是什么呢？

铁凝：所以要写这样一部小说，是因为很多年以来，总有那么几个人在我心里挥之不去。比如小说中的向喜、向文成、向桂、同艾等，他们在《大浴女》写作之前就已经存在了。我觉得他们非常宝贵，我珍爱他们，不想把他们轻易抛出。而且，当时我也没有把握把他们写好，我觉得自己还不具备那个能力。因此，我只能把这些人物储存在心中，对他们进行培育，这是主动的、创造性的培育，而不是简单的、被动的存放。直到现在，我觉得他们丰满了，我也有能力创作他们了，才把他们端出来，呈现在读者面前。

其实这部小说也写到了城市，是农村和城市交叉着写的，只是这里的城市不是现代的城市，而是20世纪二三十年代的旧城市。关于创作题材的转变，我对20世纪那段变幻莫测、难以把握的历史感兴趣，那是中国近代史中特别的一段，俗话说的"乱世"吧。我内心储藏了很多年的这些人，他们就活在那段历史中，我必须尊重他们生存的背景。我觉得每个人是有他的一些生存、生长的根基和依托的，这个乱世可以给他的生命，给他的生活、生存、命运带来一些偶然和一些必然的变化。正是因为有了那段历史，他们这些人才有所依附，才不是来无影去无踪的。那段历史确实很难把握，但是正因如此，才更给了我一种带有挑战性的刺激，我觉得非常兴奋，我愿意去试着触摸和把握这段历史，或者说通过触摸这段历史去刻画活动在其中的一群中国凡人。

崔立秋：《笨花》这个题目挺有意思，也很吸引人。当前的文坛上，有一些作家不肯在作品的内容上下功夫，整天琢磨的就是给自己的书起一个能够吸引读者眼球的名字，大有语不惊人死不休的架势。如今，人们对那些讲究包装、策划的书名已经出现了审美疲劳，也不会再有那种一看书名就想拿起来翻翻的冲动。恰恰相反，现在人们倒是对《笨花》这种简单的、朴素的，甚至是非常平凡的书名产生了浓厚的兴趣，很想探究一下作者为什么会给书取这样一个名字。小说的故事发生在笨花村，很多情节的展开也与笨花有着密切的关联，这应该是您给这部小说取名"笨花"的原因。我想知道，除此之外，"笨花"这两个字在您的内心世界里是否还有某种更深层的含义？

铁凝：笨花是小说里的一个村名，这个村子既有我祖籍、冀中平原上一些村子的影子，也有我插队所在村子的影子，它就是冀中平原上非常普通的靠种棉花为生的一个小村子。"笨花"这个词不是我的创造，花是当地人对棉花的俗称，他们就管棉花叫花，笨花是指本地的棉花，洋花是外国品种。

"笨"和"花"这两个字让我觉得非常奇妙，我认为它们是非常凡俗的，也是最简单的两个字，但是它们组合在一起却意蕴无穷。如果说"花"是带着一种轻盈的想象力的话，那么"笨"则有一种沉重的劳动基础和本分的意思在里面。我以为，在人类的日子里，这一轻一重都是不可或缺的。在"笨"和"花"的组合里面，人们还能看到人类生活连绵不断的延续性，这是一种积极的、顽强不屈的、永恒的连续性，这种连续性本身就是有意味的，这些东西可能比风云史更能打动我。

我对"笨"这个字可以说是情有独钟。从我发表第一篇作品到《笨花》问世整整三十年，最初我觉得写作是一件非常灵巧的事情，并不觉得文学有什么困难，觉得文学很容易。但是今天，我忽然觉得害怕了，为什么？因为觉得写作非常难。我没有找到"笨"的含义，写作的"笨"劲在哪里？以往更注重形式和技巧，但是最根本的笨字所蕴含的本分、沉实和大的智慧，我还没有真正掌握。正是"笨花"让我有所触动，在这样一个精彩而又浮躁的时代，我不知道作家还有没有耐心"笨"下来，以农民劳动一样的姿态进行创作,而不是那种作秀的、矫情的写作。

崔立秋:传统的长篇小说往往都是围绕一个中心人物展开故事情节,讲述他一生的传奇经历或是家族命运的沉浮兴衰,因此塑造典型人物是很多作家的创作理想。但是在《笨花》里我却找不到这样一个核心的人物,您写作的着眼点好像根本就不在个人的传奇和家族的命运上面,在某些看似冲突激烈、应该展开和渲染的地方,您却惜字如金,点到为止。比如小说的第一主人公向喜牺牲时的场景,从"向喜收拾完枪,便有人进了院,是一伙全副武装的日本兵",到"差不多是在又一个日本人倒下的同时,向喜冲自己的太阳穴开了第三枪,他倒在了粪池里",这样一个主人公一生中最后、也是最为闪光的时刻,也是这部小说的高潮,您只用了短短的三四百字就结束了。而在某些看似无关紧要、琐碎细微的地方,您又不加任何节制。比如小说开头西贝家一大排人在那儿吃饭,每个人叫什么名字,都做了很详细的介绍。又比如驴打滚、鸡蛋换葱、如何种棉花等在作品中都有很详细的描写,这样的属于民间所独有的农事、活计等细节,在书中涉及了三百多种。您为什么会放弃那种传奇性的叙事,不写一个人物跌宕起伏的命运,而是把重心放在一群平凡人的生活细节以及他们的生存状态上呢?

铁凝:在《笨花》中,我对人们所生活于其中的那种琐碎的生活的确倾注的笔力更多,因为它们更有助于我刻画心里储藏了很多年的这一群人的血肉、呼吸,而不是脸谱和符号。我觉得大多数的人,不管生活在哪个世纪的人,包括今天21世纪的人,日常平凡的生活还是占据了每个人生活的大部分。每天我们接触更多的不是英雄,不是每一天在我们的身边都有很宏大的英雄的业绩发生,但是我们要过下去,这个凡俗的日子里面有它的光彩。而且我觉得在日常生活里面,在世俗烟火的背后有更深刻的东西,那是一些有永恒价值的东西,人类不可或缺的价值可能就在那里存在,我真正的注意力实际上也正是在这些地方。从某种意义上说，这可能比直接写一个时代的风云史，写一个人物的传奇更有价值。

这部小说历史的背景是一个"乱世"，就是20世纪民国初年一直到1945年左右，将近半个世纪的时间。但是写这个乱世，写这个乱世当中的风云，不是我的本意。我的情感也不在乱世传奇上，而在于以向喜为代表的这一个人物群体身上，他们可能是乱世中的尘土，历史风云中的尘土，但在我心里，他们是非常珍贵的尘土。我侧重的还是在这段历史背景下，这群中国人的生活，他们生活的意趣，人情当中的大美，世俗烟火当中的精神的空间，以及闭塞环境中乡村的智慧。在看似松散的、非常平凡的劳作和过日子当中的，面对那个纷繁复杂的历史年代的种种艰难的选择，这群人最终保持了自己的尊严和内心的道德秩序，揭示了一个民族不屈不挠的耐力和韧性，这是一个民族的底色。

有媒体问我这部小说是写什么的，并让我用一句话来概括。我觉得这个问题很难回答。我觉得我有能力把这部小说写成我比较满意的状态，但我没有能力用一句话来说清这部小说。我觉得能用一句话说清楚的小说是无趣的小说，不是好小说。《笨花》是多义的，不同阅历、兴趣、审美取向的读者会从中看到不同的内容。

崔立秋：多年来，您在文学作品中塑造了许多令人印象深刻的女性形象，比如《哦，香雪》中的香雪，《没有纽扣的红衬衫》中的安然，《永远有多远》中的白大省，《大浴女》中的尹小跳等，相比较而言，您的作品中男性形象的塑造要稍显薄弱一些，他们在读者中的"知名度"远不如香雪们。但是在《笨花》这部作品所涉及的九十多个人物中，男性所占的比重很大，他们是这部小说的主角，而女性则成了配角，我想这可能也与那段历史有关，因为那样一个战乱的年代，是男人的年代，它不属于女人。我想知道，在您这部小说刻画的众多男性形象中，您最欣赏的是哪一个人？为什么？

铁凝：我最喜欢的人物还是第一主人公向喜，一个从笨花村走出来的旧时军人。笨花村由于有了向喜这个人，它不单单是一个小小的村子了，突然辐射了出去，和外面的风云有了一些勾连，有了一些很自然的顺理成章的关系。他让这个村庄和都市，和南方、北方，和当时的瞬息万变的、迅速更迭的政权都发生了关系。

向喜本来是笨花村中一个以卖豆腐脑维持生计，没什么更大的抱负，眼光也并不看得更远的一个人，因为风云乱世，他的命运发生了变化，他当了兵，一直做到中将，有了显赫的身份。在乱世中本来可以有更显赫的升迁，比如在军界，但他却选择了解甲归田。我欣赏的不是他的这些传奇，不是他从农民到将军出人头地的能力，我欣赏的恰恰是他在这乱世当中，他的被动性，被动里面那种发自朴素内心的道德的坚守。这种坚守便又是主动的了。他的内心是很丰富的，但也是很朴素的，他没有非常明确的很高远的政治判断，他也没有什么政治主张，他就是一个非常具体的人。一个普通农民出身的凡人，在乱世里对自己的命运有"划算"的选择的时候，放弃了那些选择，他靠着什么呢？我把它称之为内心的道德秩序。正是因为有了这种最朴素、最扎实的根基，才使他在最关键的时刻，保有了内心的尊严、气节。

崔立秋：虽然说在《笨花》这部小说里男性角色所占比重很大，但并不是说它只写男性，其实您在作品中还塑造了很多具有典型性格的女性形象，比如大花瓣、小袄子、同艾等。这些形象与您以往作品中的女性形象也有很大的不同。像同艾这个人物就是一个亮点，她身上具备了很多中国传统女性的优秀品质。请您给大家解读一下这个人物，您是怎么样来设计这个角色的？

铁凝：我很喜欢这个人，但我很害怕你让我解读这个人物，我最害怕的就是解释人物。正如劳伦斯所说："不要相信作家对他的作品的解释，而要去相信他的作品本身。"

在同艾身上，你可以看到她内心的隐忍，她的不甘和她的达观。在这个传统的女人身上有很现代的意识，你可以说她是非常保守的，她最后接纳取灯，那是向喜的第三房夫人生的女儿。但是我写到这个二房夫人，特别是同艾对这个女孩子的观察，她的接纳，她的那种诚惶诚恐的疼，都让同艾这个女人有了她独特的魅力。我们以往对一些识字不多的乡村妇女有很多误解，在同艾身上，我觉得集中了我理解和感受到的一些乡村妇女的美德。她们可能不识字，但是她是有文化的，她是有教养的。而在这些女性身上显现出的"人情多，是非少"的品貌，尤为让人心动。

崔立秋：读完《笨花》之后，我在两个方面强烈地感受到了您的变化。一是在小说的叙述方式上。小说采用了纯客观的叙述，完全是一种原生态的呈现，而且语言简洁凝练，很少用心理描写。作家在作品中完全成了一个局外人，我们很难从中找到作家的影子，他只是在某个地方，默默地注视着这些人物的行动，这种由客观所造成的冷静叙述使作品少了您以往作品中较为突出的主观色彩，从而增加了作品的厚度。二是在描写方面的克制。您以往的小说在写到女性的时候感情都是很有激情的，但在《笨花》里我看到的是特别理性的，特别稳健的、内敛的表达方式，比如写到女人们到男人们的窝棚里拾花的场景时，都是点到为止。请问您是否注意到了这两种变化，这种变化是您有意为之的吗？

铁凝：在动笔写作之前，我一直在想，我应该用一种什么样的表达才能对得起这群人和他们的生活呢？在表达的时候我的语言、我的表述、我的叙述应该是什么样的呢？我最终选择了八个字：结实，简朴，准确，温润。因为这群人都是这样的。我所有的描写都要对得起他们的克制和简朴，我觉得我没有资格用很煽情的话，或者来一段大的抒情来写他们。不该多嘴的时候不能多嘴。可能别的散文里,或者另外的小说里会有,但是我一切从这个小说里的人物出发,来确定我的叙述。不管什么事,农事也好、医学也好;不管什么人,一个乡村医生的世界也好,还有那个军人,或者一个名声不好的女人,我都要非常小心,不能多嘴。写到今天,我要仔细掂量我笔下的人。我觉得艺术是没有近路的,处处都是笨事,没有捷径,只有小心。

我写完初稿以后没有交出来,对很多内容进行了修改,这种修改集中体现你上面谈到的两个方面。我从作品中跳出来看,就像一个外人一样,和这部小说拉开了一个距离。我剔除了作品中一些主观性的色彩,把"我"从作品中隐去,只是进行冷静、客观而又简洁的叙述,对小说中的任何事情任何人物不做评判,因为简单的非此即彼或者简单的道德评判都是很容易做到的,但是这样它就不是这部小说。描绘窝棚的情节,很多读者很喜欢,已经有好多人跟我说过。他们喜欢的是什么呢?他们喜欢的不是窝棚里交换事件的本身,他们可能喜欢的就是作者持的这种态度,不是简单的、很粗糙的道德评判的描绘和刻画。在感情的描写方面我也再三进行了推敲,尽量做到克制和内敛,有些地方很可能多一个字都不行,必须得去掉。比如,写向桂和小妮在窝棚里的细节时,有人说那是小妮的第一次,应该多用些笔墨,但是,我觉得我不是要写她的第一次,而是要写向桂没有拿走这第一次。在最容易的时候,在窝棚里的时候,在没有谴责也没有内疚的情况下,这个农民是怎么做的。

我想,要让人感动,不一定非要抱着他流泪。

崔立秋:最后,请您谈谈《笨花》完成后的心情以及创作打算。

铁凝:这次写作对我是一次有趣的、有意义的探索,我也愿意把这次写作视为我文学创作经历的一个阶段性小结。《笨花》作为我的一次花费精力、体力都比较多的劳动,我对自己的劳动是满意的。《笨花》问世后,我反而有一种若有所失的感觉,这些和自己一起生活了多年的人物终于离开了自己,他们走自己的路去了,总有些舍不得。这种感觉在《玫瑰门》完成后也出现过。我的想法非常简单,就是希望读者能够喜欢《笨花》。

有媒体总结说我六年出一部长篇,其实这是巧合吧,并不是有意为之。可以肯定的是我短期内不会写长篇,不过以后还是会写。我会继续写一些短篇,我一直都认为短篇是对人生和创作的终生磨砺。

(本文刊发于2006年1月6日河北日报11版)

徐光耀：蓦然回首，那人却在灯火阑珊处

崔立秋：《徐光耀文集》开篇第一句话就是："选编'文集'，总有一种算总账的心情。"1938年，您参加革命的时候才十三岁，只有小学四年级水平，给父亲写的第一封家书还是请人代笔，人家写完后，您躲一边琢磨了半天，竟不知所云。您是怎样从一个连家信都不会写的八路军战士成长为一名作家的呢？

徐光耀：第一封家信发出两个月后，我决定自己动手写第二封，用我自己的语言叙述我的生活、我的感受、我的所喜所忧。信当然有不少错别字，但却表达出了我的心情。这封错字百出的家信使我走出了很重要的一步。从此，我抢着替文书抄花名册，代人开路条，打最简单的"宿营报告"，还替别人写起了家信。后来连队办墙报我还投过稿。虽然当时我不搞文字工作，但我喜欢看冀中军区的《前线报》，尤其是副刊。在房东家里翻看《国文课本》，开始"认识"鲁迅、茅盾、叶圣陶、朱自清、冰心等作家。1942年"五一大扫荡"中，我身边涌现出了许多惊天地泣鬼神的英雄事迹，我尝试着用一笔歪歪扭扭的文字写了些一二百字的消息，寄给油印的战地报纸，没想到发表了，这给了我极大的鼓舞。从此一发不可收，每逢胜仗，必有投稿，并且愈写愈长，到日本投降那年，已能写三四千字的战斗通讯，文学性也渐有增强。不久，我离开锄奸保卫部门，转上军事宣传的岗位，奔跑

在火线上，搞起战斗通讯和特写来。解放战争开始后，当华北联大从张家口撤退到我们分区后，我被录取为文学系的插班生。虽然在文学系我只学习了短短八个月的时间，却使我大体上懂得了文学创作中那些最必要最根本的规律，打下一个初步基础。正是在这个基础上，我写了第一篇小说《周玉章》，再过两年，又写了《平原烈火》，就这样一步步地成了作家。

崔立秋：您写长篇小说《平原烈火》时才二十四岁，还是个文学青年，一出手就拿出了这样一部引起巨大关注的作品。丁玲有一次在中国人民大学作讲演时就说："徐光耀的《平原烈火》比起西蒙诺夫的《日日夜夜》来只差了一点点。"而您当时好像保持了足够的冷静，您在《我怎样写〈平原烈火〉》一文的最后这样写道："我深深感到《平原烈火》中有很多篇页原就是他们（战争中的英雄们）用生命和鲜血写成的，只是由于我修养和能力的限制，没有使他们发出应该发射的光彩，才真真觉得惭愧！"后来，您也曾在《文学上的一次短促突击》一文中这样写道："作家当早了没有好处，《平原烈火》若果真如当时所想，有机会精雕一下，当会比现今的面目要好看一些。可现在再说这句话，已经晚了。"今天，距您写《平原烈火》已经过去了七十多年的时光，回过头来再看这部作品——好像是您唯一一部长篇，您觉得应该如何去评价它呢？

徐光耀：《平原烈火》在当年也不全是赞扬，也有批评，比如你提到的丁玲的评论，你只说了她的前半句话，完整的应该是"徐光耀的《平原烈火》比起西蒙诺夫的《日日夜夜》来只差了一点点，那就是人物，周铁汉还有点儿概念化"。她是很明晰地看到了《平原烈火》的缺陷的。七十多年过去了，今日我们重看《平原烈火》，概念化仍是它的一个主要问题。当然，《平原烈火》也有它的长处，那就是它的生活的真实和激情，它历史而具体地再现了那个时代的环境和惨烈的斗争。纵使把它看成一份史料，也是真实而可贵的。

崔立秋：海明威在《永别了，武器》中说，"世界毁灭了每个人，就在那些被毁灭的地方，却出现了很多强者"。这句话用在您身上倒是很恰当。反右派斗争让您大门不能出，亲友不来访，日日枯坐愁城，四顾无靠，度日如年。而就是在这样一个精神极端压抑，生命也悬于一线的时候，竟然写出了一生中最为得意、也是流传最广的一部《小兵张嘎》。从《小兵张嘎》问世到现在，已经过去了六十多年，这部小说依然深受老人和孩子们的喜爱，去年还拍成了电视剧，目前还在拍动画版的小兵张嘎。《小兵张嘎》为什么会有如此强大的生命力呢？

徐光耀：文学就是人学，文学归根到底是写人的，《小兵张嘎》的生命力正在于嘎子这一人物形象的刻画上，这一人物形象在当前的中国有着很强的现实意义。在生活中，我们常常看到有些家长教育孩子的标准，首先便是"听话"，我以为这是一种封建意识，这样培养出来的孩子很可能是这样的人：事事谨小慎微，崇拜和迷信权势，只知听命于上司，不知独立思考为何物，因循守旧，墨守成规。鲁迅先生曾批判过一些中国孩子"两眼下视黄泉""满脸装出死相"的那副样子。当然，我不是一般地反对听话，而是希望教育和引导孩子们正确地听话。该听的听，绝不无理取闹；不该听的，就不要听，绝不盲从。如果小嘎子只是一味调皮，除了调皮捣蛋，别的一概不顾，那就一点儿也不值得人们喜爱了。新时代的儿童，首先应该培养一种首创精神、主动精神、探求真理的精神，培养他们独立思考、敢想敢干、积极进取、勇于打破不合理事物的能力。这样才能使它们健康活泼地成长，长大了有作为，能干一番事业。孙犁曾说，我的作品能够在五十年后还有人读，我就知足了；能在文学史上留下两三句话，那就更不容易了。六十多年来，《小兵张嘎》还没有被人们遗忘，我感到很欣慰。

崔立秋：虽然您今年已经百岁高龄了，而且因心脏疾病安了起搏器，但我感觉您的身体硬朗，精神状态也好。记得您曾在一封劝晚年孙犁坚持写作的信中这样说道："您还是写吧，从文章看，您写作时一定情绪高昂，精神愉快，有很好的心境，这能使身体更健康，更容易战胜各种疾病。即使单为保障身子骨硬朗，也应坚持写下去。"不知您对今后的创作有何打算？

　　徐光耀：毕竟年龄大了，体力和精神都受着局限。我肚子里是有个大东西的，因精力确乎达不到，只得忍痛让它胎死腹中，这当然很遗憾。我常常记起那些战争中的英雄们，他们用自己的青春、鲜血和头颅，创造了无数惊天地、泣鬼神的事迹，是那般的伟大，那般的壮烈，那般的动人，又是那般的多样和丰富！任你有多少支笔都是写不完的。以后，如果可能，我会写些小的散文、随笔之类，以劳逸适当为度，使精神有所寄托，安度晚年。

　　（本文刊发于2005年9月7日河北日报11版）

徐光耀印象

　　2005年夏天，天空飘着细雨，我和同事如约敲开了徐光耀先生的家门。徐老穿一条休闲的灰色短裤，上身赤着膊，他一边往屋里迎我们，一边客气地解释："天下着雨，以为你们不会来了。"等我们在客厅沙发上坐好后，他已经随手套上了一件白色T恤。

　　这是我第一次与徐老见面。和之前印象中的徐光耀完全不同：他可是一位中国文坛上了不起的大作家呀！他曾经写出过《平原烈火》和《小兵张嘎》这样不朽的传世之作，深得丁玲的赏识，还是著名作家铁凝的启蒙老师。对一个爱好文学的年轻人来说，徐光耀的头顶上罩着一个神圣的光环。但出乎我的意料，他竟是如此朴素、随和，就像邻居家的老大爷,没有一点儿架子。

聊天的时候,徐老说他对电视剧《小兵张嘎》感到有些失望,觉得缺少了"嘎气",没有调皮捣蛋的劲儿。他说,在现实生活中,我们有些家长教育孩子的标准首先是"听话",其实这是一种封建意识,这样培养出来的孩子,事事谨小慎微,只知听命于人,不知独立思考为何物。新时代的儿童,应该培养一种首创精神、主动精神、探求真理的精神,培养他们独立思考、敢想敢干、积极进取的能力,这样才能使他们健康活泼地成长。徐光耀深情地说:"这么多年来,《小兵张嘎》还没有被人们遗忘,我感到很欣慰。"

后来,在《徐光耀文集》座谈会上,记者又一次见到徐老。会上,铁凝向大家讲述了徐老引导她走上文学道路的故事。当年,还是中学生的铁凝被父亲铁扬带到好友徐光耀家里,铁凝拿着一篇习作问徐老"什么叫小说"。几天后,徐光耀对铁凝说:"你写的已经是小说了。"徐老的肯定给了铁凝莫大的鼓舞,坚定了她选择文学道路的决心。

就在那次座谈会的前几天,作家刘白羽去世了。刘白羽曾经在徐老发表长篇纪实散文《昨夜西风凋碧树》后,向徐老公开道歉并"谢罪"。徐老闻听刘白羽去世的消息后,感到非常悲痛。他对记者说,刘白羽是位优秀的革命作家,在艰苦的战争年月,在山沟里,他一直为革命奔走劳碌,写出过很好的作品。他还能勇敢地承认错误,不把责任往外推,值得人尊敬。

2011年,作家闻章完成了《小兵张嘎之父》,在新书发布会上,我拉着闻章老师与徐老合影、聊天。那天,徐老还是朴实的老样子:穿着一身粗布衣服,布满皱纹的脸上微透着平和的笑。铁凝在《序》中这样形容徐老:"在某个场合,我把前辈徐光耀介绍给一些年轻人,他们听着这位作家的名字,多是客气而茫然地点着头;当我补充说他就是《小兵张嘎》的作者时,人们的脸上立刻现出既惊异又敬仰的神情。

那时我再看徐光耀,不尴尬也不过喜,他真正是宠辱不惊了。"

虽然一些年轻人渐渐开始遗忘"嘎子"的创造者,但是在文坛上,百岁高龄的徐老堪称"国宝"级作家。数年前,我去北京采访作家梁晓声时,在谈话中聊到徐光耀,梁晓声说:"徐老是我很敬重的一位老作家,已经多年不见面了,请代我转达对徐老的问候。"

最近几年,由于徐老身体的原因,我们很少看到他的新作了。然而,他在文学之外的又一个艺术殿堂上开辟了一片新的天地。是的,近年来在一些书法展览上,经常能看到徐老的墨宝,他的书法像他的人一样,厚重而从容,透着几分拙朴天成的大气象!

史铁生：所谓天堂即是人的仰望

岁尾年初，像往常一样，朋友们的祝福短信雪片一样飞来。虽然我心怀感激，但是我所有的回复却只有短短的九个字："史铁生走了，我不快乐！"

一

2010年的日历终于还是翻到了它的最后一页。这一天，虽然北京的天气依旧寒冷，但是那惨淡的阳光却突然有了温度，刹那间变得灿烂如夏花起来。是的，这是天堂里的众神在举办宴会欢迎一位伟大的中国作家光临。不，不是光临，他应该是回家，因为天堂原本就是他的家乡。从此，天堂里又多了一位思想者。史铁生说：所谓天堂即是人的仰望。

是的，就在这一天的凌晨，当无边的黑夜还静静地笼罩着北京城的时候，作家史铁生悄然地离开了这个尘世。

我想，这位被中国的读书人敬称为"最具神性"的作家，是有意选择了这样的一个时刻与这个世界告别。"轻轻的我走了，正如我轻轻的来。"史铁生说过，徐志摩这句诗虽未必牵涉生死，但在他看，却是对生死最恰当的态度,作为墓志铭真是再好也没有。依着史铁生的遗愿,他的妻子陈希米没有设灵堂,没有开追悼会,没有举行遗体告别,并捐出了史铁生的肝脏和大脑。史铁生就这样轻轻地与我们挥手作别,没有带走一片云彩。

六十年,一甲子。光阴荏苒,岁月轮回。轮椅上的史铁生用自己残缺的躯体,走完了苦难的一生。

1972年秋天,在史铁生刚刚活到"人生最狂妄的年龄"的时候,他不幸双腿瘫痪,只能在轮椅上度过余生。巨大的灾难面前,年轻的史铁生也曾经自暴自弃,他的脾气变得暴躁无常起来,他会突然把面前的窗玻璃砸碎,也会一边狠命捶打着那两条可恨的腿,一边高喊"活着有什么劲"。他甚至多次想到过自杀。然而,命运之神并没有就此放过劫难重重的史铁生,后来他又患上了尿毒症,只能靠着血液透析来维持生命。六十年的人生本就不长,却有近四十年的病史。难怪史铁生会自嘲地说,我的职业是"生病",业余写点儿东西。

当苦难成为一种家常便饭的时候,苦难就不再是苦难,而是一种上天的恩赐了:因为它让人学会了思考生命和死亡,学会了珍惜你所拥有的一切。史铁生在《病隙碎笔》中就曾经这样写道:"生病也是生活体验之一种,甚或算得上是一项别开生面的游历。生病的经验是一步步懂得满足。发烧了,才知道不发烧的日子多么清爽。咳嗽了,才体会到不咳嗽的嗓子多么安详。刚坐上轮椅时,我老想,不能直立行走岂非把人的特点丢了?便觉天昏地暗。等到又生出了褥疮,一连数日只能歪七扭八地躺着,才看见端坐的日子其实多么晴朗。后来又患了'尿毒症',经常昏昏然不能思想,就更加怀念起往日时光,终于醒悟:其实每时每刻我们都是幸运的,因为任何灾难的前面都可能再加一个'更'字。"

有人说上天对史铁生实在太残酷了,但我更愿意相信这是"天将降大任"于史铁生。

1978年,史铁生在条条绝路之后终于找到了一条属于自己的路,他正式开始写作。从此,写作成为史铁生生命的重要构成,一次次帮助他摆脱生命的磨难与绝望,一次次在磨难与绝望之后让他获得生命的哲思和精神的升华,并创作出了《我的遥远的清平湾》《我与地坛》《务虚笔记》《病隙碎笔》等传世名篇。但是,有谁知道这些曾经感动了无数人的文字是在怎样的状况下创作出来的呢?史铁生每周要做三次透析,他只能在上午花两三个小时进行创作,他写得非常少,非常慢,《病隙碎笔》仅有十几万字,却花去了他整整四年的时间。

悲伤?不,我不悲伤。生与死对于命运多舛的史铁生而言,早已不是什么问题,它只不过是一个沉重的肉身罢了。从某种意义上说,死亡对于每隔一天就要做一次透析的史铁生未尝不是一种解脱。史铁生曾经这样谈论死亡:"死是一件不必急于求成的事,死是一个必然会降临的节日。"多少年来,史铁生早已恭候死神多时了。在许多淡然又安静的文字里,他这样写道:"我常有这样的感觉:死神就坐在门外的过道里,坐在幽暗处,凡人看不到的地方,一夜一夜耐心地等我。不知什么时候它就会站起来,对我说:嘿,走吧。"

这一次,史铁生是真的走了,他在死神的引领下,去了那个不需要行走,却可以飞翔的地方。

二

2011年1月4日,这一天命中注定要与文学有关。二十年前,台湾作家三毛以自杀的方式离开人世。六十年前,作家史铁生降临人间。这天下午,在北京的798时态空间,人们为刚刚离开尘世的史铁生度过了一个缺少主人公的生日聚会。一个参加了纪念会的朋友，给我发来一条短信："我来参加史铁生老师最后的聚会。史铁生六十岁了，许多朋友给他过生日，可他是缺席的。他让我学习死，也在学着生。"

孔子说："未知生，焉知死。"史铁生说："未知死，焉知生。"

在小说《命若琴弦》之后，史铁生不再写残疾人，而是开始关注人的残疾，开始在文学之外寻找文学，那就是所谓的灵魂的空间。史铁生以他的存在和文字为生与死做了最好的诠释。最近这几天，有很多著名的作家、学者、媒体、读者乃至无数的网友都在纷纷以自己的方式表达对这个残疾作家的无限哀思，人们深切地怀念这个"用残缺的身体，说出了最为健全而丰满的思想"的轮椅作家。是的，史铁生所关注的不是身体的残缺，而是人类精神的残疾，他的文字指向的是人的灵魂和生命，他思考的深度和高度往往会让我们这些身体健全的人深感汗颜。

2002年，史铁生获得了"华语文学传媒大奖"，颁奖辞这样写道："他体验到的是生命的苦难，表达出的却是存在的明朗和欢乐，他睿智的言辞，照亮的反而是我们日益幽暗的内心。"

正是在这个意义上，在史铁生走后，我并不悲伤，因为明朗和欢乐是他毕生的实践和追求。但是我的内心却充满了疼痛，因为史铁生在当代文坛是一个独特的、无可替代的作家。正如北京大学教授曹文轩先生所言，史铁生对存在的始终不渝的追问构成了当代文学中一支重要的平衡力量，他的作品使当下中国文学的意义得以丰富。有评论者更是不吝赞美之词，给出了极高的评价："史铁生树起了一个时代的精神参照、一个苦难民族的精神灯塔，更撑起了中华民族奋然前行的精神标杆。"我不知道这样的评价是否有夸大和过誉之嫌，但是在当今这样一个信仰缺失、精神匮乏的社会里，史铁生之后有谁能够填补他作为一个最纯粹的写作者所留下的这个巨大的空白呢？这是我们不得不认真思考的一个问题。

铁凝说:"史铁生的离世,让我们更加感觉到在当今文坛应当呼唤史铁生的这种文学精神和对文学本身的敬畏。"史铁生存在的意义不仅在文坛上如此重要,在现实的社会生活中亦然。

2003年夏天,在张家口举行的一次会议上,一位来自唐山的陌生朋友在半夜里敲开了我的房门。他叫王志勇,是唐山大地震的幸存者,大地震让他失去了一条胳膊。从谈话中,我知道他是一个乐观豁达、善于思考、积极生活的人。我们坐在酒店大堂的沙发上彻夜聊天,我们聊的最多的便是史铁生,聊他的自传体小说《务虚笔记》,聊他病榻上的哲思《病隙碎笔》,聊他的《我与地坛》。那一夜,他像史铁生一样,一根接一根地拼命吸着烟。这次夜谈让我清晰地知道了史铁生的存在对于这个社会的意义:对很多身患残疾的人来说,坐在轮椅上行走的史铁生无疑是他们的"王",是他们的精神教父,他的文字是有温度的冬日阳光,照亮并温暖着他们的本已黯淡无光的人生。

史铁生走了,王志勇们该是一种怎样的哀伤呢?!

哲学家周国平说:"人与人之间一定是有精神上的亲缘关系的。读铁生的作品,和铁生聊天,我的感觉永远是天然默契。"很遗憾,我与史铁生并不相识,更没有和他聊过天,但是我有着和周国平同样的感受。在我的阅读生活中,我总是把史铁生视为邻家大哥,是一个可以精神相通的朋友。我想,这种精神上的亲缘可能与史铁生的写作总是在直面人类恒久的生活与精神困境,致力于发掘生与死、爱与恨、自由与限度、获得与承担、欲望与道德等带有终极性质的命题有关。

2006年,我和史铁生曾有过一面之缘。那是在人民文学出版社的重点作品推介会上,出版社请来了中国文坛的"二铁":铁凝和史铁生。那一年,铁凝推出了长篇小说《笨花》,史铁生则推出了《我的丁一之旅》。当坐在轮椅上的史铁生出现在门口的时候,全场响起热烈的掌声。他的轮椅从我的身边轻轻碾过之时，我发现虽然他的脸色无法遮掩住被病痛百般折磨的疲惫、憔悴与虚弱，但是在他灰暗色的皮肤中却分明透出了黑铁般的光芒，从他的眼神里，我感受到了他的平静与从容、深邃与悲悯。

那些日子里，我特别想写出一篇关于《我的丁一之旅》的评论文章，或是做一期关于史铁生的访谈。但遗憾的是我没能很好地读懂这部小说，史铁生那不平凡的人生经历和他对生命深度的终极追问，让我不敢轻易下笔，只好最终放弃了这个想法。在这部小说中，作为小说家和思想者的史铁生将一个人拆成三个人，以"我""史铁生""丁一"三个人物或同时或交叉出现，他打破了时间和空间的结构，写人和灵魂的对话，试图从不同层面或角度来理解人。它已经不单单是一部小说，更是一首充满哲理的生命诗篇，史铁生是在用这部小说来寻找生命，叩问灵魂。

三

2004年秋天，我去北京采访作家刘锡诚先生。约好下午3时面谈。时间尚早，我便在他家附近闲逛。一抬眼，猛然看见一个彩绘的石牌坊，地坛就这样不经意间闯入了我的视野。我的第一反应是，这就是作家史铁生在《我与地坛》里所写到的那个地坛吧，今天，我会不会在地坛看见史铁生呢？

是的，在很多当代读书人眼中，史铁生与地坛是合二为一的，地坛虽然已经存在了几百年，但自从史铁生出现后，它就成为史铁生一个人的地坛。像我一样，多年来有很多人都曾经到地坛里寻找史铁生。在史铁生去世后的众多纪念文章中，有很多媒体都不约而同地使用了

"那个在地坛里玩耍的孩子走了"这样的题目。由此可见，史铁生和地坛之间的密切关系了。作家韩少功曾经这样评价《我与地坛》："这篇文章的发表，对于当年的文坛来说，即使没有其他的作品，那年的文坛也是一个丰年。"

的确，谈起史铁生，自然绕不过他的名篇《我与地坛》。当年，自从失魂落魄的史铁生在母亲的注视之下摇着轮椅进入地坛后，地坛就与史铁生之间默默地构成了某种张力。正像他自己所说的那样："仿佛这古园就是为了等我，而历尽沧桑在那儿等待了四百多年。"每次去北京，总要抽空到地坛去转转，在我的潜意识里有一个从未曾说出口的念头：就是希望有朝一日能够在地坛里碰巧看见那个摇着轮椅的作家史铁生。实际上，史铁生生前已经很少去地坛了。他在一篇文章中写道："我已不在地坛，地坛在我。"然而，地坛里坐在轮椅上读书的史铁生，他笔下的那对玩耍的兄妹，那个唱歌的小伙子，那个长跑运动员，以及总是站在门口目送史铁生去地坛的母亲形象都已经永远定格在了读者的记忆中。

史铁生去世后，天涯社区上很多网友倡议作家和读者们自愿捐款，在地坛公园为史铁生建造一座扶轮远眺的塑像，让思念他的读者能够与他在地坛相逢。史铁生的妻子陈希米也表示，以前家住地坛公园附近，铁生一直很喜欢那里，现在铁生走了，她正与有关方面商量，希望能够将史铁生的骨灰撒在地坛的树林里，不留任何的地上标志。

地坛本来就是明清帝王们祭奠的场所，如今它却成了人们纪念作家史铁生的最好的去处。

夕阳就要落山了，它熄灭着走下山，收尽苍凉残照。此时，它正在另一面燃烧着爬上山巅布散烈烈朝晖。史铁生沉静着走下山去，扶着他的拐杖。忽然，在某一处山洼里，跑上来一个欢蹦的孩子，抱着他的玩具。分不清是夕阳的余晖，还是朝阳的光芒中，史铁生复活了。

他说:"当然,那不是我。但是,那不是我吗?"

"要是史铁生死了,并不就是我死了。"史铁生如是说,"当有一种精神应对苦难的时候,我就复活了。"

四

史铁生去世后,人们对他的怀念文字像潮水一样涌来,世人对他的追思表现得非常深切和痛切。而人们对史铁生的评价之高也是我始料不及的。中国作家协会主席铁凝说,在我们这样一个不轻言"伟大"的时代,铁生也无愧于"伟大的生命"这样的评价。

人们为什么如此怀念史铁生呢?仅仅是因为史铁生作为一个残疾人,却写出了像《我与地坛》这样的名篇佳作吗?还是因为人们对他所遭遇的巨大人生苦难深表同情呢?在学者陈福民看来,史铁生是以自己的苦难为我们这些健全人背负了"生与死"的沉重答案,他用自己的苦难提升了大家对生命的认识,而我们则没有任何成本地享受了他所达到的精神高度。在这个意义上,史铁生堪称当代文化英雄。

我想,在这样一个呼唤英雄的年代里,史铁生只是一个人。

史铁生是一个喜欢安静的人,他的一生从未曾成为社会的焦点或中心,他只是一个非常纯粹的写作者,安安静静地在病床上写着自己对人生、对生命、对灵魂的思考。作家何建明说,史铁生"心向于静,戒绝浮躁"的创作精神值得青年作家学习。史铁生以自身的存在营建了一个灵魂的乌托邦,为我们这个越来越浮躁和喧嚣的社会提供了令人珍视的精神向度,当今的人们越来越向往拥有史铁生般沉静、安静而又纯净的生命。

史铁生是一个真正有信仰的人。在史铁生看来,信仰和梦想差不多，它是一个完美的境界，它给人一种心灵的好处，它可以做成世界上最美好的事情，也可以做成世界上最糟糕的事情。写作是他的信仰，灵魂是他的信仰，生命也是他的信仰。有朋友这样评价说，史铁生"证明了神性，却不想证明神"。在信仰缺失的时代，史铁生为我们重建了信仰的大厦。史铁生说，人是应该有一个信仰的。

史铁生是一个残疾人，却拥有一颗健康的心。正如史铁生所说，"残疾并非残疾人所有"，就残疾的本质而言，是人的局限、人的不能、人的不完美。在这个意义上，有谁不是残疾的呢？与身体的残疾相比，当前更值得关注、更可怕的是精神的残疾。是的，史铁生虽然坐在轮椅上，"却比很多能够站立的人看得更高"；史铁生不曾走太远的路，"却比很多游走四方的人拥有更辽阔的心"。

史铁生就是这样一个安静的人，一个有信仰的人，一个心灵健康的人，而这些正是我们这个社会所最缺失的东西，也恰恰是我们深切怀念史铁生的最真实的缘由。正如文学评论家李敬泽所说："史铁生无论活着，还是逝去，都为中国作家立下了精神标杆。"

  桫椤,本名于忠辉,河北唐县人,文学创作一级作家,中国作家协会会员、中国文艺评论家协会会员,中国社科院文学研究所高级访问学者,中国作家协会网络文学委员会委员;评论文章见于《人民日报》《光明日报》《文艺报》《中国艺术报》《中国文艺评论》等媒体;出版评论集《阅读的隐喻》《网络文学:观察、理解与评价》《文学何以中国——新时代小说论集》《把最好的部分给这个世界——70后作家对话录》等作品七部,曾获河北文艺振兴奖、孙犁文学奖、《芳草》文学女评委奖最佳审美奖、《广西文学》年度优秀作品奖、中国文艺评论新媒体"年度达人"等奖项;多次担任中宣部、中国文联、中国作协举办的文艺、文学评审、推优、排行等活动专家评委;曾受聘担任中国文艺评论家协会第一届网络文艺委员会委员,山东师范大学、广东省作协、四川网络文学发展研究中心等单位特约研究员。现供职于河北省作家协会,《诗选刊》杂志主编。

个人感悟

批评观：观念要从经验中生发出来

我是一个身处"基层"的"批评家"——我常用这句话作为自我介绍的开场白，其实我完全明白其中的吊诡之处——批评只有站在文学或文化生态链的顶端说话才可信，因而批评家只能是一个精英化的职业，与贩夫走卒、鸡飞狗跳这些"基层"或"底层"生活毫无关系。所以，在常识里，"批评家"毫无疑问会被"基层"这个词证伪。

所谓精英的批评家，也许无关地域或生活圈子，而只关乎知识和理论体系。在常识里，批评家是掌握了某种特殊话语权力的人，这种权力的得来也不是"天赋神权"，而来自批评家对批评权力的要素即专门知识和理论的掌握。知识是用来认识和改造世界的，在文学批评领域，文学就被批评家以其所拥有的知识权力进行解构、阐释等诸形式的批评。

文学不是精密的科学，而是主观的、感觉的行动，但知识的内容是客观的——这就很容易产生另外一个问题：批评家以"构成权力的客观知识"这把尺子裁量文学这种感性的行为和结果，于是我就看到很多这样的批评样式：一列火车坐满了形形色色的人，但旁观者只看到了这列火车，却没有注意到乘客之间的区别——的确，从外观上看，乘客和货物没有区别。

知识凭借其自身的系统化所形成的理论认识世界，而理论的工具化只不过是人的异化的一种表现形式——批评家在某种形式上很容易就成为理论统御世界的工具。在所谓的客观理论的解剖刀下，人等同于火车中的一个个座位中的一个，甚至退回到构成生命的细胞甚至碳水化合物，而这是世界最基本的客观性。

——显然，客观并非批评的根据和所追求的目标。

人类的文学大厦蔚为壮观，我相信包括我的精英的同侪在内，皓首穷经也不能读完与之有关的多少文本；而我还相信，文学大厦的每一块砖石上都刻满了人类个体的情感和主观的意志。文学理论和文学史正是基于千百年来人类个体情感、意志、道德和审美的文学积淀，而非来自依据自然真理所进行的客观运算——即便是那些沉淀下来的共性也是由各种个体的偏见所构成的。后代对文学的追慕，是对每一位人类祖先鲜活的生命记忆及其所形成的精神家园的膜拜与遥祭，而不是对知识权力的臣服。所以，在我看来，无论文学还是其他社会科学，观念都应当是从经验中生发来的，而非先验地认为是知识视野下的客观存在。文学的真正价值，是彰显个体生命幽微的、区别于他者的对生活经验的生命体验，批评家对这种体验的理性思考和规范的批评文本显示了职业的威严，但批评发生的地方，只不过是体验的审美观照。

我是一个文学上的保守主义者，但是又同时为新媒体写作鼓与呼，因此常常招来"以子之矛攻子之盾"的诘问，或者被斥为"两边都不得罪"的"骑墙派"。我对此毫不介意，是因为无论面对传统文学理论的宏言阔论，还是新媒体文学批评里的"网络黑话"，我只相信一个道理：文学对人类的使命不变，批评的使命亦不变。

文学批评并不需要也不可能形成所谓绝对的"公信力"，批评的有效性也不取决于审美的发现是否符合已有的知识和理论体系，而在于其对审美经验的独特呈现。说到底，在观念的论证过程中，文学批评无非是用一种偏见证明另一种偏见——偏见也可能是理性思索和理论言说的结果。

经典作品与作家形象的网络传播与重塑
——以徐光耀为中心

一、问题的提出

自 1994 年中国加入国际互联网以来①,经过二十多年的发展普及,已经深刻地改变了中国社会。一个刚从农耕文明经由短暂的工业文明过渡而来的伟大民族和国家,因为互联网而与整个人类社会有了休戚与共、唇齿相依的关系,为古老文化传统的现代化转型开辟了新的道路。据第四十次《中国互联网络发展状况统计报告》载,截至 2017 年 6 月,中国网民规模达 7.51 亿,半年共计新增网民 1992 万人。互联网普及率为 54.3%,手机网民规模达 7.24 亿。② 中国当之无愧地成为世界第一网络大国。

互联网是科技提供给人类的一种媒介工具,但它并非仅仅作为工具而对人类社会发生作用。根据麦克卢汉的理论,媒介是"人的延伸","媒介即讯息"。在此基础上,他指出,"人的任何一种延伸,……对整个心理的和社会的复合体都产生了影响"③。他解释道:"所谓媒介即讯息只不过是说:任何媒介(即人的任何延伸)对个人和社会的

---

① https://baike.baidu.com/item/中国互联网/704957?fr=aladdin。
② 中国互联网信息中心:《第 40 次中国互联网络发展状况统计报告》,http://www.cnnic.cn/hlwfzyj/hlwxzbg/hlwtjbg/201708/P020170807351923262153.pdf。
③ 马歇尔·麦克卢汉:《理解媒介——论人的延伸》,何道宽译,译林出版社,2011,第 4 页。

任何影响，都是由于新的尺度产生的；我们的任何一种延伸（或曰任何一种新的技术），都要在我们的事务中引进一种新的尺度。"① 正是在这一新的尺度下，已经在文字和视听等方面实现深度融合的互联网已经成为庞大的"融媒介"，也是社会最大的公共舆论场。

由于互联网用户的普泛性，与传统媒介不同，网络作为新型媒介，其开放性、多元性和包容性是前所未有的。虚拟的网络世界被称作"第二宇宙"，在这样一个众声喧哗、虚幻而又具体的舆论场里，现实世界里根深蒂固的法则和观念不能原封不动地平移和让渡，呈现出从现实的整体性向网络的碎片化、从严肃的意义追求向网络的娱乐性、从追求永恒向追求消费的"一过性"转变的趋势，从而使现实生活中的观念态度和道德立场面临被消解、解构和重新阐释以及再被建构的可能性。

经典文学作品是经过历史的选择而积淀、保留下来的人类最宝贵的精神财富之一，最能代表她赖以产生的民族和时代的特征，而且具有超越时空的永恒性。中国经典文学作品是体现和建构社会主流价值观的基石，而她们的作者也随着作品的传播，成为文化的化身、人民的良心、社会的楷模。但是，在互联网时代，经典作品中的艺术形象及其创作者也面临着被解构的危险。由于文学事关人类的思想、道德、价值观念和理想情操等精神生活，经典文学作品被解构甚至被歪曲，是社会道德滑坡、价值衰落现象的直接体现，但同时也是社会价值多元化的表征。由于网络媒介所具有的上述特征，这些现象的发生虽然未必都发生在网上，但与网络的勃兴以及由此而带来的社会思潮的变化有直接关系。

因此，观察当代经典作品中的艺术形象及其作者的个人形象在网络上的传播与重建，在宏观上能够看到网络与现实之间的文化认同

---

① 马歇尔·麦克卢汉：《理解媒介——论人的延伸》，何道宽译，译林出版社，2011，第19页。

和分歧，在微观上则有助于揭示传统的文学资源在网络时代的影响力，也能窥见文学传统在网络时代的新变，并能够从另外的角度确认作品和作者跨时代的经典性，这对于作家和作品都是不无裨益的。当然，这是一个网络传播和网络文艺领域一个十分重大的课题，我力有不逮，只选取熟悉的老作家徐光耀和他的作品为例子，做粗略观察、汇总和浅尝辄止的分析，以期抛砖引玉，为后来的研究者提供最初步的启发。

二、徐光耀作品在互联网上的传播形式和路径

徐光耀是中国当代文学史上的著名作家，被誉为在新中国文学史上"较早地把自己在战争中的真切感受带到作品中的作家之一"[①]，他的革命现实主义作品《小兵张嘎》和《平原烈火》是当代文学中的经典作品，特别是"小兵张嘎"这个人物形象，伴随着同名电影的传播，为一代又一代中国人提供了童年的理想和人生的楷模，是当之无愧的"红色经典"形象。徐光耀七十五岁高龄创作的长篇散文《昨夜西风凋碧树》获第二届"鲁迅文学奖"，因其"行文的质朴刚硬"，"直面历史沧桑的勇敢"[②]而广受读者关注。除了是一位作家，徐光耀还是一位优秀的电影剧作家，创作的《小兵张嘎》《新兵马强》《望日莲》《乡亲们哪》四部剧本被拍成电影上映。徐光耀在文学和电影艺术上的成就，已经被文学史和电影史所确认，本文不再论述。我所关注的，一方面是他的作品如何进入互联网，对网民产生了怎样的影响；另一

[①] 陈建功、吴义勤主编《中国现代文学馆展览丛书——中国现代文学图典》，文化艺术出版社，2013，第353页。
[②] 雷达：《我喜欢徐光耀》，载河北省作家协会编《徐光耀研究论集》，花山文艺出版社，2015，第290页。

方面，是作为经典作家，徐光耀的形象如何凭借作品的传播在网络上被重新建构起来。

当代信息技术革命最重要的标志就是互联网的产生，基于信息传输和交流的实用功能，它首先作为媒介与受众发生联系，并在此基础上产生了对社会有重大影响的网络文化。"网络文化是传统文化与网络媒体共生共荣的结果，是报纸、杂志、广播、电视等传统媒体文化与互联网络融汇的产物，是'大媒体时代'特有的文化现象。"[①] 现实社会中已有的文化产品、文艺作品、文化形式等被移植（当然会有所改变）到网上，与网上原发生成的内容和人们在网上的活动方式等，共同构成了网络文化的内容。可以说，网络既是文化的媒介载体，同时又是文化本身。以文学为例，首先，凭借网络的媒介载体功能，经典文学作品和已经被出版为实体书的普通文学作品被电子化以后进入互联网，网站将其作为文化产品提供给使用者，这构成了网络文化的重要组成内容。其次，一些传统文学作品被作为IP改编之后以与原作有区别的形式在网络上传播，或者以某种信息的形式提供给网民，比如各种电子商务平台对传统文学出版物的销售。最后，通过网络本身所形成的具有交互性、便捷性、虚拟性、民主化等特征的文化环境，生发出了网络原创作品，其中有些原创作品与传统文学中的体裁是相同或相近的，如散文、诗歌等，也有的具有网络独特性，比如网络小说，在表现方式、发表、评价等方式上都发展出了自己的特色。此外还有的文体是传统文学中没有的，比如微博、跟帖、朋友圈文字等。这些方式共同建立起了互联网上的文学世界。

使用国内通用的"百度""360"等搜索引擎对"徐光耀""小兵张嘎""平原烈火""昨夜西风凋碧树""徐光耀电影"等关键词进行搜索，可见徐光耀的作品在网上的传播形式主要有以下几种：

---

① 曾静平、项众平、詹成大、方明东：《网络文化概论》，陕西师范大学出版社，2013，第4页。

（一）作品原本、原片转化为电子版，被网民下载阅读或观看，这是最主要的传播形式。以小说为例，《小兵张嘎》是徐光耀脍炙人口的中篇小说，且部分章节进入中小学课本，因此全文或节选部分在不同网站上被发布，或被免费阅读，或被作为教学资源收录，或被作为电子读物销售。提供原文的部分网站有豆丁网等。

小说《平原烈火》由于篇幅较长，且情节跌宕起伏，叙事具有传奇性，更适合作为电子阅读内容，因此该作品被多家网站作为商业内容提供免费或收费商业下载。例如：电子书资源网提供 PDF 格式免费下载，爱问共享资料网提供全文商业下载等。

散文《昨夜西风凋碧树》原书为北京十月文艺出版社出版，一些网站对该书进行了电子扫描，在网上供用户下载使用：新浪网盘提供电子扫描版图片版浏览和下载，爱问共享资料网提供 PDF 版下载。

徐光耀的电影作品《小兵张嘎》《新兵马强》《望日莲》《乡亲们哪》在视频网站均有播放，如在优酷、爱奇艺等。

（二）原著作品作为 IP 源，在线下已被改编，改编后的作品在网络上传播。这种情况与作品原本、原片在网络上的传播相似。如电视连续剧《小兵张嘎》，在央视网、搜狐视频、爱奇艺等均有发布。《小兵张嘎》还曾被孙立军改编为动画片，作为专为少年儿童创作的作品，该动画片也出现在互联网上，如百度视频。

此外，作为向大众普及文学艺术的重要形式，连环画改编曾深受读者喜爱。《小兵张嘎》的小说和电影均被改编为连环画，且有多个版本。除电影分镜头影印本外，比较重要的有上海人民美术出版社的张品操绘本、人民美术出版社的李天心绘本等。一些专门提供连环画收藏和鉴赏的网站也将其在网上刊载，其中我爱小人书网提供全本浏览和下载，360DOC 个人图书馆提供部分图样的浏览。

（三）原著作品被改编成另外的文艺形式，以更适合在互联网上传播，方便被网民接受，这是最能体现互联网特色的改编和传播方式，与线下改编是完全不同的概念，充分彰显了互联网时代的文化特征。由于《小兵张嘎》的巨大影响，其本身已经成为蕴含巨大网络和商业价值的综合IP，因此徐光耀作品的网络改编主要以这部作品为主。主要有两种形式：一是改编为有声读物，使原著以声音的形式更加方便灵活地被网民下载收听，其直观感受起到了文字版所没有的效果。提供该作品有声读物的网站主要有：520听书网、有声小说吧等。二是改编为游戏，《小兵张嘎》被改编为多种格式电子游戏，包括网页游戏、手机游戏、客户端游戏等。如3454网站的页游版、游迅网提供的安卓手机游戏。

（四）以图书商品信息的形式在网上传播。徐光耀的《小兵张嘎》《平原烈火》《昨夜西风凋碧树》《徐光耀日记》等作品出现在电商平台图书类商品中，如亚马逊、当当网、京东、淘宝等。还有一类图书是以徐光耀本人或其作品为书写对象的图书，比如闻章的《〈小兵张嘎〉之父：徐光耀心灵档案》、林重杉的《平原烈火之魂：徐光耀长篇小说〈平原烈火〉思想和人物原型探秘》等。这些图书绝大部分只有与实体书相关的商品信息出现在网上，只有亚马逊提供了《小兵张嘎》的电子图书销售。

上述四种形式，是互联网上目前可见的与徐光耀作品有关的传播方式。需要说明的是，传统文学作品的数字化应当保护原作品版权，依照法律规定经由作者授权进行，但以上收集到的资料，不排除其中未经由版权持有者授权而存在的盗版可能，但这并没有影响数字化之后的作品在网上传播。

三、网民对徐光耀作品及作为经典作家形象的评价

互联网是一个开放的场域,加上网民在其中的虚拟身份,其交流的便捷性与自由度都是现实生活所不能比拟的。以聊天、发帖、跟帖、评论等为主要方式的网民间的互动,不仅反映着网民的真实意见,而且形成强大的网络文化助推力,主要表现在:放大个体行为的影响、聚合个体行为能量、孕育网络群体文化、促进文化产品传播、造就网络文化精神等方面。① 因此,了解网民对经典作品和作者本人作为经典作家形象的态度,能看到被文学史和主流价值观确认的艺术形象或作家形象在新时代的变化,而这种变化则能折射出复杂的社会思想和道德变迁。

关于徐光耀作品的网络反馈,集中出现在电商平台销售图书之后的评价上,也有读书网站、博客等部分书评和影评,百度贴吧、天涯论坛也有与徐光耀作品和个人有关的帖子和跟帖。现摘录部分如下:

(一)两家重要图书电商平台客户对《小兵张嘎》作品的反馈意见(去除对书籍的评价)

1. 亚马逊网:

"儿童文学经典小兵张嘎是七、八十年代看的书本。"

"比电影里还要详细,让孩子多了解英雄人物。"

"我并没买,但我看了样章,开头就非常吸引我的眼球,作者是抓住动作描写等表达方式写出了一个富有心计、争强好胜、顽皮机灵的小兵张嘎。"

---

① 曾静平、项众平、詹成大、方明东编著《网络文化概论》,陕西师范大学出版社,2013,第24—25页。

2. 当当网：

"我小时候看的是黑白的小人书，现在买给儿子看，《小兵张嘎》是我国儿童文学的经典之作。"

"以前不知道《小兵张嘎》电影是根据小说改编的，现在终于见到小说了，毫不犹豫买了。"

"一边给已经上二年级的儿子读着故事，中间穿插着讲一些他小时候的故事，儿子特别感兴趣，时而凝神静听，时而微笑，那专注的神情真是太可爱了！作者把我们那些熟悉的生活娓娓道来，让我们在享受这精美的精神食粮的时候也感受着那温馨的亲子时光，幸福就是这么简单！"

（二）豆瓣读书对电影《小兵张嘎》的评论

"记忆里面，这部剧是跟地道战地雷战等同样的出彩。里面镜头的运用也同样精彩，导演的拍摄手法在那个年代的中国应该是算很高超的了。拍张嘎在墙头上走的那段戏就是个说明。印象深的还有那个胖翻译吃西瓜的那段，还有那句话：'别看现在吃得欢，就怕将来拉清单。'"

"我们暂且把主演之后的命运和拍摄这部电影的原因放在一边。单纯地评价这部电影，在人物塑造和环境描写上不得不说这是一部地道好片子。吸引人的眼球，不自觉地被黑白影片吸引，也喜欢上这个鲁莽、勇敢、顽皮的男孩儿。从电影刚开始，嘎子去地里捉猹。这让我不禁想到了鲁迅的《故乡》……"

（三）天涯论坛中闲闲书话板块上，有一篇名为《徐光耀的抗日情结》的帖子，总点击五百六十三次，网民部分跟帖如下（去除与徐光耀和作品无关的评价）

"《小兵张嘎》是童年美好的回忆……"

"抗日、抗日，抗日是必然的，也是必要的！"

"现在市面上能买到《徐光耀小说选》吗？真想找来拜读。"

除了网民的交互式评论，被作为中国网络工具书使用的百度百科和互动百科均创建了徐光耀及《小兵张嘎》《望日莲》《平原烈火》等部分作品的词条，对徐光耀的个人经历、创作情况、作品成绩、创作风格、作品出版情况等进行了详细记载。值得注意的是，上述词条的编撰并非有明确身份的专业人士所为，而来自网民在上述网络平台注册后自行创建、增补和修订，它们在一定程度上也是网络民意的反映，但未见得准确或完整。这些词条对于公众了解徐光耀的创作和作品以及生平情况，起着非常重要的作用，它们与作品传播、网民评价等一起共同建构起徐光耀在网络上的综合形象。

结语：网络对经典的继承与重塑

对互联网上徐光耀作品及个人形象的传播进行文学与传播学的交叉观察，还不应忽略以徐光耀为主要报道对象的新闻资讯内容。上文提到的凤凰卫视对徐光耀的采访是一例，2015年河北作协举办的徐光耀创作研讨会，以及《徐光耀研究论集》和《徐光耀日记》出版发行，有关媒体均做了报道，如凤凰网曾发布题为《"小兵张嘎之父"徐光耀文学创作研讨会在石家庄举行》的报道文章[①]；此外，徐光耀原籍河北雄县，而且《小兵张嘎》故事背景为安新县，这两县均在国家新设立的雄安新区规划之内，随着对雄安新区文化脉络的梳理，徐光耀以家乡名人、著名作家的身份再次被媒体关注，如2017年5月31日《中华读书报》发表的《雄安：前世今生》一文[②]，以及凤凰新闻客户端的

---

① http://news.ifeng.com/a/20150624/44035486_0.shtml.
② http://epaper.gmw.cn/zhdsb/html/2017-05/31/nw.D110000zhdsb_20170531_1-10.htm?div=-1.

帖子《唐驳虎：都在说雄安新区，我来谈一些干货吧（中）》①等均有涉及，这些都使徐光耀和他的作品在网络上的传播出现一个"小高潮"。这些新闻资讯内容在网络上的传播，作为徐光耀创作的经典作品的有力补充，进一步扩大了徐光耀个人形象的影响。

总之，透过网上与徐光耀个人和作品有关的丰富内容，我们乐观地看到，作为已成中国当代文学史上经典作品的《小兵张嘎》《平原烈火》等和他们的创作者徐光耀，不仅在现实生活中被广大读者认可，同样也在互联网上有众多拥趸。作品和作者形象在网上的传播，是被网络继承、阐释和重塑的过程。这一过程与现实社会中的传播有相似性，但也显现出在文化环境、传播方式和受众群体接受、反馈等方面的差异性。

（一）在网络语境下，经典作家和作品仍然具有强大的现实影响力。所谓经典，"经典永远通过重新解释而获得更新，这样它们就既能有助于我们与过去保持联系，同时又能调整自己以适应当代关注的文体。有两种因素有助于我们成功地发现新意义。一是那些将以前的文学束缚于其文化语境的事实和成规的消失，二是允许我们积极参与意义创造的解释成规是有助于我们发现经典的现代意义的"。②尽管徐光耀的作品在某些艺术手法上受到时代的局限，但他的作品以民族救亡、民族解放和民族自立的革命历史为背景，但故事和主题上始终贯穿着爱国爱家、不屈不挠、不怕牺牲、勇敢顽强的民族精神，彰显着民族智慧和民族气节。这些精神已经融入民族血脉中，成为中华儿女的集体无意识，在任何时代、任何历史条件下都是永远存在而且被大力弘扬的，更是当下时代精神的重要内涵。因此，他的作品具有了跨时代性，成

---

① http://mp.weixin.qq.com/s/vUx3O7IY1SOO6zmAQvV7_g.
② 华莱士·马丁：《当代叙事学》，转引自王先霈、王又平主编《文学理论批评术语汇释》，高等教育出版社，2006，第212页。

为超越具体历史环境局限性的经典作品,而徐光耀也因为创作了这些作品、塑造了性格鲜明的艺术形象,而为大众所景仰。从这个角度上说,经典作品和作家形象被网络继承和重塑,是在网络上传播主流价值观念,培育有现实特色的网络文化,彰显民族文化自信必不可少的资源。

(二)网民对经典作品和作家形象的再确认,是一种自发的行为和自主的态度,显示了经典更强大的生命力。作为传播媒介,互联网比以往任何传统媒体都呈现严重的主体泛化特征。"传播主体泛化是指网络传播不再是单一的传播主体,而是由众多的、广泛的传播者同时在进行信息传播并同时成为传播主体。互联网代表着全球范围内一组无限增长的信息资源,其内容之丰富是任何语言也难以描述的。作为一个实用信息网络,互联网的用户既可以是信息的消费者,也可以是信息的提供者,因此在互联网时代人人都是传播者,人人也都是信息消费者。"[①]可以说,这是一个与现实社会完全不同的文化场域,经典作品进入网络,丧失了现实中与政治意识形态和主流价值保持高度一致的报刊、出版机构、影音制作发行机构等实体力量对受众的引导,依靠作品和作家自身的魅力接受读者检验,这是巨大的民意考验。我们通过上述网民跟帖、评论对徐光耀作品和个人形象的评价,在这样一个人数众多、观念嘈杂、身份虚拟的场所里,绝大多数评价都是正向的,或表达作品对自己和孩子的影响,或肯定作品的社会价值,而且很多网民很具体地指出了作品在某一方面表现出的艺术特色、思想情怀等,表明网民不仅阅读和观看过作品,了解作品的基本内容,而且态度是理性和积极的,显示了经典的强大生命力;而网络的互动也放大了网民的个人意见,使作品更有影响力。

(三)经典作品和作家形象在现实社会中建构起来的价值和意义存在被网络消解的可能。在对徐光耀作品(主要是电影,但并非不针

[①] 欧阳友权主编《网络文学概论》,北京大学出版社,2008,第165-166页。

对小说原著，只是因为电影的受众更多）和个人的评价中，均出现负面意见（见上文引用的网络资料，包括对凤凰卫视"口述历史"采访内容的评价），这些评价既有针对作品内容的，有针对创作手法的，也有针对作家本人的。由于多种原因的影响，这些负面评价在现实生活中很难见诸公共媒体，一些由于思想观念、趣味偏好和审美水平导致的个人意见被遮蔽了，这就使得经典本身和被确立的过程缺少丰富性与客观性。但是在网上，批评意见并不鲜见。这一方面由于网络的自由表达功能给读者提出批评意见提供了场所，另一方面，作为与现实相对应的虚拟世界，"平庸崇拜"和"渎圣思维"流行[①]，现实世界里原有的一些思维方式和价值观念存在被质疑、解构和颠覆的可能。从网络上对徐光耀和作品的批评意见中可以看出：（1）社会审美观念在发生变化，大众对艺术的理解能力在提高，对过去一些带有时代局限性的创作方法有了自己的批判性认识，如"高大全"式的人物塑造手法、"三突出"的创作原则等，这是时代的进步；（2）社会价值呈现多元化的趋势，一些读者不再拘泥于传统的价值认同，采用新的视角理解作品，并从中阐发出新的意义；（3）历史虚无主义观念在网络上时有表现，以之解读作品和作家，必然出现很少见的极端的意见。网络上针对经典作家和作品的批评意见，未见得都是坏事，经典作品和作家形象在新时代具有的这种被阐释和建构性，反倒从侧面或反面证明了经典的永恒性。

---

① 欧阳友权主编《网络文学词典》，世界图书出版公司，2013年。

时代的同代人
——论贾大山

贾大山是一位从历史中走出来的"归来者",沉寂多年之后被重新记起,这虽然有文学之外的因素,但可资证明的是,他"穿越"时代之后"走红"的原因不是别的,而是他的作家身份。1977年发表在《河北文艺》后被《人民文学》转载的《取经》获得全国首届优秀短篇小说奖①,是他第一次引起全国文坛的瞩目;而文坛得以窥见他的创作全貌,则要等到1998年《贾大山小说集》出版,这部品集也是他的第一部书,但他本人却无缘得见,他已于1997年病逝。这一情况也从一个侧面佐证了蒋子龙对他的评价:"大山无疑是文坛中人,似乎又从未进入过文坛。文坛无论是热闹的时候,还是冷清的时候,都没有他的份儿。风光露脸的事他不参加,出乖丢丑的事也找不到他。在文坛上看不到他,可他的人缘文缘又很好。文坛上没有人敢轻视他,他的小说写得不是很多,但出一篇是一篇,返璞归真,达到自然,很有些蒲松龄的遗风。"蒋子龙还谈到贾大山并非没有出书的机会,而是他禁得住名利的诱惑。②

所谓有"蒲松龄的遗风","返璞归真,达到自然"可作一解,蒋子龙在文中虽再无解释,但看贾大山的作品便知这个对比是有根据的:

---

① 康志刚编《贾大山创作年谱》,载《贾大山文学作品全集》,花山文艺出版社,2014,第643页。
② 蒋子龙:《河北的大山》,载康志刚编《贾大山文学作品全集》,第561页。

统计《贾大山文学作品全集》中列为"小说"的篇目，有八十五篇之多，论篇数来看，在他的同时代作家中也许并不算太少，但他的小说多为篇幅简短的短篇小说，有的以现在的标准来看，更像是"小小说"（假如这可以算作一种文体的话），而且诸如《古城三怪》这样的作品确有古代传奇和笔记小说的影子。贾大山最早的一篇小说系以"贾玖峰"为笔名发表于1973年《河北文艺》第一期上的《窑场上》①，此后一直勤勉地在短篇小说这个体裁上耕耘。与当下诸多写作者急于以长篇小说来确证自己的文学抱负不同，贾大山那一代作家常常以短篇小说作为自己重要的艺术追求，与他同龄的陈忠实同样获得过全国优秀短篇小说奖，而古华在发表《芙蓉镇》之前则有着十多年的中短篇小说创作经历。因为有着长期的、大量的创作训练实践，贾大山对短篇小说有着很强的艺术把控能力，因此在反映历史时代和自我经验方面，文体容量似乎不是他考虑的问题。

尽管贾大山的小说都是篇幅短小的作品，但将这些作品按照时间顺序排列起来阅读，就有一种"拆长为短"的感觉，它们拥有近乎相同的主旨和气韵。在谈到贾大山的前期作品时，雷达说："这么多作品几乎都是同一主题的各种推衍和延伸。主题其实是很集中的，那就是强调恢复实事求是的作风，婉讽'假大空'和极左思想……"②主题相似的短篇作品连缀起来看，就犹如一部长篇著作，它们集中反映了20世纪70年代至90年代中期这一转型巨变期的时代经验，写出了被现实裹挟下的各不相同的人生命运，较为深刻地揭示了时代与人的关系。

---

① 康志刚编《贾大山创作年谱》，载《贾大山文学作品全集》，第643页。
② 雷达：《乡土写实小说的新境界——从〈取经〉到〈梦庄记事〉》，载康志刚编《贾大山文学作品全集》，第560页。

一

有研究者将贾大山的创作划分为这样几个时期：1977年在《河北文艺》发表《取经》，成为新一代小说名家，是第一阶段；1980在《人民文学》发表《小果》到1987年，是第二阶段，"使他的小说创作进入了一个转轨时期"；第三阶段是1987年开始写《梦庄记事》到1992年左右，这是他的"社会影响达到高峰之后"的创作；第四阶段是1992年左右到去世前写小城人物素描的阶段。① 上述分期方法虽然总体上看是以贾大山自身创作规律的变化作为依据的，但通过分期起止的时间节点不难看出，这种分期方法一方面与时代的转换大体一致，另一方面则与他的个人经历有密切关系。贾大山"出生在正定县城内一个小商人家庭"，"1964年到西慈亭村插队"②，因此他的小说主要有两类题材，一类写下乡插队所见的农村生活，一类写小城镇的风土人情，这些都是他再熟悉不过的生活经验。也正因为此，贾大山的小说充满鲜活感，带有浓厚的日常气息，无论是对"文革"的反思还是对改革开放之后干群关系恶化的批判，他的作品都与时代紧密相连，是时代的反映。

贾大山并不掩饰自己的作品对政治的靠近。在《取经》获奖之后，他坦率地说："后来又发表了一些作品，都是写政治的、写政策的。"③ 研究者在对分期的表述中回避了1978年、1979年两年间的创作，而这期间的作品是颇为丰富的，在《取经》之后计有《香菊嫂》（1977）、《正

---

① 袁学骏：《贾大山小说论》，载康志刚编《贾大山文学作品全集》，第621–622页。
② 贾大山：《我的简历》，载康志刚编《贾大山文学作品全集》，第479页。
③ 同上。

气歌》《春暖花开的时候》《分歧》(1978)、《三识宋默林》《乡风》《弯路》《劳姐》《瞬息之间》(1980)九篇作品发表。若说第一阶段的作品《窑场上》《炉火》和《取经》在"以路线为纲"的框架下书写他的朴素政治理想,那么被忽略掉的这段时间的作品发表于"文革"即将结束,十一届三中全会召开之际,从内容上看则几乎全是对"文革"的反思,同样是与政策紧密相关的。贾大山受制于自身和历史的局限性,用小说反映政治政策和社会风气的变化,书写时代生活,这样的方法一直纵贯他创作的始终;即便是到了20世纪90年代,《京城遇故知》(1992)和《写对子》(1995)等也仍然将"文革"作为当下新生活的历史参照系。

贴近时代,贴近生活,做时代的同代人,是贾大山一以贯之的创作追求,这一点还体现在人物形象塑造上。在他的前期作品中,时代的总体性迫使他笔下的人物充满意识形态属性,突出地表现在政治在基层的代言人和劝谕者即农村干部形象上。《窑场上》中,支书王海以身作则,说服四喜大叔将盖房用的砖投入修建农业设施上;在《炉火》中,支书王新柱大义灭亲,揭露了支委马清水包庇自己大伯的行为,维护了支部的团结;在《分歧》中,公社党委书记老魏通过调查研究,用活生生的例子"完胜"喜欢用书本理论开展思想政治工作的副书记老许,诸如此类的还有《春暖花开的时候》中的支书梁大雨、《乡风》中的公社党委书记老张、《赵三勤》中的队长张仁、《正气歌》中的生产队长祁老真等,他们不仅在政治上"无比正确",而且还善于通过耐心细致的工作方法以理服人、以情感人。

尽管是贴近意识形态的书写,与无产阶级革命文学中以阶级为标准,非黑即白、非好即坏的二元对立的人物塑造逻辑稍有不同,在贾大山的小说中,与上述正面的基层干部形象(主要是基层党组织负责人)相对应的,是一批思想认识可以变化、能够被教育好的"中间人物"

或叫作"转变中的人物"形象的确立。这些人物不同于一出场就先天政治正确的支书形象，而是作为被教育的对象，经过干部教育或先进人物的影响而转向对政策的理解和拥护。人物形象具有的思想观念转变过程，使贾大山的作品在一定程度上摆脱了这类题材作品主题过于简单的弊病，适度减弱了人物的脸谱化特征，并具有一定的思想价值容量。在政治洪流中看到人的变化，贾大山在创作初期就有较强的自觉意识，他的处女作《窑场上》的四喜大叔就是这样一个形象，四喜大叔到窑场上拉砖，本想将队里的办公用房拆旧盖新，而支书玉海为了响应县委"大干一两年，实现千斤县"的号召，决定将有限的砖瓦用在打猪圈上，而四喜大叔发生转变的原因是被玉海媳妇主动腾退自己住房的行为所感动；《赵三勤》中的赵小乱也是这样一个人物，赵小乱因为劳动时"吸烟勤、喝水勤、拉屎撒尿勤"而被称为"赵三勤"，在队长张仁有针对性的教育下，他的思想发生了转变，并在内心里开始谋划个人的婚姻大事，"三勤"二字有了"洗脸勤、理发勤、换衣裳勤"的新含义，基层干部的思想政治工作让一个人从内心到外表都脱胎换骨成了新人。

由此可见，贾大山的小说从一开始就有着明确的人物意识，贴着人物写，将人物放置在了时代网格的中心位置，人与时代形成了主导者和塑造者之间相辅相成的关系。没有多少人能超越时代的局限，贾大山也是如此，在他的笔下，人与时代的关系主要表现为人与意识形态或抵制或拥护的关系，这并非贾大山对政治有什么特殊的癖好，他笔下的场景只不过是泛政治化时代农村生活的缩微景观。有学者这样概括"文革"时期的中国农村："'文革'时期的乡土民间，在实质上是高度泛政治化的空间，普通民众的经济行为及日常生活，在本质上都是一种政治行为，政治的内容无处不在，即便是最为个人化的私人情感空间也不例外。"[1] 据此，我们便不难理解贾大山塑造这些人物

---

[1] 丁帆等：《中国乡土小说史》，北京大学出版社，2007，第244页。

的初衷和这些人物本身的性格行为。

二

贾大山的农村经验来自他下乡插队的生活。同样作为知青,他的插队之路与王小波、梁晓声等这些作家不同,后者从北京、杭州等大城市到完全陌生的边陲和艰苦地区去,而贾大山只是从城里到本县西慈亭村(即后来他的"梦庄纪事"里的"梦庄")插队,不仅没有真正意义上的知青插队的轰轰烈烈,反而有点儿城镇干部"下乡"的意思。而又由于他所具有的文艺天赋和才华,他的插队工作也多与文化和教育有关。铁凝在回忆贾大山时说:

"……1964年他响应号召作为知青去农村。也许他是打算终生做一名地道的正定农民的,但农民却很快发现了他有配合各种运动的'歪才',于是贾大山在顶着太阳下地的业余时间里演起了'乐观的悲剧'。在大队俱乐部里他的快板能出口成章:'南风吹,麦子黄,贫下中农收割忙……'后来沿着这个'快板阶梯'他竟然不用下地了,成为村里的民办教师,接着又成为入党的培养对象。"[①]而他的家人回忆文章中也有这样的内容:"据和我父亲一起下乡的知青们说(那时我还没出生),他们是1964年秋天到'梦庄'的;到了那里他便一头扎进了俱乐部,吃、住都在那里,因为俱乐部里的工作他是内行。直言不讳地说他这人很懒,是为逃避劳动才去俱乐部里的,因为俱乐部里轻闲。"[②]可见,贾大山的个人经历并无多少背井离乡之后的命运遭际,因此他的作品完全不同于上述作家的知青小说,除了《花生——梦庄记事之一》

[①] 铁凝:《山不在高——贾大山印象》,载康志刚编《贾大山文学作品全集》,第551页。
[②] 贾永辉:《缅怀父亲》,载康志刚编《贾大山文学作品全集》,第578页。

《劳姐》等极少数作品中的侧面表现外,大部分农村题材的小说缺少知青小说中普遍存在的苦难叙事,他的个人主体性并未与农民的自身感觉有多少融合之处,被摆进作品中的"我",更多的是一个观察和审视农村的"他者"形象。

也正因为身份和站位不同,使贾大山在小说中建构起外于时代性和政治性、属于他自己的另一种"总体性",即批判精神。关于贾大山作品中的批判精神,早已为学者所关注[1]。看他的作品序列,从早期的《炉火》到晚期的《老拙》《傅老师》等,批判精神遍及各个时期的作品中。因此,称贾大山为"批判现实主义"小说家是恰当的。他对现实的批判呈现两种特征:一是敢于质疑"文革"期间不符合农村生活实际的意识形态"指挥棒",二是批判精神中又带有深刻的反思意识。

与时代同步的文学观念,使得贾大山的小说常常通过对比现实生活与个人对政治和政策的愿景来展开批判,而难能可贵的是,他在小说中表现出的个人理想化的政治期待与"文革"期间极左的意识形态并不一致。在《取经》和《香菊嫂》及其之后,他的视点转向了对极左意识形态的批判,绝大部分作品并不将政治和政策标准道德化据以对人物进行评判,相反将之作为批判的对象。他本人说"尤其在极左路线时,只讲生活,不能讲创作"[2],这里所指的"生活"显然是无法与政治区分,但在创作时他并未受制于此。《取经》作为他的成名作,塑造了两个截然不同的村支书形象,李庄的李黑牛善于调查研究,求真务实,敢于与不切实际的形式主义作斗争,而王庄的王清智则受"政治挂帅"的干扰,最后李庄获得了生产丰收,经验被县里推广;《分歧》中的公社党委书记老魏抓坚持抓生产,但是副书记老许喜欢用书本上

---

[1] 如封秋昌《贾大山的小说世界》、袁学骏的《贾大山小说论》,均见《贾大山文学作品全集》。
[2] 贾大山:《创作〈花市〉的前前后后》,载康志刚编《贾大山文学作品全集》,第509页。

的理论开展所谓的思想政治工作，面对村支书颜小囤在水利建设中不以为然的思想，老魏从实际出发的工作方法改变了他。

贾大山对现实批判的有效性，在于他善于从小处取材，以生活中常见的事件和人物作为对象。《正气歌》《劳姐》《瞬息之间》《春暖花开的时候》等作品从村干部的具体工作事例中发现工作方法中的问题，由此反观出极左的荒唐，而不是单纯地从概念入手，这也看出他的文学观："（农民）他们厌弃那些公式化、概念化的东西。那种脱离生活、主观臆造、图解政策的创作方法，实在不足取。"①。在后期的小城镇生活系列中，贾大山重视日常经验，发现生活中的幽微之处，揭露官场和民间的道德衰败，批判精神也仍一如既往。《黄绍先》用幽默的手法辛辣讽刺了公款吃喝玩乐现象；《夏收劳动》写县委四大机关下乡劳动，却被农民认为是到乡下吃喝；《村宴》中的一场村宴折射出世情百态，批判了吃喝成风和庸俗的人际关系；《临济寺见闻》结尾借《阅微草堂笔记》中的故事喊出了"人不如野狐"的心声。这些作品深刻揭示出了改革开放之后社会风气的变化。

贾大山对现实的批判充满了反思意识。在揭露极左意识形态给人民带来的伤害时，他的小说显示出了"乡土伤痕小说"的特征，主角是农民，意在反思"文革"给农村和农民带来的伤痛记忆和惨痛教训，"梦庄记事"系列中多有表现。《花生——梦庄记事之一》堪称贾大山最震撼人心的作品，小说写"我"到梦庄这个"花生之乡"插队，队长爱惜"国家的油料"，不情愿让人吃花生，甚至连自己常常在"肩上背着的小囡女"都不能如愿。队长媳妇收工时偷偷带回了一把烧了给囡女吃，队长"认为娘儿俩的行为，败坏了他的名誉，一巴掌打在了囡女的脸上"，此时悲剧发生了：哭泣的囡女被一颗花生豆卡在了气管里死去了，而此后"一连几天，队长就像疯了一样，不定什么时候，

---

① 贾大山：《多写一点写好一点》，载康志刚编《贾大山文学作品全集》，第 504 页。

猛地吼一声：'我瞒产呀！''我私分呀！'"。苦难的生活、活泼可爱的女孩儿和一具装殓的木匣将时代的残酷呈现在读者面前，在其中更包含着作者自我的愧疚与反思："我"初来时的无知与女孩儿的死建立了某种关联，以至于时时梦见女孩儿。小说用一件偶然的事件揭示了历史荒谬的必然，令人百般哀痛和深思。像这样有着忏悔精神的作品还有《醒酒》，白光为了生计盗窃半袋玉米，夜巡民兵白大林以将他当作批判的活靶子为由讹诈了十元钱，此后白大林一直觉得愧对白光，直到在新婚之夜了却心愿才放下包袱；《黑板报——梦庄记事之七》则通过黄炳文如何从梦庄唯一的高中生成为政治宣传的工具，批判了极左意识形态对人的毒害；与此相似的还有《一句玩笑话》《午休》等。

三

"梦庄记事"系列是贾大山"在思想上已经哲学化，在艺术上已经炉火纯青"[①]时期的作品。而在我看来，这组"着眼点并不在'记事'，而在写人。记事是为了写人，记事服从于写人"[②]的作品，当是奠定贾大山文学史地位的最主要作品。尽管前期的写作特别是《取经》获奖并入选中学语文课本为他赢得了声誉，但时过境迁之后回望，《梦庄记事》成为经受历史考验，最富文学性和思想价值的作品，代表着他创作的最高水准。

雷达在评价贾大山的创作时曾说："《梦庄记事》对贾大山的创作来说，是完成了一个重要的过渡的，什么过渡？从理到情的过渡，

[①] 袁学骏：《贾大山小说论》，载康志刚编《贾大山文学作品全集》，第622页。
[②] 王力平：《贾大山小说札记》，载康志刚编《贾大山文学作品全集》，第618页。

从政治化到人性化的过渡,从行动性到心理性的过渡,从写问题到写人情的过渡,从写怎样管理农民到研究农民心态本身的过渡,从政治生活化到生活心灵化的过渡。"① 这个判断是准确的,从"梦庄记事"开始,尽管批判现实的基调未改,但贾大山笔下的人物开始具有完整的灵魂和丰满的血肉,脸谱化的"扁式"人物向"圆式"人物转变,形象更加接近真实。

在这组作品中,在此前一直"政治正确"的党支部书记形象被一些有着多重性格的基层干部形象代替,这不仅使小说的批判性进一步增强,更呈现了人性的复杂。《老路——梦庄记事之二》沿着杀牛与抓人两条线索展开故事,交会之处就是老路这个有着复杂性格的人物:面对一条丧失劳动能力的老牛,他不忍宰杀,心痛落泪,但面对被抓回来的"四类分子",他换上走路能发出"咯噔咯噔"的响声、足以震慑人心的大头皮鞋进行残酷的审讯。为了减轻牛的痛苦,他准备用电击的方式杀牛,但却不肯让自告奋勇的"五好社员"合电闸,理由是杀掉一头干了二十多年活儿的老牛有违人心。让"四类分子"充当刽子手的决定成为完善老路这个看上去荒诞但又合情合理的矛盾性格的最终推手:一个连一头老牛都心疼的善良人却对被贴上某种政治标签的人穷凶极恶,人性在政治面前被异化到陌生难认。

在《坏分子——梦庄记事之十二》中,贾大山刻意通过对"坏分子"一词的所指,以人物虚伪的言行质疑时代生活的合法性,背后隐含人性在荒谬时代面前的复杂表现。老吴本是"四清"工作队的成员,他的职责是通过调查核实让一些犯了错误的干部"过关"。在审查一个名叫"小蝴蝶"的妇女与村干部之间的私情问题时,却以邪恶的方式在问询中寻求刺激,当"小蝴蝶"识破阴谋令他的意图不能得逞时,

---

① 雷达:《乡土写实小说的新境界——从〈取经〉到〈梦庄记事〉》,载康志刚编《贾大山文学作品全集》,第603页。

他连称"小蝴蝶"是"坏分子!"。在这里,显然与人私通的"小蝴蝶"比老吴更有道德纯洁性。由此可见,在"梦庄记事"系列里,贾大山的批判笔触已经从批判普通农民转向了批判政策的执行者,由批评极左政治路线在农村引起的形式主义转向批判人性,这是他的小说在文学方向上的深化。

除了干部的形象变化,《梦庄记事》中的一些农村女性形象也出现了新变。在贾大山的小说中,女性被赋予了不同的角色和性格形象,可谓塑造了农村妇女的群像。他笔下的女性大致可以分为三类:第一类是"圣母"和"女英雄"式的"正面"形象,前者善良、宽容,能够在生活中包容、说服和引导男人,《香菊嫂》中的香菊嫂、《中秋节》中的淑贞、《小果》中的小果、《电表》中的大嫂淑娥、《定婚——梦庄记事之四》中的小芬等就是这样的形象;后者则如《村戏》中的小涓、《花市》中的卖花姑娘,她们有主见、性格泼辣、敢说敢干。与之相对的则是第二类有着狭隘心理,爱占小便宜的"反面"女性形象,如《香菊嫂》中的巧姐,《二姐》中的二姐,《电表》里的二嫂小桂、三嫂墨香等,她们站在被作者批判的位置上。第三类是像《劳姐》中的劳姐、《云姑》中的云姑等,她们有着相似的艰难生活和苦难人生经历,《杏花》中的杏花也有这样的身世。

尽管有着男女平等的基本观念,但总体上看,这三类形象是作为工具性的人物出现的,她们常常用来佐证社会时代和道德流变。真正将女性作为意义主体,以女性的人本价值切入故事,发掘女性心理与现实伦理之间关系的作品,是《梦庄记事》中的第三篇《干姐》、第六篇《梁小青》、第八篇《俊姑娘》、第九篇《丑大嫂》、第二十篇《会上树的姑娘》、第二十二篇《杜小香》。这些篇目中的主人公心地善良,对生活和感情怀有美好向往,是一群敢于与现实和命运博弈的女性形象,可归作贾大山笔下的第四类女性形象。

《丑大嫂》里的"丑大嫂"姓祁,祁大嫂患了眼疾,羞于以讲究的衣着见人:"也许,祁大嫂过于爱美了,一个'萝卜花',使她完全自暴自弃了。"而人们也对她无甚期待,反倒人人夸赞,认为她勤快、朴实、守节,连村干部们也常常"把她树为妇女的楷模"。"我"送了她一副眼镜,但她只戴了一次就招来非议;我想收回眼镜,她却告诉我已经摔掉了。某一天当"我"被民兵连长领到祁大嫂院里,透过门缝,却看到:"她,穿一件很新的月白色褂子,拿一面镜子,正背着身照自己;照着照着,许是听到什么动静,一扭头,鼻梁儿上架着一副淡茶色的眼镜……"① 祁大嫂虽是一个残疾女性,但有着一颗爱美之心,就在她转头的一刹那,一个不肯抱残守缺,在灵魂世界里不肯屈从于命运的女性形象呼之欲出。与此有着相似性的,是《俊姑娘》,"俊姑娘"是一个名叫玲玲的插队女知青,活泼爱美的天性在农村没有招来羡慕,反而被人忌妒,成为处处不受欢迎的人;但当她在拆庙过程中被砸伤了腿,成了残疾时,却出人意料地获得了大家的好感,被评为"五好社员"。小说呈现了现实背后的荒谬逻辑,而在表象之下,则是一个女性在理想与现实碰撞中的悲剧命运。

四

贾大山在对农村的审视中,意识到了传统乡土社会僵化保守的社会风气阻碍着人性的复苏和社会的开放进步,根深蒂固的落后偏见常常将启蒙的理想扼杀在摇篮里。《失望》在同代人的作品中较早意识到了教育不公平的问题;《孔爷一梦》中的老革命孔爷不得已打着阶级斗争的名义盖学校。《枪声》直接书写了启蒙的艰难:"我"亲身

---

① 贾大山:《丑大嫂》,载康志刚编《贾大山文学作品全集》,第163页。

见证了一个对知识和理想有着无限渴求的青年路小林怎样被诬为流氓犯的过程,而作为曾经给他讲故事、教他认字的"我"仿佛也被枪决了,"我"的感受显露了知识分子在农村启蒙中的无力感。在女性形象中,除了上述"丑大嫂"和"俊姑娘"的遭遇,《离婚》中的乔姐也有着这样的命运;而在《梁小青》中,作者对此的哀叹更加直接:有文艺天赋和家传渊源的姑娘梁小青喜欢唱歌,对生活有着强烈的企盼,但现实无情地摧毁了她的音乐梦,最终成为一个乡下跳大神的巫婆。与梁小青相比,《杜小香》里的杜小香能够逃脱现实的束缚,并非现实的桎梏对她有任何松动,而在于她自己有着强大的自我拯救能力:当卖豆腐的杜小香被自己崇拜的会多种艺术表演功夫的叶小君嘲笑,尽管有着短暂的灰心,但是她终于振作起来,"跟着戏子跑了",去追逐自己的文艺理想去了。杜小香是贾大山笔下少有的敢于自觉与现实对抗的女性形象之一。

"梦庄记事"系列二十三篇断断续续写了十年(1987—1996),这十年正是改革开放之后社会思潮急剧变化时期。与早期他对意识形态的书写相似,我们再一次在其中看到了人与历史和时代不可分割的关系。在这期间,贾大山同时进行着小城镇生活的叙写,但由于体量狭小,主题和意蕴都相对单薄,最有特色的当数带有传统笔记小说色彩的"三掌柜"(《林掌柜》《钱掌柜》《王掌柜》)、《西街三怪》等,其他作品也仍旧沿袭了一贯的批判风格。尽管如此,这些小说因为贴近现实,语言和叙事生活化,娓娓道来的故事原汁原味,鲜有刻意雕琢的痕迹,且体现着作者清正、耿直的知识分子襟怀,也散发出浓厚的阅读趣味。贾大山的作品被称作"乡土写实小说"[1],他对农村和小城镇生活的描写完全来自亲身的观察和体验,我们不可否认,被摆进小

---

[1] 雷达:《乡土写实小说的新境界——从〈取经〉到〈梦庄记事〉》,载康志刚编《贾大山文学作品全集》,第598页。

说中作为叙事者的"我"在很大程度上是有着他自己的影子的。因此，这些作品在某种程度上是带有"自叙体"特征的，以至于像阅读萧红、赵树理和孙犁的作品，难以分清其中哪些是虚构、哪些是实有其事。对于这种写实性，雷达曾将其看作是与"白洋淀派"和"山药蛋派"同一类的文学形态①。

尽管都是篇幅短小的作品，但贾大山极为追求文本的精致感，每一篇作品都是精心而为，从不轻易下笔和示人："贾大山是个惜墨如金的作家。小说写好后总是先压到褥子底下，不急于发表，而是不断地进行揣摩和认真修改，直到自己满意了或有约稿才肯出手。"②在语言方面，尽管他使用通俗的民间话语写作（特别是在人物的对话中），但小说并不土气，反倒有一种淳厚、典雅的韵味；即便是批判性的、揭露现实残酷性和阴暗面的作品，他也能用黑色幽默的笔调尽力让文本灵动，使小说充满古代话本的韵味。在视角选择上，《窑场上》《中秋节》等作品通过他人的眼光侧面反映人物，使形象更增加了真实感。在叙事上，他精于对传统小说技巧的使用（一个例子是在《京城遇故知》等作品中以《红楼梦》的情节做比小说中的人和事），在处理日常经验时追求"平凡的传奇"，从庸常中起笔，却在推进中起伏转折，常有超出常态逻辑的迭变，普通人微茫的命运经由时代的发酵在文中有着奇谲的效果，给人传奇般的感受。

贾大山获得全国优秀短篇小说奖距今已过去四十年，《梦庄记事》最后一篇发表和他的故去也已有二十年之久（第一篇《花生》发表于1987年，最后一篇《迎春酒会》发表于1996年）。而这期间，中国社会和中国文学都已经发生了翻天覆地的变化。相对于此，贾大山显然

---

① 雷达：《乡土写实小说的新境界——从〈取经〉到〈梦庄记事〉》，载康志刚编《贾大山文学作品全集》，第599页。
② 封秋昌：《贾大山的小说世界》，载康志刚编《贾大山文学作品全集》，第616页。

已经成为一个"历史上"的作家——话复前言，贾大山不可能超越他所生活的历史时代，也无法超越他所属的文学时代，但是，他却始终对生活充满热情，也对社会抱有美好的期待。他自有一套个人的、理想化的评判时代的标准，无论是面对"文革"期间的极左政治，还是新时期的干群对立，他都以此为圭臬，衡量社会迭代和人心之变。在批判现实的基础上，他借由一些人物表达他对理想生活的期待：《拜年》中的忙月遭遇了岳父的轻视，他试图通过自己的努力向城里来的连襟看齐，表达了乡下人向上的生活愿望；《花市》中的卖花姑娘更成为新生活的象征；而在《年头岁尾》《智县委》《鼾声》中则表达了作者对政治清明的渴望。

现在看贾大山的小说，就如同隔空再看那个时代，我们对历史时代的不满，等同于我们对贾大山小说的不满，他自言的"政治的、政策的"书写，图式化的、脸谱化的和标签化的人物，简单化的价值内涵等在他的作品中是显而易见的。我们不得不说：作为时代的同代人，时代的宿命就是贾大山的宿命，我们恰可通过贾大山的"被记忆"，重新激活记忆中的时代和历史，从而获得向前的动力。

论关仁山小说中的党员形象

打赢脱贫攻坚战，实施乡村振兴战略，是党在新时代做出的重大战略决策；乡村作为党和国家的工作重心及社会关注的焦点，更是文学取材的重要领域。回顾当代文学史，新文学运动以来，乡土题材曾长期是小说创作的主流，一代又一代作家为读者贡献了一大批经典作品和农民艺术形象。20世纪90年代以来，关仁山因"写出了当今农村改革开放的新的情况，以及中国农民适应时代变迁的新的素质和精神面貌"（陈晓明）而受到文坛瞩目。作为曾经掀起"现实主义冲击波"的重要作家之一，关仁山熟悉农村，对乡村和农民怀有深厚感情，他的小说中的现实主义精神始终在对"三农"问题的关注中得到呈现。由于土地是农村最重要的生产资料，土地制度是社会主义基本经济制度的组成部分，因此农业和农村生活深受政策影响。在此基础上，关仁山在《日头》《天高地厚》《白纸门》《麦河》和《金谷银山》等长篇小说中，以土地和农村产业政策调整过程中的传统乡村生活，以及在党的领导下的乡村治理方式变迁等为背景，观照由此引起的农民精神状态与心理情绪的变化，以一批具有党员身份的典型形象扣住了乡村现代化进程中的时代脉搏。

一

在改革开放大潮中做时代的弄潮儿，一方面趁政策利好，为改变生存状况努力奋斗；另一方面，又肯奉献自我，带领群众发家致富、促进乡村发展的党员形象是关仁山着力塑造的人物，以《金谷银山》中的范少山和《麦河》中的曹双羊为代表。这些党员形象有的一身正气，心系百姓；有的虽有复杂的人生经历和道德品性，但总体上贯彻了党的农村政策，并敢于与传统乡村观念、宗族势力和利益集团等复杂的具体生活现实作斗争，为改变农村面貌、改善农民生活做出了贡献。

《金谷银山》中的范少山是一个《创业史》中梁生宝式的人物，小说以他带领白羊峪发展绿色农业帮助百姓脱贫的全过程作为主线，用文学手法诠释了"绿水青山就是金山银山"的新时代发展理念。范少山五年前离开祖居的白羊峪到北京卖菜，回乡时在大雪纷飞中经历了孤独贫困的邻居老德安自杀事件。面对"一个人活得没指望，一个村活得没希望"的乡村困境，他告别恋人、放下北京的生意，执意回到故乡去做拯救乡村的"超人"。从此，他的命运和乡亲们的命运紧紧联系在一起。他看准祖辈种植谷子的种质资源，利用土地流转政策扩大种植面积，在专家指导下发展"金谷"产业；又修通了出山的公路，并推广光伏发电，不仅保住了已经被列入易地搬迁的白羊峪，还使村民摆脱了贫困走上了可持续发展之路。范少山时时不忘以《创业史》中的故事激励自己，作者将他对传统道义和文化的传承（寻找村训碑）、对党的信念的坚守（全心全意为百姓考虑和积极申请入党）和对时代精神的追求（脱贫攻坚和走绿色发展之路）融合在一起，使之成为一个被理想化的乡村领路人的形象，无疑也是新时代所期冀的"新人"

形象。

比《金谷银山》更早创作的《麦河》也是将故事放置在以土地流转为基础的新农村建设上,但与范少山淳朴的理想主义相比,《麦河》中从"农业人格"转型为"商业人格"的曹双羊则是一个更加复杂的形象。曹双羊通过开办方便面厂引导村民流转土地,帮助故乡鹦鹉村走上了富裕之路。在这个过程中,他经历了情感的动荡和创业的艰难,来自宗族势力和竞争对手的干扰被一一排除,最终完成了资本的原始积累成功上市,也为种植小麦的乡亲们带来了收益;同时,作者也以入党的方式为人物作为农村致富带头人给了了政治上的肯定。他并非如范少山那样具有道德纯洁性,曾借刚刚出狱的流氓丁汉之手除掉了抢走自己女友的赵蒙,也曾违规把农民的土地证拿去银行抵押。但是,他性格中具有的不怕困难、敢想敢干以及对土地和故乡的深情,都使得这个形象生动感人。曹双羊到范少山两个人物的人生经历和性格变化,折射出的是中国乡村发展方式的变革,以及传统农耕文化与乡村道德观念的流变。

此外,《金谷银山》中的村民小组长余来锁、《麦河》中传统乡村文化的代言人狗儿爷等也是较为成功的党员形象,虽然政治身份也在形象建构中发挥着作用,但由于长期生活在农村,他们的眼界和思路都较狭隘,对于带领农民脱贫致富缺乏方法。从叙事上看,他们是用来衬托范少山、曹双羊这类形象的功能性人物。

二

与上述党员的形象不同,在关仁山笔下,作为基层政治权力代表者的农村基层党组织负责人常常处在一个尴尬的位置上。他们中有的是标签化的形象，例如那些站在应当为群众服务的位子上，嘴上喊着高调的口号，但却违背党的宗旨尸位素餐者；有的则倚仗党和人民赋予的权力飞扬跋扈，横行乡里，甚至鱼肉百姓者。例如《白纸门》中雪莲湾的吕支书，将七奶奶辛辛苦苦要来的二十万元建校款挪用买了小轿车；《金谷银山》中白羊峪的党支部书记费大贵干脆长期住在镇上，不参与村里的工作，反倒怪电视片上没他的镜头等；《天高地厚》中的乡党委宋书记则索贿受贿被反贪局带走。

这类人物中最典型、性格最复杂，也最发人深思的形象，当属《日头》中的权桑麻和权国金父子，以及《天高地厚》中的荣汉俊。他们既承担着党的工作职责，但又深受民间文化的影响，具有包括封建特权思想在内的多重道德观念，他们的人生难以简单评价功过与是非。权桑麻是日头村的老支书，按照他的观念，"我是日头村的党支部书记，在日头村，我能代表党，我说话，就是党说话，你听我的，就是听党的。"他眼红袁三定开发披霞山铁矿赚了大钱，副乡长金沐灶奉劝他不要违法毁约，他说："日头村和披霞山是老子的地盘，就得我说了算。"于是挟持民意与矿上械斗，死了人被上级免了职；他甚至想动用资金"把北京天安门照原样搬进日头村"。他的儿子权国金接替了他的村支书位置，但父亲的行事做派已经被儿子继承下来，"人们听见明明是权国金在说话走路，可却是权桑麻现身"。权氏父子构成了典型的乡村家族式权力结构，权桑麻是一个"善于把复杂与简单、诡秘与坦诚、凶残与善良搅拌在一起，令人捉摸不透。他的文化倾向是与中国传统文化中良性因素相对立的，骨子里是愚昧、贪婪、野蛮、占有和掠夺"。（孟繁华）

如果说权氏父子的形象更多地处在被批判的位置上，荣汉俊则是一个毁誉参半的争议人物。他由村支书兼任村长并担任企业厂长、董事长，直至担任县政协副主席。他既是农村改革开放的实践者也是既得利益者,年轻时担任蝙蝠村的民兵连长和生产队长的经历使他经受了锻炼,因私自种地被判刑出狱后抓住改革开放的机遇,第一个出去闯世界后又回到村里创办乡镇企业,迅速成为致富带头人。在改革开放初期,这类人物备受地方重视,经常被树为标杆。但当他开始掌握权力时,则通过权钱交易等方式巩固自己的地位,暴露出贪欲的一面;而在对待梁双牙、鲍真等年轻一代的态度上则表现出矛盾心理,一方面给予呵护,另一方面又暗中为他们的成长和上升设置障碍,这既显现出人性的莫测,同时也反映出盘根错节的乡村伦理和利益关系,显现出农村生活的复杂性。

这类人物作为农村党组织的负责人,尽管曾经为农村现代化进程做出过贡献,但他们的很多做法与其身份不符,而且不乏违法乱纪的行为。在繁芜的乡村观念、农村现实和极大的乡村治理难度面前,这些人物形象的出现有其现实根据和叙事逻辑上的合理性。对应到现实生活中,此类人物也是以往一个时期群众反映和社会关注的焦点,在媒体报道中屡见不鲜。可见这些文学形象有着高度的艺术真实性。尽管这些角色性格和道德品行皆不是单一化的,他们身上有被肯定或悲剧性的一面,但整体是被作者当作批判的对象加以塑造的;伴随故事情节的进展,这些人物要么被绳之以法,要么被群众罢免,他们的结局既符合善恶有报的民间朴素道德伦理观念,也是我党纯洁队伍、自我净化的写照。同时,这些人物的出现,也体现着关仁山在创作中一贯坚持的民间立场。

三

分析关仁山笔下的党员形象,他们的出现与文学史塑造"新人"的传统一脉相承,并以独特的性格和命运成为变革时代的艺术象征。

中国现当代文学的主流一直是现实主义写作，有无塑造出代表时代精神的人物形象则是其中的重要内涵。五四新文化运动以来，新小说中出现了鲁迅笔下的阿Q、涓生和子君，丁玲笔下的沙菲，巴金笔下的高觉慧等一批艺术形象，成为文学对新的社会变革的热情回应。左翼文艺运动兴起，特别是在无产阶级文艺思想特别是在延安文艺座谈会上的讲话指引下，一批代表时代精神和社会发展潮流的新人形象出现在小说中，如赵树理笔下的小二黑和小芹、李有才等。新人形象的塑造以及表现人在新的社会环境中的思想和行动变化成为小说创作的核心目标之一。"十七年"时期，对新人形象的塑造达到高峰，在社会主义现实主义创作中，作家们塑造了一批吻合当时政治需要或读者期待的工农兵形象。进入新时期和新时代，改革者、知识分子、打工者、新式农民、扶贫工作队队员等多种形象纷至沓来，在显示出现代社会生活多元化和多样化特征的同时，也表明当代小说早已不满足于通过意识形态的宏大叙事创造扁平化的虚假形象。

对于经济高速发展的中国而言，尽管城镇化进程不断加快，但农村的变迁仍然会从总体上牵动整个社会。这一现实反映在文学中，体现在从《古船》中的隋抱朴到《白鹿原》中的白嘉轩，从《废都》中的庄之蝶到《蛙》中的万心，从《主角》中的忆秦娥到《经山海》中的吴小蒿等形象上。而在琳琅满目的人物谱系中，自身的成长和命运与时代精神和叙事目标关系最为紧密的，是能够正确选择政治道路和坚守信念的形象。关仁山笔下的这些共产党员形象极具代表性，一方面，他们生长生活在农村，对乡村怀有炽热的感情；同时，他们又肩负着党组织赋予的政治使命，作者抓住了感情和责任这两条脉络排布范少山、曹双羊等人的命运。另一方面，这些人物又深陷乡村伦理和错综复杂的利益纠葛中，人性和道德被置于权欲和物欲的考验中，一些人物终究败下阵来，丧失了共产党员的信念，甚至走上违法犯罪的道路。

对这些党员角色的道德倾向和对人生道路的肯定或批判的立场，构建起了小说主题上的价值主张，而隐含的则是作者对乡村前途和基层政治生态的美好期待。在建党一百周年之际，关仁山笔下这些无论是被褒扬或被鞭挞的人物，虽然赋予其党员身份并不是叙事刻意指向的目标，但都有了别样的意义。

  王文静，女，石家庄市文艺评论家协会主席。中国社科院文学所高级访问学者，第34届金鸡百花电影节评委，中国电视艺术家协会电视史学委员会委员，河北省影视家协会理论评论工作委员会委员，河北省文艺评论家协会网络文艺专业委员会副主任、视听专业委员会副主任。主要从事影视评论、文学评论与网络文艺研究，在《光明日报》《中国文艺评论》《中国当代文学研究》《中国文学批评》《文艺报》等国家级专业期刊发表三十余万字，出版影视评论专著《你好，镜头》《三水小草与〈还你六十年〉》与文学理论著作《文学是一次对话》（合著）。多次应邀参加国家艺术基金网络文艺专题研修、中国长三角网络视听传播高峰论坛等高端研讨，先后获第四届"啄木鸟杯"中国文艺评论年度优秀作品奖，第十三、十四届河北文艺振兴奖，第九、十、十二届河北文艺评论奖，入选中青年文艺人才"燕赵秀林计划"、石家庄市宣传文化系统"四个一批"人才等。

个人感悟

苦中作乐是最恰切的形容

  文艺评论与创作被形容为文艺事业发展的车之两轮、鸟之双翼，然而在创作和传播的实践中，这两侧的力量却并不均衡。文学、戏剧、影视、曲艺、书法、美术、摄影、音乐、舞蹈、民间文艺等创作形式总是能够以鲜活的文艺形象打动人、感染人，而文艺评论常常由于其理论的参与、论证的必要以及客观的、对于情绪的警惕等诸多原因，并不能广泛、充分地发挥它所担负的"引导创作、推出精品、提升审美、引领风尚"的功能。一方面，在当下移动互联网的传播语境下，碎片化阅读带来的话题性、消费性和情绪化对文艺评论的存在空间实施着巨大的挤压，那些扎实的理论梳理，平实的文本分析很难冲出网络的"重围"与读者见面。另一方面，以影视、戏剧、演出、展览等综合艺术为代表的艺术形式，由于资本对于创作和传播的参与，必然导致形成以宣传推介为主要目的的评论性话语体系，这些评论总是会更短、更快、更直白、更便捷地被推送出来，在流量至上的互联网传播中先入为主，一定程度上也混淆了文艺评论的面目。

  文艺评论创作是一项长期而艰苦的创作和劳动。它和其他创作一样需要对生活的细微观察、独特思考和深刻理解，又不止于此；它和其他创作一样需要具备敏锐的艺术感知、珍贵的灵感乍现，但似乎也不止于此。文艺评论的难度在于它既要遵守理论研究的逻辑，又要熟悉当下的创作现场，还要拿出针对某个作品文本的鉴赏和评价。对于理论研究者而言，"现场"或许并没有那么重要，因为随着时间流逝，理论要的是留下的、沉淀的和最终形成的东西，而评论则需同时记录现场发生和正在进行的创作行为，这些片段的重要性不仅体现在多年后对于理论总结的重要贡献上，我觉得相比前者，及时、客观、综合地提供这些片段本身同样重要或者更加重要，因为失去了"此时此刻"，也就放逐了这个最大变量所指向的全部内容——正如不设置任何条件的实验，空泛而没有意义。这样看来，文艺评论的艰苦还不是潜心文献、精读理论、重视文本的劳力之苦，而是看到现象、理解背景、找到规律的劳心之苦。

在一次采访中，记者朋友问我："有很多机会可以去搞剧本创作，为什么会选择文艺评论这条路？"我突然卡壳了，不是从未心动，可能是更加清楚自己的能力边界和表达偏好而已。从最初凭着兴趣看书、看片、看剧后不吐不快的"评"，到钻进书斋顺着一个线索去梳理、去设问、去解惑的"论"，再到如今自觉地去了解是什么人在创作，是什么人在传播；是谁在欣赏，又是谁在消费，用文艺评论去试着解读人们在每一部喜欢、讨厌、无感的作品中埋藏的时代密码，或许我只是迷上了这种探险的体验。

无限风光在险峰，途中的陡峭崎岖也就变得不那么面目可憎，苦中作乐成了最恰切的形容。当然，吃得下苦既是对我能力的考验和挑战，也是对我对创作、对人、对社会、对世界进行思考的仪式感。可谁又能否认，用自己的方式无限接近创作的本质，无限接近人性的真相，无限接近澎湃的生活，是人生一大乐事呢？

网络剧创作传播中对现实的虚化与聚焦

内容摘要：本文从网络剧近年来的发展轨迹和主要特征入手，结合其后现代主义和青年亚文化的精神底色，在大众文化和传播学视角下，对网络剧与现实的"关系悖论"进行梳理，同时从近几年来网络剧的创作生产和文本分析入手，对《白夜追凶》《军师联盟》《琅琊榜》等作品从IP改编、文本意义、审美特征、传播特点、技术互动等方面进行深入解读，旨在揭示网络剧创作传播过程中呈现出的双重景观：一方面，网络剧反对传统现实主义对宏大叙事和历史意识的主张，抛弃了对深度意义的挖掘和现实主义的厚重；另一方面，网络剧又依赖于生活现实和技术现实，用大众文化视阈下的平民视角、审美表达和传播方式作为确认其"民间"身份的重要手段，依托自由度较高的互联网环境实现着自身的扩张和发展。

关键词：网络剧；现实主义；后现代主义；双重景观；大众文化

随着媒介融合的日趋成熟，互联网技术的迅猛发展，视频网站的技术更新和制作主体的原创推动，网络剧在泛娱乐化的传播环境下蓬勃发展。逐年递增的原创剧集与逐年攀升的播放量成为网络剧强劲势头的主要表征，超过半数的观众选择手机作为观剧终端，单剧播放量跨入"十亿时代"。这不仅满足了受众对于视频、剧集的跨屏收看需求，网络剧的创作传播也在电视台、互联网、视频网站、影视制作公司以及电视机生产商的联合推动下更加多元和成熟。与此同时，"社会生活的发展使某种艺术体裁的表现力相形见绌，一种更新的艺术体裁将这种体裁进行分解，同时综合它的优势因素，并逐步代替了它的中心地位"①。于是，网络剧不再仅仅是一种文化现象，同时也成为一种大众认可、形式稳定的文艺创作样式。从起步发展到精作深耕，网络剧在资本、市场、观众以及自身内容和制作的试验和博弈中不断完善，其剧作内容、审美表达和制作水平也在不断探索、过滤和淘汰中日趋规范。从文化背景上，它的发展壮大是后现代主义和青年亚文化在参与社会文化的过程中对"意义"的出离；在传播视阈下，网络剧改变着传统电视剧创作传播格局，却无法逃避其对技术现实和市场回报的依赖。

一、网络剧的发展脉络与特征

尽管网络剧从草创、"山寨"而走向"井喷式"爆发的快车道，然而学界并没有对其内涵做出权威的界定。2000年由五名在校大学生自编自导，专门为网络平台播放而制作的心理题材网络剧《原色》被普遍认为是"中国第一部网络剧"②。从此以后，互联网的平台优势和技术红利在强化其传播渠道的便捷性的基础上，探索着网络剧作为新

---

① 刘隆民：《电视美学：电视艺术的美及其审美活动》，文化艺术出版社，1990年。
② 新浪网：《国内首部在网上播放的网剧〈原色〉播出》，http://tech.sina.com.cn/news/internet-china/2000-03-20/20477.shtml，访问日期：2000年3月20日。

的视听节目形态和观看方式[①]的形成。

1. 网络剧的内涵与发展节点

2000年以来,网络剧这一新兴的艺术样态从娱乐化、商业化到专业化、规范化的进程,也是"网络剧"概念逐渐完善的过程。随着即时点播、实时互动、跨屏阅读等互联网优势日益凸显,网络剧的分类也逐渐清晰:一类是由视频网站或影视公司独立投资拍摄,专门针对网络平台制作,并主要在互联网播放的剧集和视频作品,即"自制剧";一类则是把网络作为电视信号的替代技术,利用网络平台在视频网站播出的传统电视剧集,即"网台同播剧"。

从互联网实验室提供的数据来看,自2010年起,国内排名前十的视频网站半数以上都开始制作出品自己的网络剧,网络剧坐标从边缘移向中心,网络剧创作从自发转向自觉,媒体把2010年命名为"网络剧元年"[②]。2014年,受到市场"蛋糕"鼓励的各大视频网站开始制订网络自制剧的战略发展计划,并明显加大了对网络剧制作的资金投入,其中爱奇艺在当年宣布单集投资五百万制作的《盗墓笔记》引发了网剧市场付费浪潮,因此2014年也被称为"网络自制剧元年"[③]。2016年,国家新闻出版广电总局在中广联合会电视制片委员会2016年度大会暨第十一届全国电视制片业十佳颁奖大会上对一百五十多部内容违规的网络影视作品进行了通报处理[④],表明了官方加大对互联网视频节目的整治决心和力度,成为网络剧从野蛮生长向专业化规范化制作发展的重要拐点。

[①] 刘扬:《新媒体语境下的网络影视剧传播与本体美学特征》,《民族艺术研究》2010年第5期。
[②] 微口网:《国内网络剧的SWOT分析》,http://www.vccoo.com/v/24ee42,访问日期:2015年6月13日。
[③] 苗春:《网络自制元年:自制综艺激荡互联网》,《人民日报》2014年6月18日。
[④] 广电总局:《2016年有150多部自制网剧、网络电影受处理》,http://cnews.chinadaily.com.cn/2017-02/21/content_28290532.htm,访问日期:2017年2月21日。

2. 网络剧迅速发展的主要原因

首先是互联网技术的高速发展。截至 2017 年 12 月,以手机为中心的智能设备成为"万物互联"的基础,移动终端规模加速提升、移动数据量持续扩大,技术发展催生受众人群激增,同年高达七点七二亿的网民和七点五三亿的手机网民规模[①]形成了巨大的消费缺口。其次是受众的接受需求。网络剧作为大众文化背景下艺术和技术的结合体,凭借它轻松、自由、即时、互动等强娱乐性和强交互性特点满足了受众娱乐消遣的接受动机,疏解了现实生活节奏快、压力大的困境,迎合了信息碎片化、思想多元化的精神需求。再次是文化产业政策的影响。2014 年,国家新闻出版广电总局出台了"一剧两星"(即同一部电视剧每晚黄金时段联播的综合频道不得超过两家,同一部电视剧在卫视综合频道每晚黄金时段播出不得超过两集)的播出规定,增加了卫视对电视剧的购买成本,电视剧制作单位全新洗牌的空当,为视频网站推出网络剧营造了绝佳的契机。2017 年,国家又先后出台《推进互联网协议第六版(IPv6)规模部署行动计划》《关于深化"互联网 + 先进制造业"发展工业互联网的指导意见》等政策,为发挥网络文艺的产业潜能提供了支持。

3. 网络剧的主要特点

阿多诺认为,喜欢的人越多,作品的趣味就越低。反过来,为了获得更大的商业利益,艺术家就要降低作品的趣味,以满足大众的需要。[②]可见,大众化特征在流行文化与商业资本的合力中往往最先显现。

[①] 中国互联网信息中心:《第 41 次中国互联网络发展状况统计报告》,www.cnnic.cn/hlwfzyj/hlwxzbg/hlwtjbg/201803/P020180305409870339136.pdf。

[②] 彭锋:《艺术学通论》,北京大学出版社,2016。

而网络剧作为文化与资本的产物当然也概莫能外,其体现主要集中在表现形式和心理驱动两个方面:表现形式上,网络剧的题材广泛多元,历史、罪案、玄幻、都市无所不包;形制短小精悍,内容紧凑;审美特征通俗爆笑,倾向于平民化的大众审美。资本主导、产业语境下的网络剧生产往往自觉迎合受众,导致行业内部出现"劣币驱逐良币"式的"自调节"和"低准入",使网络剧的"大众化"特征退化为低门槛、低标准和低品质。

交互性是网络剧区别于传统电视剧的重要特点。移动互联网作为新的技术媒介参与制订受众观看剧集的新尺度、新规则、新标准,从传播方式来看,手持各类移动终端的观众可以任意点播、下载、上传、转发、分享相关视频和剧集,成为接受者与传播者合一的主体;从反馈机制来看,网络平台通过用户留言、弹幕评论等通道为观众与作品、观众与平台、观众与观众之间开辟了信息交换通道,一些网络剧的制作甚至就在网友的互动参与中开展和完成,如《我为天使狂》从演员海选、剧本征集、拍摄记录和论坛互动等环节都体现了网络剧的高参与度[①]。

以后现代主义作为精神底色的网络剧总是力图打破中心化、主体化,以反本质主义、反"权威"意义为标志,把世俗、多元、偶然以及对宏大叙事和元话语的解构作为主题。而后现代主义对文化产品内容的影响又与资本对网络剧的主导相扭结,使网络剧呈现出了迎合大众趣味的消费性。特别是在网络剧发展初期视频网站无序竞争的状态下,网络自制剧基本上是以迎合观众需求、制造刺激猎奇的"三俗"产品居多,体现社会主流价值和良好风尚的网络剧却寥寥无几,主流价值观被后现代主义和青年亚文化所覆盖,巨大的受众群体既是消费主体,同时又被网络剧消费。

---

① 王红勇:《网络文艺论纲》,山东教育出版社,2014。

二、虚化:"距离"的消失与意义的重写

如前文所言,网络剧创作和传播中的双重景观是在移动互联和全媒体融合时代后现代主义文化、青年亚文化和大众文化在影视剧创作上的艺术表征。它既承担着各种文化体系交织造成的话语表现,又受制于互联网和媒体的技术话语。杰姆逊指出,后现代的全部特征就是距离感的消失①,网络剧与网络文学相似,同样企图弥合空间距离感、时间距离感和大众与精英的距离感②,那么,综观当下的网络剧创作,空间感的消失主要体现为对现实主义的放逐,时间感的消失则是对历史意识的悬置,而大众与精英的距离消弭则是对社会价值的戏谑以及创作表达的俗化。或者说,要"现实",不要"主义"成为网络剧在创作制作理念上的新的选择。于是,"将现在从与过去和未来的关系中解放出来,将这里从与那里的关系中解放出来,使我们每一次现在、这里的生命都充分呈现自身的意义"③——这种不再通过历史、未来、他者的互文关系来确定自我意义的"在场性",伴随着"在场性"的原始、瞬时带来的真实、自由、网感十足等作品特征,成为网络剧在题材内容和价值审美上的新的面向,而网络剧也在对距离的消融中启动了移动互联时代关于意义的想象和重写。

1. 对现实主义的放逐

现实主义创作遵循"来源生活、高于生活"的创作方式,以典型

---

① 弗·杰姆逊:《后现代主义与文化理论》,唐小兵译,北京大学出版社,1997。
② 欧阳友权:《网络文学概论》,北京大学出版社,2008,第124页。
③ 彭锋:《重回在场:哲学、美学与艺术理论》,中国文联出版社,2016,第14页。

的人物形象和深刻的社会历史意义向"经典文本"靠近。而后现代主义和青年亚文化背景下的网络剧,则态度鲜明地消解"宏大叙事"和"权威表达",它服务于网络剧传播"分众化"趋势和受众放松减压、消磨时间的客观需求,无意建立经典文本和典型人物,而是意图反映与它的"民间身份"和"草根特征"相匹配的"素人式"生活,更体现一种不附带主观意识形态、不承担某种重大意义的生活方式和大众审美,体现为对一切规则的摆脱,变成了"写什么都行"(题材)、"怎么想都行"(价值意义)和"怎么写都行"(艺术表达)的"放飞自我"。当然,这种超越和自由在网络剧发展的初期,在题材和内容的多样化、话题度和人气制造上起到了一定的助推作用,但潮来凶猛,矫枉过正,也留下了同质化严重、格调低下、制作粗糙的后遗症。

仙侠玄幻类网络剧是对现实主义进行放逐的典型表现。此类网络剧的叙述线通常锁定在游历成长、正邪较量、侠义情怀、与命运禁忌抗争等故事性较强的要素,并结合爱情、亲情、友情、师徒情等看点丰富的情节,凭借主人公离奇曲折的命运、坚毅完美的性格以及美轮美奂的后期制作征服观众。2015年搜狐视频和唐人影视联合出品的网络剧《无心法师》以中国传统鬼神文化为背景,融合玄幻、爱情、惊悚等元素,塑造了与月牙真心相爱、与岳绮罗斗智斗勇的无心法师形象,用线性叙事保证了环环相扣的故事逻辑和悬念设置,呈现了高对比度的色彩画面、强辨识度的神秘场景、情节化音乐背景以及精良逼真的高品质特效,是网络剧从数量井喷到质量跃升的一个标志性作品。无独有偶,国内首部网络播放破二百亿的仙侠玄幻剧《花千骨》通过讲述花千骨和白子画师徒之间触犯禁忌、有损修为、惑乱众生的虐心恋情,也收获了不俗的市场回报:首轮发行后突破一点六八亿元,单日网络播放量超过三点五亿次,手游上线后也快速占领市场[①]。然而与这部分

---

① 卢扬、陈丽君:《仙侠小说改编剧成吸金大剧》,《北京商报》2015年7月31日。

优质类型剧成功征服受众和市场相对的是，大量的跟风制作也导致了题材类型同质化、故事逻辑经不起推敲、低劣的后期特效等创作硬伤，出现了《择天记》等大量被观众吐槽的"烂片"，连受到《无心法师》播出效应鼓励之后创作的《无心法师2》也同样没能逃过"续集魔咒"，因故事冲突乏力、创新点不足等原因在品质和收视上都乏善可陈。

2. 对历史意识的悬置

当尼采在19世纪提出的"不存在事实，只存在解释"成为后现代主义者的共识之后，解构、摧毁和重新定位就变成体现后现代思潮历史观的关键词。历史过程中的事实真相与写史秉承的"宏大叙事"都被彻底否定，而代之以虚无主义、碎片化和荒诞不经的颠覆与戏谑。与19世纪不同的是，当时的经济社会和政治文化语境中，后现代主义指出人类生存没有意义、没有目标，历史没有可以理解的真相和本质价值；而在网络剧时代，对历史相关的概念范畴和真相叙述并没有被完全摧毁。作为历史题材的网络剧创作，历史观和历史感必须是在场的，既不容许虚无主义的无视和戏说，更不容许主观唯心的历史臆想。创作者更倾向于利用历史切口打开故事，而并不对剧作的价值意义从历史观的角度进行指认，也就是说，网络剧对历史意识既不拥抱也不回避，它既延续了传统电视剧对历史题材的热衷，把历史背景作为故事底色，同时又企图建立对历史的新的定位和呈现，而支撑创作的历史观究竟在哪里，以何种方式体现问题，在网络剧中被轻松悬置了。

2017年在优酷视频首播的《大军师司马懿之军师联盟》（以下简称《军师联盟》）以司马懿入仕为曹魏政权呕心沥血的故事为主线，再现司马懿与曹氏父子密切而复杂的关系，以及东汉末年到三国鼎立的动荡年代中司马懿韬光养晦、风云激荡的前半生。然而，"网感"十足的片名透露了《军师联盟》不再把重复清晰的史实和架设厚重史观作为创作意图，它只想通过抽出历史中的人物，借由"强情节"的故事线索和人物关系，把"历史剧需要时代表达"作为互联网时代的新追求。快节奏的剧情和流畅的观感超出了观众对历史剧的心理预期，反映出《军师联盟》在历史观的确立和历史叙事的方式上找到了与时代的衔接点，这个"点"既在"大事不虚"的历史边界之内，跳出了既有影视作品对司马懿的"脸谱化"呈现，又果断地还人物于历史中，并选择了历史剧的现代讲法。在人物塑造上，《军师联盟》抛弃二元的人物设置，采用了"平视"的视角，既不是"洗白"和正名的英雄颂歌，也不是离奇虚构、历史戏说，而是企图还原英雄际会、权力更迭的壮阔时代里一个才子和臣子的心路历程。在《军师联盟》群英谱中，只有性格异同、命运浮沉、才能高下和理想信仰的差异，没有以往三国题材中以"忠奸"区分的价值体系，表现出了客观节制的历史感，这种更加宏阔理性的表达，尽管没有主观历史意识的参与，也被当下多元多变时代的理念所认同。

当然，在时代视角下对历史意识的悬置并不直接决定网络剧是否成为"爆款"，创作者在历史与现实的时空交叠中提炼逻辑自洽的主题同时，是否遵循了历史逻辑的前提也是重要指标。以屈原为主人公的《思美人》既囊括了历史、宫斗、玄幻、仙侠、爱情等要素，又有马可等一众偶像演员的"颜值担当"和流量保证，却依然遭遇了收视的"断崖式"跌落。无论是对昏聩无能、重用佞臣的楚怀王的"正面"塑造，还是对"秦失其鹿天下共逐之"（出自《史记·淮阴侯列传》）等典故的"张冠李戴"，在游戏历史、消解经典的自说自话中，《思美人》把屈原拍成了一个缺乏礼数的冒失少年，一个将大部分精力放在谈恋爱的古装杰克苏，沦为一部打着历史剧幌子的俗气言情剧。

3. 对精英价值的戏谑

电视剧是大众文化的重要表现途径。尽管如此，从20世纪八九十年代电视剧创作和制作体现出的专业性而言，它仅仅在接受环节属于观众。而互联网时代的网络剧制作是从小型（手持）摄像机开始的，2000年网络剧《原色》仅仅靠几千元的投资就向电视剧制作的专业和权威发起了"去精英化"的挑战。当互联网技术敞开了网民可以自由上传个人视频作品的大门，来自设备、技术和制作等方面的壁垒被逐个击破，在不讨论作品质量的前提下，电视剧制作的"精英化"被游戏了，电视剧不再是一个"一本正经"的严肃创作，而是变成了表现自我的影像方式。

不仅如此，网络剧对精英价值的戏谑还体现在作品内容上。法国思想家博德里亚认为，"消费社会以最大限度攫取财富为目的，不断为大众制造新的欲望需要"[①]。欲望的满足代替精神层面的攀升成为网络剧消弭大众和精英距离的内在动因，精英价值不仅难逃消费主义下帅哥靓女、鲜衣怒马、霸道总裁、光环女主的轮番轰炸，连以往剧中关于奋斗、正义、成功、英雄等主题表现也受到了大众文化的影响。于是网络剧成为观众乐于消费的商品，而不再甘心扮演补充精神营养、完善和重塑世界观的角色。根据孔二狗网络小说《东北往事之黑道风云二十年》改编的同名网络剧2012年在乐视播映，每集约二十分钟。这部反映东北地区近三十年的社会变迁，带有浓厚史诗味道的作品，选择了以黑道组织的生活经历为切口，通过这个"反精英"的叙述塑造了赵红兵等一群退伍军人的热血与追求，也再现了各阶层人物的生存奋斗和挣扎，在触目惊心的人情百态中反映社会经济政治变迁。从主角赵红兵的塑造来看，他既不是传统意义上扶危济困、见义勇为，

---

① 胡经之：《西方文艺理论名著教程》（第二版）（上），北京大学出版社，2003。

凭借个人能力实现社会价值的光辉形象,也不是"古惑仔"般把"混社会"作为理想追求的"黑化"主人公,他们对于正义公平的坚守,对是非对错的追问,对弱势群体的扶持以及对迷失的个人理想的寻找和反思,都是对传统"英雄价值"的"去精英化"。

三、聚焦:民间视角与传播语境的合力

世界不是借由媒介来表现,世界就存在于媒介里。①在我国迅速地步入媒介融合时代的当下,网络剧成为传播语境下的艺术形态。它不仅仅是以互联网技术为核心的视频网站等平台对于电视台播映传统电视剧的分流和补充,更是新传播语境下对于审美表达的更新。在文化资本的自身矛盾中,网络剧一方面遵从"文化追求无功利"的审美性表达,一方面又不得不服从于"资本追求盈利"的商业化模式,在这个悖论的博弈和较量中,传播作为媒介通过发酵和过滤,逐步生成着网络剧独特的艺术景观。

1. 平民化视角增强受众黏性

马尔库塞认为,发达工业社会成功地压制了人们心中的否定性、批判性、超越性的向度,使这个社会成为单向度的社会,而生活在其中的人就成了单向度的人,单向度的人意味着认同现实、失去反思和批判精神②。网络剧作为传播语境和消费文化的共同产物,以"解构意义""去中心""去本质"为精神底色,以市场反应和经济回报为目标,

---

① 张耕云:《数字媒介与艺术论析:后媒介文化语境中的艺术理论问题》,四川大学出版社,2009。
② 赫伯特·马尔库塞:《单向度的人:发达工业社会意识形态研究》,刘继译,上海译文出版社,2008。

不再把厚重的历史文化底蕴和人文思想作为主要表达对象，也不再把主流话语和意识形态的嵌入作为创作中心，受众的喜好和共情成为其制作的重要参考指标，审美视角向平民转移。

马克思指出，任何精神产品生产的同时，都在生产它的消费对象。因此，与平民化视角相伴生的是，文化产业陷入趣味越低越受欢迎、观众越消费这些产品趣味越低的怪圈。① 在这个怪圈的旋涡里，网络剧自身内容上的俗化、价值上的空心化就不能避免。台网播出后反应强烈、话题度较高的《欢乐颂2》《我的前半生》等都市情感类剧作，是妥协于传播角力中受众需求的作品代表。不管是《欢乐颂2》中背景不同、性格迥异的"欢乐五美"，还是《我的前半生》中挣脱婚姻困境追求个人实现的罗子君，她们本来应该以自身追求爱情婚姻和事业理想的故事萃取出主人公们积极进取、时尚乐观、自由洒脱的现代女性精神，为职场女性和中产阶层的精神代言，可事实上"欢乐五美"本身具备的女性视角、女性困境和女性成长这样极具价值和分量的主题，被老谭、包奕凡、贺涵的各种无所不能、各种从天而降、各种"总裁甜"和各种"琼瑶式"桥段解构掉了。"新女性精神"的迅速消解满足了平民视角对于都市女性和都市生活的主观臆想，"乌托邦式"的童话情节带着从"欢乐"滑向"娱乐"的消费特征，成为网台同播的"现象级"爆款，也是电视剧在网络时代争取更大平台和市场的创作策略。

尽管为了适应大众文化的趣味，赢得更多受众的关注，网络剧不得不选择"俗"作为其精神核心，但它作为市场行为为了在资本链条中处于主动，在商业竞争中谋取利益，通俗的"平民化"视角也必须找到个性化、艺术化的审美表达，"通俗也要标新立异"②。2017年优酷独播的悬疑罪案剧《白夜追凶》，在播映后高人气、高热度和豆瓣

---

① 彭锋：《艺术学通论》，北京大学出版社，2016，第147页。
② 同上。

高评分的"三高"背后，是网络剧在剧情完整度、冲突密集度、情节逻辑性和制作的精美度等方面的集中突破。内容上，《白夜追凶》通过"白夜双生探案"的故事来拉动罪案题材的悬疑指数和劲爆尺度，冷峻低沉的"刑警队长"哥哥和散漫痞气的"灭门杀人犯嫌疑人"弟弟在昼夜之间交替穿行，真相大白之前的每一次身份交换都在刀锋上心惊肉跳地翻转。"1+7"的主体剧情框架的运用，使贯穿的主题与独立密集的案件有序展开，每个案件都节奏快速、逻辑缜密、悬念充足、刺激管够，让观众尽享烧脑的推理乐趣，也满足了他们对于文化的娱乐性和奇观性消费。不能否认，高品质原创和精良制作是推动网络剧在"平民视角"上延长艺术生命，成为大众文化和传播产品爆款的一个重要条件。

2. 高品质审美掌握市场"话语"

经过十几年的发展特别是 2010 年之后的网络剧，不仅上线剧目总量稳步攀升，其发展动力也非常充足。以 2017 年全网上线的二百九十五部剧集为例，虽然剧目数量较之 2016 年的三百四十九部略有下降，但八百三十三亿次的总播放量较 2016 年有大幅增长，网络剧的类型也比过去两年更加丰富、多元，涵盖了喜剧、爱情、悬疑推理、青春校园、玄幻、言情、古代传奇、科幻等二十三种类型[①]。数据说明，网络剧发展已经逐渐由草创阶段的野蛮生长开始向商业化、专业化、精品化转轨，而转轨是否顺利则取决于作品能否提供精彩充实的内容、真实丰满的人设、合理自洽的逻辑、富有美感的视觉影像，以及精良的后期制作。在 2014 年以后，网络剧与电视剧"同一标准、同一尺度"的表述越来越频繁，2017 年全国电视剧工作座谈会正式提出的"两个统一"（电

---

① 骨朵数据：《2017 年网络剧报告：年度总播放量猛增，口碑剧频出，好故事成制胜关键》，https://www.sohu.com/a/216877771_436725，访问日期：2018 年 1 月 15 日。

视剧和网络剧统一导向要求、统一行业标准），对网络剧的规范化和精品化提供了政策推力，一些导向错误、主题恶俗、价值观混乱、格调低下、制作粗糙的网络剧被新的网剧大环境淘汰。在网络受众日益增长的需求、移动互联平台运作日益成熟、网络剧创作蓬勃发展的基础上，高品质的审美表达成为网络剧立足于艺术与市场的最核心的要素。

  根据海宴网络小说改编而成的电视剧《琅琊榜》虽然是历史架空题材，但剧集主题中的"家国情怀"与"血性风骨"仍然是主流价值观的凝聚。剧作通过"麒麟才子"梅长苏平反冤案、扶持明君的艰辛历程，借助跌宕起伏、出人意料的冲突设置，达到了"网感"与剧作主题的内部平衡，梅长苏、霓凰、靖王等主人公因宏大而巧妙的情节架构更加立体动人，体现了制作团队在网络剧内容研发、论证、创作和制作等环节的专业和诚意。在张弛有度的叙事节奏和个性鲜明的人物形象之外，《琅琊榜》在视觉审美和镜头语言上的精雕细琢也提升了全剧的品质，剧中大量的面部细微表情和肢体动作的长镜头，配合景深、变焦处理的"多重移动长拍镜头"等技巧，不仅丰富了剧作的叙事结构，传达了故事情景和人物的情绪变化，还为营造作品视觉美感提供了重要支撑。此外，《琅琊榜》在服装上的考证（如西汉服饰"地位越尊贵服饰颜色越深"的历史特点），对中华文明"礼"文化的运用（如朝廷典仪和日常行礼叩拜）也均有记载和出处，在经受专业观众推敲的同时，也凭借高质量的考究细节获取了观众的观剧信任，以受众的高话题度和市场的高回报率成为网剧爆款，成为"网感"照进现实的代表作品。

3. 超文本生成拓宽传播路径

  互联网环境下的媒介融合使交互性、即时性成为网络剧在社会维度最重要的表现，也是区别于传统电视剧的重要特征。这种特征又反过来作用于网络剧,通过弹幕、页面评论、微博话题等对剧作或视频进行"二度加工"。网络剧因受众的参与打破了原有的"自我讲述",从封闭完整的"元文本"变成了非线性、碎片化的"超文本"。在从"文本"到"超文本"的增殖过程中,既体现了青年亚文化语境下年轻受众对于网络文艺作品的参与意愿,也通过阐释、恶搞、解构、评论等不同态度改写了传统媒体和剧作中传播者和传播内容的"中心"位置。而依托于移动互联技术和视频网站平台,受众从此无须受困于剧作本身规定好的"所指",而是借由技术途径在"能指"的海洋中遨游。因此,网络剧既是一个"意义生成的场所,也是意义颠覆的空间"[1],技术支持下的"强交互性"给予了受众更高的参与度、自由度和更强的主体性体验,并通过受众在"观剧—评论—交流"的循环中不断产生的新的"超文本"增强了网络剧的内容吸附力和传播驱动力。

作为"超文本"的主要生成途径,"弹幕"在网络剧的观看和传播中扮演着重要角色。"弹幕"起源于日本并先后在"BiliBili"等网站火爆之后,各视频网站也纷纷上线了弹幕功能,这种以"密集如子弹"般从屏幕右方迅速滑向左方的"评论流",在移动终端生成了呈现网络剧情之外的一道新的动态屏幕。这个动态屏幕在受众个体、视频网站和制作方之间搭建了一个共时的虚拟交流平台,在平台上产生的陈述和交流因即时性(紧随剧情)、瞬时性(显示迅速消失)满足了受众基于趣味的体验、基于个性的表达和基于互动的社交[2]等诸方面的心理和社会需求。以宫斗剧《延禧攻略》为例,网友在弹幕中既对剧作的服装道具的配色方案给出了"意大利莫兰迪"和"中国美学传统"等不同角度的讨论,也围绕剧情和人物性格展开了"共情""搞笑""颠

---

[1] Frank Lentricchia & Thomas Mclaughlin, *Critical Terms for Literary Study* (Chicago: The University of Chicago Press, 1995).
[2] 刘瑞红、杨博:《网络剧营销传播的四大策略》,《传媒》2016年第11期,第71页。

覆""戏谑"等多种风格的表达。如对女主魏璎珞"电话式"发型的调侃，对皇后富察容音万念俱灰自行了断的不舍，对黑化后的尔晴、纯妃"啥时候领盒饭"的期待，对太后"上一届宫斗冠军"的打趣等，都成为剧情之外凝聚人气的新的场域，《延禧攻略》也因为异常火爆的弹幕推动了该剧的点击量和传播速度。

而在互联网、移动终端、制作方和网页弹幕等技术的共同推动下，随意的观看方式、逐步专业的剧作水准和日益增长的"超文本"，促进了全媒体视角下电视剧格局的转变。其主要特征是从"先台后网"（卫视首播、网络跟播）逐渐转变为"台网同步""先网后台"，甚至是"网站独播"。2015年《蜀山战纪》在爱奇艺以付费模式首播后，2016年安徽卫视、江西卫视上星播出了更名后的《剑侠传奇》首次打破了"网台同步、网络跟播"的惯例，《青云志》《老九门》等紧随其后效仿。到2017年，全网独播的网络剧已经占上线网络剧的94%，独播剧逐步成为主流业态①，"先网后台"或仅在互联网播出的模式赋予了网络剧"超级剧集"的话语权力和资本环节的营销优势。网络剧不再是作为电视剧陪衬出现的小众、低俗、粗糙的短视频，而成为一种具有超强"反哺"能力的传播方式持续丰富着电视剧业态，从而改写了网络剧从以往依赖电视台平台效应，到当下"网生"超级剧集吸引电视台跟播的发展历史。

总之，互联网媒体大融合加快了网络剧全民共享时代的到来，超过五亿的网络视频用户②所产生的需求规模，正在推动网络剧在内容、制作、传播、营销等环节的发展，同时，政策规制、行业自律、互联网商业模式也以不同形式对网络剧进行着影响和校正。网络剧既在创

---

① 国家广电智库：《广电总局监管中心：2017网络剧发展分析报告》，https://www.sohu.com/a/209368218_728306，访问日期：2017年12月8日。
② 中国互联网信息中心：《第41次中国互联网络发展状况统计报告》，www.cnnic.cn/hlwfzyj/hlwxzbg/hlwtjbg/201803/P020180305409870339136.pdf。

作美学层面通过自身精品化的进程，在后现代主义语境中完成对现实的出离和解构，又在接受美学范畴借助全新的传播视角、传播竞争力和传播途径致力于对现实的重写和确认。而受到改变的不仅是电视剧的传播格局，同样被改变的还有文化背景下人们与现实进行对话的立场和方法。尽管目前的一些网络剧仍然存在过分依赖"大IP"和流量明星、题材同质化、内涵空心化、制作不够精良等种种问题，但在新的传播生态逐步形成的趋势中，我们仍然有理由相信，网络剧也会在文化影响、艺术规律和商业法则的博弈中不断提升品质，从而成为适应新的现实——移动互联时代的文艺精品。

十年筑梦向峥嵘

——新时代网络文学发展回眸

中国特色社会主义进入新时代的第一个十年,是党和国家各项事业取得历史性成就、发生历史性变革的十年,也是社会主义文化迸发活力、繁荣发展的十年。网络文学积极拓展题材领域,充分激发媒介赋能,持续提升创作质量,不断推动产业融合,进入了转型升级的黄金期。回顾发展之路,网络文学走过挣脱媒介束缚、解放写作生产力的个性化写作,商业效应主导下娱乐化、套路化的语言狂欢的阶段,正在成为积极关注现实、体察人民情感的时代讲述。经过近几年的引导扶持,网络文学彰显雅俗共赏的"草根"风格,坚持以人民为中心的创作导向,在传播主流价值、弘扬正能量,承继中华传统、展现中国精神等方面取得了长足发展,生发出"不拘于一格、不形于一态、不定于一尊"的充沛活力,涌现出了一大批叫得响、传得开、留得住的优秀作品。

十年似乎很短,短到好像只留下镌刻在记忆里的数据。中国作协、中国社科院、中国版权协会等部门发布的《2021中国网络文学蓝皮书》《2021年中国网络文学发展研究报告》《2021年中国网络文学版权保护与发展报告》等显示,截止到2021年,全国四十五家主要文学网站的存量作品达三千余万部;在超过两千万的注册网络作者中,签约作者达一百一十多万;全网能够为读者提供丰富内容的阅读产品有五百二十三个。宏大的作品体量、庞大的读者群体和作者队伍规模、现场中找到了新的创作增长点。十九大以来，中国特色社会主义进入新的历史方位，波澜壮阔的历史变革和丰富生动的社会实践为题材的多元化提供了现实条件，现实题材的崛起成为近年来网络文学创作的主旋律。2021年，全国主要文学网站新增现实题材作品多达二十七万余部，同比增长27%；阅文集团近五年内现实题材作品复合增长率达34%，位于全类目第二。无论是反映国企改革的《复兴之路》、书写改革开放历史的《浩荡》，还是记录新时代青年创业成长经历的《网络英雄传》《奔腾年代——向南向北》《大山里的青春》；无论是讴歌研发导航卫星的《北斗星辰》、描写敦煌壁画修复工作的《他以时间为名》，还是反映医护人员和快递小哥职业生活的《共和国天使》《一诺必达》等，都以更加清新活泼、地气十足的方式诠释着恢宏的伟大时代，体现了网络文学对现实生活更广阔、更综合的把握能力，反映了人民群众对美好生活的向往；不仅标志着网络文学在创作视野、创作能力上的成熟，也为网络文学的生态转型和高质量发展奠定了坚实的基础。

二、爆款、全链路、系列化：IP转化下的强大势能

网络文学以其丰富的题材类型、巨大的作品存量和不断升级的品质稳居文化产业链的核心位置。过去的十年，网络文学努力探索中国故事在互联网文化语境中的多元呈现，在网络剧、网络电影、网络动漫、网络游戏的IP改编中，完成了网络文学对下游产业的势能转化。十年间，我们感受了IP转化带动网络文艺进入泛娱乐产业年代的狂热，口碑突出的超级爆款把IP捧上"神坛"。2017年，随着相关部门陆续出台《网络文学出版服务单位社会效益评估试行办法》《关于推动数字文化产业创新发展的指导意见》等文件，影视、动漫、游戏等制作方开始注

重挖掘网文 IP 的文本价值，不断创新改编途径和运营策略，进入了全链路、系列化转化的良性发展。而越来越多的 IP 转化案例不仅激发了网文的商业潜能，也反哺着网络文学。网络剧《庆余年》《锦心似玉》播出后，其同名原著的在线阅读人数增长了近五十倍。在内容与资本的博弈下，网络文学进入了 IP 驱动、可持续发展的良性生态。

网络文学为"剧、影、漫、游"贡献了大量的优质作品，现象级"爆款"凸显了网文 IP 的文学价值和产业价值。从《致我们终将逝去的青春》《甄嬛传》到《花千骨》《琅琊榜》，从《盗墓笔记》《庆余年》到《大江大河》《隐秘的角落》，网络文学成为吸附文化资本的优质载体，"IP+"成为互联网文艺进入泛娱乐产业的标志。

近几年，随着互联网文化全行业的转型升级，网文 IP 产业化的规模和质量都得到了明显提升。豆瓣 2021 年度剧集的百度指数榜单显示，TOP20 作品中包含了十二部改编自网络小说的作品，证明了网络文学在影视改编中的资源地位。《2019—2020 年度网络文学 IP 影视剧改编潜力评估报告》显示，两个年度的网文 IP 拉动下游文化产业总产值累计超过一万亿元，制作公司更重视对 IP 的打磨和全链路运营，影视、动漫、有声、游戏等多领域的均衡发展，激发了网生产业多维联动，以 IP 为核心的"互联网+"文化生态得到良好发育。影视方面，网络剧《庆余年》《如懿传》《雪中悍刀行》等多部作品引发观剧热潮，在视频平台的播放量和微博超话的话题度持续走高，人气持续攀升。根据同名小说改编的电影《古董局中局》、根据《全职高手》改编的网络电影《全职高手之巅峰荣耀》票房不俗，成为年度亮点。动漫方面，2021 年上线的一百一十四部青少年动漫剧新作中，IP 改编作品有七十二部。动画版《全职高手》上线后总播放量达十五亿，《斗破苍穹特别篇 2》《斗罗大陆》等动漫作品的收藏量、播放量成绩骄人。有声方面，"耳朵经济"的快速发展，使有声书的产业规模增速接近

50%，出现了《大奉打更人》等头部产品。游戏方面，《第一序列》《天下第九》等科幻类、修真类 IP 也受到年轻人的喜爱。除此之外，随着 5G 技术的推广和 VR、AR 的应用，IP 转化衍生出短剧等更有活力的形态，其体量小、周期短、节奏快的特征吸引了用户目光，也开辟了 IP 转化的创新路径。网文 IP 转化的制作主体更加注重作品研读，延长制作周期，实施系列化、精细化、工业化的开发理念，为网络文学 IP 的增值提供了科学、健康的市场环境。网络剧《庆余年》取得收视成功后，出品方继续整合产业资源，在维持主创和演员团队的稳定的前提下进入《庆余年 2》的制作，有效延长了精品 IP 的价值周期；根据《斗罗大陆》改编的动漫播放量突破三百亿，同名网络剧在央视播出两轮，《斗罗大陆：武魂觉醒》等多款手游冲进 ios 畅销榜；《大奉打更人》完结不久有声作品就与用户见面，"系列化"开发形成了 IP 转化"一鱼多吃"模式，放大了网络文学 IP 的长尾效应，以更多样、更充分的形式推动着网络文学破圈之旅。

三、中国故事与世界视野：扬帆出海的国际化讲述

十八大以来，随着我国综合国力不断增强，国际关注度和影响力不断提升，网络文学作为互联网时代的文艺创新形式，成为传播中国文化、彰显国家文化软实力的重要载体。截至 2021 年底，从国内来看，该年度海外市场规模超过三十亿元，中国输出网文作品超过一万部；从海外来看，网络文学的海外用户突破一点四五亿人，海外下载量达十点七亿次，超过二十万名外国作者用母语在中国网络文学的海外网站创作；从传播范围看，网文出海的区域从早期以东南亚、北美为核心，向欧洲、日韩、非洲等全球各地扩展；从发展阶段看，网络文学出海

经历了"野生"翻译、建立海外平台、AI翻译和IP出海之后，迎来了"海外原创、生态输出"的4.0时代。进入新时代，网络文学在互联网媒介革命的推动下，凭借自身在体量、题材上的优势，特别是精彩的中国故事和浓郁的"中国风"成为中华文化海外传播的重要力量，在与世界的对话中展现了中国特色社会主义的文化自信。同时，网文出海的历史也不断创新，逐步实现了从内容到模式、从区域到全球、从作品到生态的结构性转换，在推进文明互鉴共享、构建人类命运共同体的潮流中迈出了坚实的步伐。

强化出海作品的文化辨识度，既是网文出海扬帆远航的重要引擎，也是表达中国价值和中华美学的有效途径。无论是2014年在北美成立的翻译网站，还是2017年上线的起点国际，早期的仙侠玄幻、都市情感和近年来反映现实生活题材的作品都是海外读者喜爱的类型。《2018—2019年度文化IP评价报告》显示，在该年度中国IP海外评价TOP20中，《知否知否应是绿肥红瘦》《妖神记》等十部作品占据了半壁江山。幻想类作品《盘龙》《我欲封天》等作品受到海外读者追捧，奇幻类作品《诡秘之主》的英文版阅读量已经超过两千四百万，彰显了东方奇幻文学的故事性和感染力。此外，《天道图书馆》《大医凌然》《许你光芒万丈好》等体现优秀传统文化、反映中国当代风貌、表现阳光励志主题的作品也受到认可与欢迎，中国文化海外传播的通道被精彩纷呈的中国故事不断拓宽，中国元素也在不断更新着网文出海的国际布局。

在网文出海的体量优势和中华美学特点的基础上，网络文学不仅"走出去"了，而且"扎下了根"。近几年来，中国网络文学海外传播不断拓宽渠道、方法和形式，努力推进网文在海外的"本土化"进程。一方面，国内网络文学企业积极与海外平台建立合作关系，通过深度合作推动了网文及下游产品的国际传播。《全职高手》《天盛长歌》等作品登陆海外知名流媒体平台奈飞（Netflix），用户反馈良好；网络剧《庆余年》在 RakutenViki 平台播出后,成为同期播出的华语跟播剧第一名;根据《从前有座灵剑山》《全职高手》等网络小说改编的动漫、图书已登陆日本等国并占领排行榜前列。另一方面,网络文学出海模式也正在迭代,网文的海外传播已经不仅仅是休闲和阅读,而是已经在世界各地转化为一种新的文化消费样式和新的商业运作模式,更多的海外读者正在被转化为作者,在中国网络文学的启发下用母语创作着新的作品,在国际化的网络语境中相互交流。截止到 2021 年底,起点国际平台的海外原创作品已经达到三十七万部,网络文学的海外传播以其理念、内容和形式的创新,把互联网时代的世界文明互鉴和文化交融又向前推了一步。

四、政策引导、作家迭代、研究进场:多维合力共建绿色生态

进入新时代,走高质量发展之路成为行业共识。一大批优秀的网络文学作品脱颖而出,让网络文学从被质疑、审视的目光中得到社会关注和认可。回顾过去的十年,加强顶层设计和引导扶持,网络作家队伍不断壮大,网络文学理论评论不断深入……这些举措为行业发展提供了强韧的人才和环境支撑,推动了网络文学主流化、精品化、国际化、专业化的进程。

2015 年,中央出台《关于繁荣发展社会主义文艺的意见》(下称《意见》),明确提出要大力发展网络文艺,强调要将建设和发展、管理、引导并重,让正能量引领网络文艺发展。这成为指引新时代网络文学发展的理论指南和行动纲领。此后,全国"扫黄打非"办公室、中央网信办、公安部等部门开展的"净网行动""剑网行动"极大净化了

网络空间，为网络文学有序、健康、规范、可持续发展创造了有利环境。党和国家有关部门出台了《关于推动网络文学健康发展的指导意见》《关于进一步加强网络文学出版管理的通知》等有利于网络文学发展的政策，通过开展专题阅评和年度优秀作品推介，实施"优秀现实题材和历史题材网络文学出版工程"等举措，进一步明确了网络文学在价值引导、精神引领、审美启迪方面的使命，有效遏制了低俗、庸俗、媚俗等不良倾向，出现了网络文学生态整体向好的新局面。

中国作协始终致力于网络文学事业的组织建设和队伍建设，通过一系列卓有成效的举措，为网络文学发展创设了有利的体制机制。成立了网络文学委员会和网络文学中心，服务作家有了坚实的平台；创新服务和管理方法，举办网络作家高级研修班，开展网络文学重点作品扶持，推出中国网络文学影响力榜，组织茅盾新人奖网络文学奖等，让网上和"云"端的作家进一步感受历史使命和时代责任。网络文学队伍的凝聚力、向心力和创作能力不断提升，早期良莠不齐、泥沙俱下的状况得到有效改善，规范化、主流化、精品化的趋势明显增强。在此基础上，各省级作协先后成立和谋划网络文学组织，迄今为止省级网络作协已有二十家，各级网络文学组织近两百个，形成了"一张蓝图一盘棋"的系统化格局。

在网络文学创作中，作家队伍决定着网络文学的规模和质量，也决定着网络文学行业的活跃度，是网络文学的"第一生产力"（欧阳友权）。近十年来，网络作家队伍不断壮大，不仅在数量上达到历史新高，其迭代的加速也形成了梯次明显、年轻有活力、专业性强的特征。到2021年底，我国文学网站的注册作者已经超过一千一百五十万，签约作者超过一百一十万。其中，2018年以后进行实名认证的作者中，"95后"占比74%，"00后"占比50%以上，"Z世代"正式成为网络文学的主力军。网文作家队伍形成了中生代领跑、"Z世代"接力的良好态势。猫腻、唐家三少、天蚕土豆、辰东、爱潜水的乌贼等头部作家仍然以旺盛的创作具有强大的市场号召力；同时，新入场的"Z世代"更懂得"圈粉""埋梗"，更谙熟于如何把读者变成网络时代的"文学玩家"。在中国作协2021年9月发布的"2020年中国网络文学影响力榜"中，我会修空调、枯玄、柠檬羽嫣等"Z世代"作家入围，会说话的肘子、言归正传、老鹰吃小鸡等一大批年轻作家跻身阅文集团"白金""大神"作家。

在行业、平台和学界的共同努力下，网络文学的评价体系建设卓有成效，形成了在场评论、学界研究、媒体推进相结合的研究格局。中国作协召开网络文学理论研讨会、网络文学论坛，对讲好中国故事、弘扬主流价值、建设评价体系等主题深入探讨，推进网络文学研究不断深入。2017年上线的起点中文网"本章说"，为读者搭建了针对作品进行实时讨论和与作者交流的平台，为网络小说创作开辟了新的途径，其中《大王饶命》的单章评论量近一点五万条。各地高校纷纷建设网络文学研究基地，中南大学、北京大学、山东大学、安徽大学、南京师范大学等高校成立网络文学研究中心，吸引越来越多的学者进场，推出大批研究成果。《网络文学研究》《华语网络文学研究》《中国网络文学研究》等先后创刊，拓展了网络文学研究阵地。此外，《人民日报》《光明日报》《文艺报》《文汇报》等主流媒体针对不同网络文学话题现象组织笔谈，推动网络文学研究不断提升和深化。

九万里风鹏正举，十年筑梦向峥嵘。在"两个一百年"的历史交汇处，在世界多极化、文化多样化的时代背景下，日新月异的媒介发展和新时代火热生动的社会实践为网络文学事业的持续健康发展提供了基础。站在新的起跑线上，我们坚信，中国网络文学会继续守正创新，在讲好中国故事的精彩体验中诞生更多的精品力作，在建设文化强国，实现中华民族伟大复兴的历史征程中发挥应有的作用。

另一种史诗：《有生》的乡土经验、女性书写和抒情变奏

摘要：胡学文的长篇小说《有生》以打造"百年中国的生命秘史"为目标，在"生"的总体视野下，深入历史与记忆的缝隙，探索乡土文明语境中的关于生命、生育与生活的困境和出路。本文从乡土经验、女性书写和抒情表达三个层面分析了小说与传统意义上宏大叙事的差异，在宋庄的生命经验中映射出百年来中华民族的生存史与心灵史。

关键词：《有生》；乡土经验；女性书写；抒情表达

2020年，胡学文的长篇小说《有生》发表在《钟山》。这部五十六万字的小说文本发表后，在文学界引发强烈反响，社会性阅读口碑也屡创新高。我们不能忽略《有生》发表的节点——从题材角度而言，一方面"现代以来的中国文学中，民族寓言、家族史诗如群山连绵"（李敬泽语），民族视角下的宏大叙事不胜枚举，另一方面随着城镇化进程的推进，曾经被誉为百年中国文学主潮的乡土文学正在历史性地溃散，"乡土文学作为百年中国主流文学的现象已经成为过去"[1]；就文学发展现状来说，移动互联网时代的文学创作和传播，对乡土的、长篇的、严肃的文学造成了巨型壁垒，在碎片化、倍速化的读屏时代，

---

[1] 孟繁华：《新世纪文学论稿：文学思潮》，现代出版社，2015，第54页。

《有生》却能够多次加印,以"破圈"的姿态横空出世;循着历史的线性坐标看,2020年这个年份则开启了当下人们在疫情/后疫情时关于生命本身的存在、力量、意义的内转化思考。总之,在民族话语、文学语境和时代事件三个维度上都处于"百年未有之大变局"的交点上,《有生》通过祖奶乔大梅曲折传奇的百年人生和她作为"接生婆"接引上万人到世间的经历,呈现出的是一部有别于中国乡土文学传统的万物众生相,也是一部回归生命主体、而非历史发展定义下的"内转化"叙事,在这部个人史、地域史、心灵史、民族史的递进中展开了一次关于史诗化叙事的突围,特别是在乡土经验的视角、女性意识的呈现、抒情变奏的美学特征等方面凸显了作者在文学表达中有效探索。

一、缝隙的张力:历史与记忆之间的乡土经验

《有生》讲述了祖奶乔大梅从河南虞城逃荒到河北张家口,落户到宋庄后的生长、生育和接生的人生经历。小说以此为主干、以她接生万余人中的五个代表人物如花、毛根、罗包、喜鹊、北风的故事为枝干,并由此蔓延开去,形成了一个从"伞柱"到"伞骨"再到"伞布"密合交织的"伞状结构",建构起一幅以祖奶为核心人物、以亲缘和乡情为伦理结构的百年乡村图景。

"德里达说:只要人们稍加反思,便会觉察到隐藏在结构背后、那种对于中心的狂热向往"[①]。从19世纪末期到21世纪初年,对于中国的百年事、乡土事,无论是记录、赞颂,还是反思、批判,波澜壮阔的社会历史进程总是以舍我其谁的面目,充当叙事的主体和动力,

---

① 赵一凡:《从胡塞尔到德里达——西方文论讲稿》,生活·读书·新知三联书店,2007,第363页。

"许多年以来,历史都是国家民族的历史"①,"文以载道"的传统不仅是作者对于世界的感受和体验的表达,更显示出历史惊人的吸附力,而这里的"历史"所指称的已经是国家民族的"大历史",面向历史的叙事与国家民族为中心的宏大叙事也逐渐重合。当然,1990年代以来,市场经济的发展和文化消费主义的流行也曾促成了个人化、私语化的"小叙事"对抗或结构宏大叙事的,但那是变换了文学焦点的结果,是文学受到大众文化刺激后的叛逆和逃逸,在这样的前提下,小众化、个人化的叙事即便自称为"史诗",也往往难以获得认同,国家民族的宏大叙事传统依然是把"大历史"作为前景和重要内容。

而在煌煌六十万言的《有生》中,胡学文并没有把时间跨度长达一百余年的历史与中国经济的、政治的、军事的、文化的百年民族史相重叠,作为国家话语的历史进步和社会变革退隐在栩栩如生的人物、鲜活温热的记忆之后,成为一块深邃而稳重的幕布。在乔大梅的记忆中,跟随父母北上逃荒中的那一年,"朝廷又换了皇帝,据说才三岁"②。这个中国近现代史上的重要政治事件对于十岁的祖奶而言,仅仅是一个"有些特别"的年份,这一些"特别"与新皇帝登基的唯一关系,更多是父亲认为这是母亲怀孕的吉兆;而"真正特别"的则是难产的母亲撒手西去给乔大梅带来的"如刀刮骨"的童年创伤。艰苦卓绝的抗日战争在小说中表现为宋辇条被日本兵祸害了的胡麻油、接二连三响起的枪炮声和"日本人打到了沽源,距宋庄不到二百里"③这样克制的陈述。从计划经济到改革开放的变化,则显示在喜鹊成长的年轮中。她觉察白凤娥背叛羊倌的重要证据就是白凤娥总去供销社买胰子,心虚又恼羞成怒的白凤娥杀害羊倌未遂,与奸夫被判刑入狱的那一年,"喜

---

① 丁帆:《中国乡土小说史》,北京大学出版社,2007,第322页。
② 胡学文:《有生》,江苏凤凰文艺出版社,2021,第24页。
③ 胡学文:《有生》,江苏凤凰文艺出版社,2021,第520页。

鹊虽然只有十三岁,但心深似海"①。而当喜鹊到张家口闯荡,认识了在古玩市场摆摊儿的黄板,发现他晚上还能把烤串当作副业时,我们知道改革春风已经吹遍神州大地。十年之间,中国经济体制的推进、社会各行业的巨变都没有以正面场景的形式出现,小说丈量这十年时间的尺子,不再是国家历史的官方记述,羊倌一年两次去探监的频率成为时间单位,"他去两趟,她长一岁。在她二十三岁那年,白凤娥出狱了"。以个人记忆和情感体验代替"大历史"的规定话语,是《有生》对于民间性和抒情性的自觉,同时也是胡学文对宏大叙事强大的赋义功能所保持的警惕。可以说,在公共性的历史与个人性的记忆形成的缝隙中,乡土经验具备了丰富和膨胀的空间,也具备了陈述"百年中国"的辨识度。

开掘历史与记忆的空间,能够对抗历史与记忆的重合。长篇小说作为社会宏大叙事的重要载体,历史或现实总要显现其中。《有生》的高明之处在于,它通过祖奶这个"接生婆"的人生自述找到了一个"人"介入"历史"的通道。祖奶作为一个接生婆,一方面这个手艺使她具备了一个超广角的视野,拥有了和三教九流、各色人等交往的机会——她为母亲接生(帮助),为乡亲接生,为乞丐接生,为财主接生,为慕名而来的蒙人接生,也为都统夫人、县长夫人、日本军官夫人接生,由此她得以进入中国百年社会最底层、最原生、最真实的褶皱之中,从而具备了进入和转述乡土经验的能力。另一方面,接生既给祖奶带来人与人关系的广泛性、放射性——或者说这里面包含着充分的偶然性(不确定性)和戏剧性——同时,"生"还赋予了祖奶作为一个主视角的超稳定性,即在现代医学发展和普及之前,生育是超越一切人为的经济、政治、军事等社会历史因素的主题,也就是说,斗争、战乱、动荡、政权更迭等对中国历史产生巨大影响、改变了几代中国人命运

---

① 胡学文:《有生》,江苏凤凰文艺出版社,2021,第405页。

的重大事件，对生育的影响却微乎其微。从清末、民国、抗日、解放、"文革"一直到改革开放前后，接生与生育一样不会有片刻停止，这种来源于自然的、生生不息又不可阻滞的能量不仅诠释了生命之神圣，生命力之坚韧，也保持着祖奶与百年历史的不可割裂，保持了以祖奶为核心的乡村人物谱系与其所处的乡土世界、与隐藏在幕布中的"大历史"的同步。

在祖奶这个主视角之下，小说还设置了"如花""毛根""罗包""北风""喜鹊"五个视点人物，他们作为祖奶接生的一万一千九百八十六人中的代表，与祖奶之间既有一种无法替代、无比亲近的关系，又在各自的生命轨迹中踽踽独行。祖奶失去了所有的孩子，却被接生的人悉心供奉，待如神祇。在这里，血缘的空白和乡土伦理的修补形成了新的叙事缝隙，先后失去的九个子女（一个不知所终）是祖奶一生苦难的象征，而真正承续祖奶生命信仰的是如花、毛根、罗包、喜鹊以及他们的生命"伞布"中延伸到的更多生命。在这里，家族历史与祖奶记忆（讲述）拉开了距离，这个距离的张力则显现在，民间视野下的百年历史中还隐藏着（或作者建构了）以一个由生育而非血缘、地缘组织起的伦理差序格局。当然，作为一个精神的喻体，一个与民族同构的人物形象，命途多舛的祖奶与多灾多难的乡土中国之间具有密不可分的精神联系。

需要指出，《有生》与《白鹿原》《古船》不同，它"并不是一部家族百年叙事，它讲述的是祖奶的百年人生，而不是乔氏的家族百年"[①]，祖奶挣脱了家族与国家、民族的同构关系，她本人以"生育"为暗号构建新的情感链条，召唤了新的社会成员，形成了新的乡土人物谱系，所以《有生》很难说是一部家族史，但是它仍然是个人/职业身份的生命史，是民族的心灵史。这样的视角设计解决了胡学文"突

---

① 王力平：《论〈有生〉的"超限"视角与"伞状"结构》，《小说评论》2021年第4期。

围历史决定论的围困，而不是历史本身"①的难题，同时，这也反映出乡土文明溃散过程中作者对中国稳定的文化结构的再次检视和淬炼，或许也是城市文明建构的进行时态中，他对当代中国人的民族心理和文化品格的假设或预期。

二、女性的显现：现代视角下的反控制叙述

《有生》是一部生命之书，也是一部女性之书。

作为小说的第一主角和绝对主角，乔大梅——应该说成为祖奶之后的乔大梅——是以乡村图腾的形式、以"女神"的姿态出现在小说中的，她的传奇经历、坚韧品格、老而不死、格外长寿等特征都为她的生命镀上了一层神圣的、如同她的接生老师黄师傅头上曾经出现过的那种光晕。而在乔大梅成为祖奶、女神之前，她是一个女人——她不仅是一个女性，还是一个女人。作为个体的女人她父母双亡，遭土匪强暴，嫁的李大旺、白礼成、于宝山三任丈夫都死亡或失踪，生下的九个子女中，八个死去一个不知所终。然而命途多舛的她在三段婚姻中都享受到了夫妇之间、家庭中的尊重、爱护和美好。老实木讷、不解风情的李大旺惦记着给她折爱吃的酸柳，白礼成曾和怀着白果的乔大梅在自家院子甜蜜蜜地打情骂俏，至于第三个丈夫于宝山，则是在她失去了几个孩子后，迸发出了以生命对抗死亡的强大动力和主动追求："死神夺走了五个，我要生更多的孩子。"②生育，在乔大梅——尚且年轻的祖奶这里，已经与《白鹿原》中白嘉轩死去的妻子们，与《丰

---

① 郭宝亮：《"乡土日常性"的双向突围与民间文化的探寻——胡学文〈有生〉论》，《文艺争鸣》2022年第8期。
② 胡学文：《有生》，江苏凤凰文艺出版社，2021，第839页。

乳肥臀》中的上官鲁氏发生了根本的不同。乔大梅对生育的渴望和痴迷，不是源于传宗接代的礼法压力，而完全是她自发的、原生的，是她对于"生"的反面——"死"进行的不屈不挠的抗争，"那更像一场战斗，冲锋的号角已经吹响，我再没有退路"①。

女性主义研究者曾在21世纪初提出"一百年，走到了哪里"这个命题，她们认为在"两个一百年"的历史背景下，这两番历史巨变"将女性群体从社会—文化那看不见的深处裹挟而出，从混沌的文化无意识深海浮出历史地表"②，却又尚未变成一种明确的、可以冲出社会结构、民族心理以及意识形态的群体无意识。然而，《有生》中生于1900年的乔大梅在成为妻子、成为母亲、成为"接生婆"的过程中所表现出的自觉和执着，与其被解读为生命力的极度充盈、"一根筋"式的朴素表达，倒不如先把祛魅后的女神还原为一个有血有肉的女性。

在还原的过程中我们发现，这是一种女性面对世界的差异化经验。她实践生育的一生既包含了"女性独特的体验和感受、心理和生理机制"③，同时也解决了她自食其力的经济属性和交际、声望带来的社会属性，而这已经包括了女性意识的基础性内涵了。乔大梅甚至已经从旧时代女性的两条出路中突出重围：她既不是以男性角色出现的披挂上阵、杀敌立功的花木兰、穆桂英，也不是以娇弱贤惠的传统女性出现的刘兰芝、赵五娘。接生婆因其包含的专业知识让乔大梅具有了近似职业身份的社会属性，但是又不是属于她的真正意义上的职业。因为接生与种地、擀毡、卖包子不同，通过接生换来的报酬"喜费"不但数额并不固定，而且常常以面、盐等生活用品充当。这种并非职业的手艺硬是让祖奶干出了事业的味道，"有接生的上门，我就把他（白

---

① 胡学文：《有生》，江苏凤凰文艺出版社，2021，第839页。
② 孟悦、戴锦华：《浮出历史地表：现代妇女文学研究》，北京大学出版社，2018，第22页。
③ 徐艳蕊：《当代中国女性主义文学批评二十年》，广西师范大学出版社，2008，第9页。

礼成）的劝诫和警告丢到脑后，没有任何人能拦住我""抓住产妇双腿那个时刻，我进入了另一个世界，心无旁骛，牵拽我的只有产妇和她腹中的婴孩"，接生这个民间营生充满了信仰的力量，"接生婆"这个身份为女性的情感体验、价值认同贡献了天然的、不可替代的优势。

作为一个从封建社会走来并且没有受到新文化启蒙的女性，乔大梅身上的主体性、自觉性及其体现出的充沛的女性意识，当然与传统文化中的勤劳善良、自尊独立、坚强忍耐等民族美德分不开，但同时也反映出胡学文在塑造祖奶乔大梅这个形象时强烈情感倾向。当然，我们可以把这种倾向理解为胡学文对于现代性的难以割舍，或者是通过生育叙事对女性叙事、女性意识进行了部分的自我更新，毕竟他以往作品中的乡村女性，常常面临男性的占有和伤害，从身体到心灵都未曾或者很少显示出自觉的独立。不过，无论出于哪种原因，《有生》中的女性意识在作者细密周到的叙事中已经被读者成功接收，正如黄发有所说，"《有生》是一部值得注意的性别对话小说，它对女性表达了发自内心的尊重"。

小说借方鸿儒之口对小说主题进行了提示，指出哀伤和焦虑与人形影不离，是我们当前无法解决的问题。值得注意的是，这种哀伤与焦虑及其背后的人生困境都蕴含着浓厚的女性色彩。《有生》中的女性是丰富的、强烈的、完整的、强悍的，男性的存在感却短暂、模糊、飘忽，性别对话往往处于失衡状态。祖奶的三个丈夫都以过客的面目或死得惨烈，或走得决绝，即便与白礼成般与祖奶情深意笃，也始终放不下白果死在接生途中的心结，最终离家出走，留下长寿却孤独的祖奶。喜鹊是一个遗传祖奶精神特质的形象，她勇敢、热烈、泼辣，但是她的悲情要么是男性的缺位，要么是男性的侵害，懦弱的羊倌父亲、孱弱的弟弟和野地中"不知名"的施暴者显然无法正视喜鹊散发的光芒。

在目录结构的二十章中，祖奶作为"伞柱"占十章，如花、毛根、罗包、北风和喜鹊各占两章。作为"伞骨"的五个视点人物三男两女，各有命运，各有悲欢。实际上，当"蚂蚁在窜"这一显要的意象把祖奶和其他主要人物的困境进行勾连时，女性作为核心的情节参与了焦虑的组成，并用女性的方式规定了未来的无解，加剧了困境之困。温润如玉又浪漫如斯的钱玉像他为如花放过的烟花一样，稍纵即逝，而如花却长久地活在她幻听出的"钱玉的声音"中，几次流产的经历让她不能生下"钱小玉"作为新的念想，而只能生活在乌鸦附体的想象里。毛根和罗包是男性，但毛根的困境除了儿子毛小根的病，便剩下了他对有夫之妇宋慧那强烈又压抑的痛苦恋情。潜心于豆腐制作又衣食无忧的罗包，既有麦香不能生育的无奈，也有与安敏组成"地下家庭"的见不得光的苦闷。除此之外，乔石头强奸喜鹊的暗黑秘密，杨一凡与养蜂女的神秘纠葛，李桃与姑姑李二妮似曾相识的悲惨命运等，由生命和生育组织和扩散开来的宋庄史，这部有关生死、土地、活法、尊严的心灵史，字里行间都是女性的存在和呼吸。在这次宏阔的叙述中，女性不再只是作为一种点缀，一个情节，一类人物形象，甚至不再只是历史和时代变迁的镜子，而是作为一种存在、一种态度、一种权力。小说文本对于女性经验的倾听和应答，是对女性历史性失语、阶段性失语的抗拒，女性立场参与决定命运走向，女性书写在反控制的叙述中向前进了一步，这在表面上是颠覆男性中心话语的叙事，其意义则是胡学文对于宏大叙事、乡土叙事的思考与探索。

三、必然的抒情：主体、节奏与其他

进入 21 世纪后，现实主义视阈下的乡土叙事不再主导多元的文学格局，乡土文学作为宏大叙事的农村书写，或者作为精神原乡、文化归宿的讲述都走向式微。经过百年的发展，起源于五四新文化运动的乡土文学在当代社会全球化、网络化、城市化进程的影响下，不但很难表现出"历史的整全性"（陈晓明语），而且在写作中更难以表现出创新性和超越性：一方面在文学地理学的语境下乡土文学的风景、风俗和风情已经被基本覆盖，沈从文的湘西、孙犁的冀中、贾平凹的秦地、迟子建的额尔古纳河……另一方面，就历史的规定性而言，无论是土地上的生死挣扎、农民的质朴本真，或者对乡村给现代人带来精神慰藉和历史反思，《白鹿原》《九月寓言》《秦腔》都已有过充分的表达。那么，作为一部面向乡土、跨越百年的长篇小说，同时也作为一部具有史诗气质的文学作品，《有生》既然把历史的必然性隐匿于叙事之下，无限淡化"史"的具体呈现，那么，它就必然要在"诗"的表达上寻求突破，就要靠近"诗"的审美方式和情感节奏，就要以抒情化的视野进入对生命繁育、生命更替与生命困境的言说，因此《有生》持续而充沛的抒情是必然的美学选择。

　　《有生》中存在一个庞大的抒情主体，围绕宋庄的日常生活营造着属于他们自己的生命诗学。祖奶虽然是一个垂暮之年卧床不起的老人，她不能说不能动，无法用语言进行沟通，却进行着最持续、最顽强的情绪表达。"蚂蚁"作为小说中反复出现的意象，首先成为祖奶的抒情通道：听到如花哭诉乌鸦被毛根打死时，蚂蚁在窜；闻到因宋慧喋喋不休而烧干了水壶的煳味时，蚂蚁在窜；想到自己接生第一次失手就是为小姑子李二妮接生时，蚂蚁在窜；感受到孙子乔石头一意孤行建"祖奶宫"并仇恨那些伤害过祖奶的人时，蚂蚁也在窜……作为昆虫的蚂蚁给皮肤带来的刺和痒，虽然只是日常生活中不值一提的小事，可是在不能说不能动的人那里，却成为长年累月困扰她的痛苦，这种烦躁不定和焦虑不安虽然如羽毛般轻微，但它们一次次毫无征兆地从天而至，让人无能为力、绝望至极。在这里,"蚂蚁"指涉相互抵抗的两种力量,一方是因人的困境导致的不安体验,另一方则是象征孱弱渺小的人本身。蚂蚁当然不是宋品到来后的无意发现,对祖奶而言,蚂蚁并不是可有可无的偶然事物,它最早出现在母亲因难产撒手人寰的时刻,"先是黑蚂蚁,接着是白蚂蚁、红蚂蚁,密密麻麻,浩浩荡荡。蚁群在母亲细瘦的胳膊、隆着的小腹及翻卷着血污的双腿间爬窜寻嗅"[1],又出现在逃亡途中遇匪暴毙的父亲身上,"让我惊骇的不是被血浸透又干结的血衣,也不是父亲苍白的脸,而是在他胸前奔窜的蚂蚁大军"[2],后来还常常出现在她的噩梦中,"最可怕的一个梦是白天做的,两只半人高的蚂蚁剖开我的肚子,揪着胎儿的胳膊,夺路飞奔"[3]。"蚂蚁在窜"的出现和重复既是对祖奶焦虑体验的描摹和叠加,也是对祖奶童年创伤体验的溯源和呼应。蚂蚁既是祖奶作为一个普通乡村女性"命如蝼蚁"的象征,也包含着她生之顽强的精神之光,散发着浓郁的抒情意味。

在视点人物中,"重情"则是他们共同的形象特征。他们不仅憧憬爱情、全力以赴,对宋庄土地上的人与万物都表达出直抒胸臆的热爱。看见花就迈不动腿的如花,能够分辨牡丹和月季开花时的声音,钱玉死后,悲痛欲绝的她想到的头等大事就是丈夫的心愿——照顾钱宝。罗包喜欢麦香,连她跟南方侉子私奔过也不在乎;他热爱做豆腐,每次都多留一锅,因为宋庄人买不到豆腐的失望表情让他不安。喜鹊为懦弱的父亲出头,给幼小的弟弟改名,还给受伤的喜鹊包扎伤口,经历了白凤娥对父亲的谋杀未遂,她不仅毫不胆怯,还把自己的名字从"树枝"改成了"喜鹊"以明志。

---

[1] 胡学文:《有生》,江苏凤凰文艺出版社,2021,第 28 页。
[2] 同上书,第 184 页。
[3] 同上书,第 196 页。

最突出的是北风，虽然他不如其他四个人物与"伞柱"——祖奶的生活交集更多，也不如他们与祖奶的情感交织更自然，甚至在小说中有种遗世独立的突兀感，但作者给了他一个"金手指"：他白天是镇长杨一凡，晚上才是诗人北风。让他失眠多日的"咔嗒""咔嗒"声不绝于耳时，养蜂女离奇失踪时，乔石头跟他讲买下垴包山时，跟阎有道谈论失火案时，去拜访方鸿儒时，伴随着这些让他陷入焦虑和困境的场景一起出现的，是他自己写的诗行："琴弦断了／没有血滴／荒漠里／骆驼跪行，流沙呼吸""大雁南归／天空没有路标／忘却猎枪／忘却干涸的河"——小说把最抒情的文体引入文本用以抒发人物感情，写诗成为一个乡镇干部对抗焦虑的唯一途径。然而胡学文犹嫌不足，在《有生》下卷的"北风"一章中，诗歌从北风的原创直接升级成为艾略特的《荒原》、米沃什的《窗》，在经典的诗意氛围中成就了《有生》作为生命诗学的仪式感。

当然，在作者这里，热烈奔涌的情感与内敛结实的叙事从来都不是一对矛盾，反而是一组彼此借势、相互激发的审美存在，它们以互文的方式建构起极富层次的美学风格，呈现了一个多声部的抒情现场。为了体现小说的抒情风格，作者常常变换叙述节奏，使文本内部具有一种连续、错落的流动性，一方面丰富情节的完整，推动情节的发展，另一方面又避免了平铺直叙的苍白无趣。祖奶的降生在小说中本可以一笔带过，特别是在祖奶的回忆视角中，自身的诞生是一种只能通过他人转述的经验，但是小说中打开了祖奶的"超限"视角（王力平语），用想象填补了母亲临盆的画面，焦灼不安的待产妇人，水塘里聒噪喧天的蛤蟆，近处的灌木丛以及灌木丛尽头的路让祖奶的降生成为具体的场景，母亲的疼痛与汗珠，父亲被母亲叫声击打着心脏变得真实而可感。

在故事的推进中，胡学文常常收回祖奶的想象，在全知视角的加持下为小说节奏提速:"只是她(如花)绝不会想到,四年十个月后,她的乌鸦丈夫将被毛根射杀。""那时,罗包并不知道一个叫安敏的女人将让他的人生转向。""就在她沉浸在鹊声的海洋时,凶险突至。"然而,这种提速只是一种预告,并不是"强情节性"的彰显,提速后的作者往往笔锋一转,就进入了另一视点人物的生活中。或许这种延宕感还未能达到预期效果,胡学文还在结局制造了整体的不终结性和不确定性。比如,罗包与安敏能否成为真正的家庭?困扰杨一凡的养蜂女是否葬身火灾?神秘的"蜂王"信息又是何人所为?垴包山开发了吗?毛根和如花会不会坚持反对?这些本应作为结局的内容在小说的情节链条上被抽走了。显然,作者能够超越叙述视角在故事未发生时给出一个想象中的完整,也可以戛然而止在小说结局处给出一个确定的悬念,悬念与答案的位置被重新洗牌,成为小说通过叙事完成的一种抒情变奏。

  共同完成《有生》抒情化风格的要素还有很多,比如天人合一万物有灵的生命哲学,比如小说对于宋庄自然风光和民俗风情的摹写,比如飞走的白杏、失踪的白礼成,以及通晓人性、有所隐喻的乌鸦、喜鹊、蝴蝶、蜜蜂……在抒情化的叙事和修辞中,人物的感官全部被打开,每日"闻"饭的祖奶,北风失眠时唯一的"咔嗒"声,罗包受到吸引的香味,白礼成无可救药的痒,还有亦真亦幻的蚂蚁在身体的窜行,有生的世界是一个万籁有声、充满生机的世界,胡学文也在打开所有感官的过程中打开了一个幸运的盲盒:读者不再需要一个所谓的结局,而抒情过程中生活经验的扩展,以及对人的灵魂体验的洞察和想象,成为《有生》的重要精神价值。

结　语

文学的史诗结构和史诗情结是20世纪中国历史发展、社会进步、文明更替的重要表征。随着技术革命和媒介迭代的到来，经验的贫乏和贬值会与日俱增。《有生》通过祖奶"接生婆"视角不但呈现了充盈的个人经验，同时也借助"伞状结构"的严谨和巧妙在生命的主题下建构起新的视角，宋庄人在逆境、困境中的坚持忍耐与西西弗斯（《西西弗斯的神话》）、本德伦一家（《我弥留之际》）、老人（《老人与海》）以及《喧哗与骚动》中人们一样"苦熬"，而这种"苦熬"恰恰是充满人性光辉的、世界性的生存宣言，这种"将宏大叙事与日常经验、传统文化与个体精神、家族传奇与家国情怀统合在一起"[①]的文学书写，也必将因其在视角、结构和抒情方式上的创新成为有别于以往的另一种史诗。

---

① 桫椤：《生命因为仁慈和坚韧而神圣——评胡学文长篇小说〈有生〉》，《中国当代文学研究》，2021，第178页。

一履芒鞋留浅踪
南山篱下逢高翁
　　　　　张红武

张红武，河北省文化和旅游研究院戏剧研究室副主任，副研究员，从事文化综合研究、文艺批评等工作。他善于以符号学原理的对立差异原则，通过"悲剧性""崇高感"等理论武器来分析文艺作品，并对戏剧舞台上以价值冲突为内因来增强舞台张力的现象持续关注。作有《"悲剧"与"崇高"——兼评〈下南洋〉主题的位移与嬗变》《"绝对"对在哪里——谈〈日出而作〉中隐含的价值冲突》《雾蒙山的叙事模式及其隐含的价值冲突》等文章，曾获中国文联文艺评论奖文章类二等奖（国家级）、河北省文艺评论奖文章类一等奖等奖项十余项。

近年来，张红武一直寻求理论"突围"，以阐释学理论来探究审美阐释与接受心理之间的关联。他先后主持完成文化和旅游部文化艺术研究项目、河北省文化艺术科学规划项目等科研项目，形成《戏剧的阐释空间》《戏苑流芳》等著作。曾荣获河北省宣传思想文化青年英才，入选中青年文艺人才"燕赵秀林计划"。

个人感悟

文艺评论所扮演的诸多"角色"

文艺评论是文艺活动中不可或缺的一环,它在其中扮演着诸多角色,具有"鼓与呼""鉴与赏""帮与扶""诊与疗""评与判"等功能。在不同的情形下它以不同面孔示人,往大了说它既是"观潮人"也是"摆渡者",往小了说它是"旁观者"也是"参与者",不大不小也可以说是"解剖人"和"诊疗师"……当然,特定角色因不同的功能而手持不同"道具",有尺规、望远镜、显微镜、航标、鼓号和手术刀等,不同的道具都有之所长,都在评论中发挥着不同的作用。

——从"观潮人"到"摆渡者"

文艺评论家像是站在桥头的智者,仰观风起云涌,远看潮起潮落,俯察涟漪旖旎,通过观察文艺潮流、文艺现象、文艺作品等,以个人的学术视野、审美洞察力、艺术敏锐力来记录、分析、评判、提炼其发展趋势、风格变迁、艺术表现、创新方式等。文艺评论家不是简单地观赏风景,而是以更高的理论概括、更深的学术视野来把握、解读和界定文艺现象,并揭示作品背后的深层含义、作者的创作意图以及判定作品在文学史或艺术史上的地位等。

同时,文艺评论在某种程度上有一定的超前性、先导性,文艺评论家以此来预测文艺流派、文艺创作的规律,预见新的艺术趋势、艺术观念的发生,为新的艺术风格和创作方法提供理论依据和支持,助推处于萌芽状态的文艺现象成长壮大,助推具有潜力的文艺流派、文艺家取得更大的影响力,帮助其"渡过"暗礁与险滩,从而通往更加广阔的舞台。

——从"解剖人"到"诊疗师"

文艺评论家像是悬壶济世的医者。批评总是要有标准,只是这些标准或隐或显地存在于字里行间。评论家会综合社会学、心理学、人类学、美学、艺术学等领域的观念和方法,以审美和社会意识双重标准对作家、作品进行分析,并在不同历史时期建构起符合时代特征和社会心理的"标准"。这些标准是相对的,因社会总体的多元而有主流与支流之分。这些标准既是特定时期社会意识具象化的反映,也是评论家进行剖析和评判的准绳,但不能简单地以某一标准当作唯一正确来抹杀其他。

当然,评论家还需具有对文艺作品进行具体优劣衡量和良莠针砭的"细节处理"能力,能对作品中所反映的社会矛盾、道德冲突、伦理困境、情感问题等进行审视,并在艺术作品的叙事逻辑、结构要素、形象表达、表演张力等方面进行诊疗,能提出优化方式和改进方法,促进文艺作品臻于完善。

——从"旁观者"到"参与者"

文艺评论家像是若即若离友人。文艺评论是对艺术作品具有一定距离的旁观与审视,具有相对独立性。开展评论不仅是对作品的解读与分析,更是评论家调动自身所有积累而进行的思想观念的表达。评论家积累建基于其特定的理论框架和知识体系,而每个人的框架和体系的系统化、丰富度不甚相同。从这个意义上说,评论家发声的基本地位虽然是平等的、自由的,但总体能力却有高下之分。

同时,文艺评论和作品之间又是和谐共生的:优秀的文艺作品可以激发评论家深入而有洞察力的评论,而评论反过来又可以帮助作品被更好地理解与欣赏。通过文艺评论的概括、凝练、提升,评论家更全面地阐发了作品的价值和地位,实实在在参与了作品的"生成"。可以说,二者相互依存的关系也彻底敞开了文艺评论自身的意义和功能。

当然,文艺评论也有很大的局限性

一是评论家的理论视野和能力是有限的,谁也没有全知视角,因此所开展的评论难免存在不甚合理之处,甚至存在谬误的情况而被质疑。二是在很多情况下文艺评论具有一定的滞后性,评论家需要时间来沉淀、理解和总结一些已发生的文艺现象和已完成的艺术作品,这种滞后性既是文艺工作自身多元性、复杂性所致,也是评论家需要时间建构新的理论和评价体系所决定的。三是批评的武器在应用中也常有"不兼容"的情况,中西方理论资源殊为不同,在所擅长的领域也各有优势,但个别理论的应用存在过度阐释、过犹不及的情况,同时也存在隔靴搔痒、言不及义的情况。这些局限不完全都是客观层面的,因此需要文艺评论家从自身做起,寻求提升理论素养和审美感知能力,才能在文艺活动中扮演好自己的"角色"。

"悲剧"与"崇高"
——兼评《下南洋》主题的位移与嬗变

悲剧和崇高是戏剧的代表性主题，也是一对有区别却又紧密相连的美学范畴。悲剧着眼于表现个体命运、理想的陨灭，其情感源于个体的悲欢离合、生离死别、苦辣酸甜，重在表现一己之"悲"；而崇高则重在以一己反观群体的命运、兴衰荣辱，其情感源于个体投射到族类总体的生命律动，是作为群体总体性的力量源泉的感召，是个体在履行并超越这种力量的感召中历尽磨难而产生的特有的敬仰与升华的心理活动，重在通过个体反观群体之"壮"。可以说，悲剧和崇高各有侧重，却有深刻内在联系，如《俄狄浦斯王》是命运悲剧，命运之神的冥冥安排注定了俄狄浦斯王的"弑父娶母"的神谕确证，主人公被置于人的意志与命运的不可捉摸之间，愈抗争就愈加速走向毁灭，但从另一角度而言，俄狄浦斯王反抗命运却恰恰一步步进入命运安排时，也反映出一种生命的壮美。《哈姆雷特》是性格悲剧，"to be or not to be"之间的徘徊，生与死、意志与宿命、复仇与理想，彷徨于这些对立力量的思索、踌躇、延宕是推进悲剧的驱动力，另一面哈姆雷特背后的争取王位的意志也不失为一种崇高。

悲剧和崇高作为代表性的戏剧主题，单个戏剧往往选择其一来着重表现。因为单一不变的主题保障了戏剧的完整性与统一性，也是确保情节推进的前提，在创作过程也较为得心应手。有单一就有双重，而且悲剧和崇高二者又密切相关，所以从来不缺少二者出现在同一部戏剧中的情况，只是处理起来较为困难。悲剧和崇高的内在关联也决定了二者之间嬗变的可能，那么二者如何共存于一部戏剧中，又如何演变，更重要的是都能得到充分的表现？笔者以《下南洋》作为一个范本，分析悲剧和崇高两种主题的位移与嬗变。

《下南洋》乍看很容易联想到其固有的"家国天下"宏大叙事模式，相比于此，笔者更关注的是其着力表现的单一个体生存境遇，以及在被存在主义大师们称为"偶在个体"的小人物的悲欢离合中呈现的悲剧主题。个体的悲欢离合投射到"下南洋"这一民族性运动中，从而汇流成为和走西口、闯关东并列的近代史上民族国家的区域大迁徙运动。从这个意义上说，"下南洋"可以从两个层面分析：1. 作为"求生存"角度上的个体"下南洋"；2. 宏大叙事角度下个体作为国家民族一分子的"下南洋"。对应于上述两个层面上的"下南洋"，其主题也有两重，前者对应的是个体"求生存"过程中的伦理困境：善何以致使"恶"？后者对应的是个体叙事如何与宏大叙事合拍：悲剧如何上升为崇高？两个层面是递进和嬗变的关系，也正是分别对应悲剧和崇高两种戏剧主题。确切地说，从"悲剧"到"崇高"的主题的位移关系才是本文着眼所在，也正是这一潜在的主题转换才使得本剧不仅表现了个体人物命运的喘息和挣扎中闪现着人性的光辉，更重要的是"下南洋人"的"一己命运"的个体观念如何自然而然地过渡转换为"家国天下"观念，且顺理成章、水乳交融。前者是一己之"悲"（悲剧），后者是群体之"壮"（崇高）。

一、"下南洋":个体"求生存"的悲剧,善何以致使"恶"

艺术关注的只能是微观视角的"这一个"的生存境遇和生存体验。因此,下南洋首先是每一个独一无二的下南洋的个体实践者,是每一个求生存者步出的血泪史,这是一个人的奋斗史、成长史、生存史。"新婚三月的青年文昌"依依不舍渡海南下谋生只是为了妻儿的生存、家庭债务,任何人都会相信这是求生本能,是生计所迫,如果此时高唱下南洋的国家民族意义,那是苍白而滑稽的。矿工、鞋匠、服务生、卖唱、乞讨……尽管卑微、潦倒,但却表现出个体自我生成过程中的生命意志。青年文昌是幸运的,不但从九死一生的偷渡罐子船中死里逃生,更是获得一位小姐的善心救助,并获得垂青留在餐馆服务,观众似乎也在为他的幸运感到欣喜,然而正是这份幸运导致了"悲剧"的开始。"下南洋,十年不归,老了娇妻死了娘",妻子琼娘只身寻夫,偶遇丈夫文昌并"质问"其抛妻舍子的缘由,回答是:返回途中银两被盗、又偷偷溜走却恰逢恩人病逝……种种"偶然"因素导致青年文昌并未能返回到海南琼娘身边,而这种偶然的因素是不可抗拒的,甚至只能用冥冥注定来解释。而文昌又心怀恩情留在南洋,可以说,"善"理念之间的抉择导致的不完满正是本剧的戏剧冲突所在,对琼娘的"情爱之善"和对星姐的"恩情之善"的抉择是悲剧产生的根源,二者都是"正当"的,都是善的,然而鱼和熊掌不能兼得,这种伦理抉择的困境使任何深陷其中的个体都难以选择,关键是"必须"也"不得不"承担(正是这个意义上萨特言"存在主义是一种人道主义")由此带来的一切结果,包括褒义的"成果"和消极贬义的"后果"。这种伦理冲突及其抉择的艰难是个体存在的尖锐极端状态，也正是本剧悲剧性因素的关键所在，这就导致文昌同时伤害了两个分别带有孩子的母亲，更重要的是其所有出发点都是"善好"的，或恩情或爱情或亲情，根本上都是善念的出发点，而非为了"一己之私"。关键在于当两种善念之间产生冲突时却没有了二者兼顾的抉择，因为任何一种抉择都是一种"罪"（本意：不完满），都会导致一方的伤害，在善恶好坏之间的简单抉择业已越发艰难的当下，善和善之间的抉择来得就更加猝不及防、触目惊心，更恐怖的是必须面对由此带来的伦理后果：背负舍弃妻子的骂名还是头顶忘恩负义的斥责？这种伦理抉择的艰难带来的心理冲击才是更加值得玩味、振聋发聩、石破天惊！

"求生存"的动机充分彰显是自然权利，由此而产生的自然法权理论才成为现代国家建制的根本理念，这便是身处现代的我们看起来是如此顺其自然的原因。除了上述"善"理念之间的抉择导致的悲剧外，个体求生存的"下南洋"的悲剧还表现在对个体性情的充分尊重上，以个体的情感作为的情感驱动力。儿子海亮拒不认父，面对衣锦还乡且高唱"下南洋下南洋，不曾富贵不还乡"的父亲时，根本不管什么"祖祖辈辈下南洋的心酸悲苦"式的宏大叙事模式的意识形态的表白，只在乎"撇下孤儿寡母泪雨相垂"的个体性情的温情脉脉。什么"衣锦还乡"，什么"光宗耀祖"，在几十年的母子相守的清苦面前，在缕缕青丝的憔悴面前，在无父无爱的冷嘲热讽面前统统不值一提。从个体性情的情感维度出发才是维系"偶在个体"一己命运的救命稻草，个体性情的情感维系根本上是和重视祖宗牌位、衣锦还乡的观念水火不容，分属两个社会形态，前者属于重视个体自然权利的现代社会，后者属于宗法观念的前现代社会。个体性情的维系和宏大叙事格格不入，只有与个体的悲欢离合的情感的纠葛为出发点的才是"悲剧"的，而和宗族国家观念相连的后者则是"崇高"的，"悲"（悲剧性）和

"壮"（崇高性）都是悲剧所要表达的不同视角，尽管都能达到悲剧（作为戏剧种类）的效果，但二者的质地天壤之别，判若云泥。

二、"下南洋"：个体叙事跟宏大叙事合拍，悲剧上升为崇高

《下南洋》的悲剧在于：呼喊出"我怕淹死在海上，我怕流落在南洋，我怕回不到家乡，我怕你独守着空房。琼娘，我是舍不得你呀！"的质朴文昌如何蜕变成一个抛妻舍子的"负心"人。这种蜕变却要处理成为和"家、国、天下"紧密相连的正当行为，并上升为一种有道义色彩的行动且显得合情合理、顺理成章，这是剧作家要处理的一个难题，这也是笔者最关注的一个问题。当这个难题得到合理的解释后，接下来的所有问题都会迎刃而解。

悲剧如何上升为崇高？前文说到，悲剧总是从个体的一己生命为出发点，且常常是个体命运的泯灭，而崇高就上升到了从个体命运关涉到群体命运的荣辱。囊括个体和群体观念的"下南洋"过程就存在这种可能，个体生存的境遇可以延伸到群体命运当中。首先，"下南洋"曾经跨度民族国家危难的境遇，这一境遇为个体命运和民族行为的契合提供了良好的契机；其次，下南洋存在"衣锦还乡"的潜在期待，这种期待和中国传统文化的根脉紧密相连，所以"衣锦还乡"在"列祖列宗"面前的慷慨陈词成为个体联系群体，乃至族群、国家的重要契机。这样"下南洋"就在祖辈三代跨度百年的历程中完成从悲剧到崇高的位移与嬗变：个体求生存的血泪史和民族国家的振兴史合拍，并且在接受心理上产生共振效应，这种共同的心理作用使得面对个体之"悲"投射到族群的平台上，就显现为"壮"，所以前者的情感是"悲

剧"的,而后者则是"崇高"的。

崇高的情感在剧末表达得淋漓尽致,手捧灵柩、跪拜祖宗、岿然陈词等情节都让人心潮澎湃、热泪盈眶,强烈渲染了一己命运融入宗族、国家、天下的慷慨悲歌与壮怀激烈,此不赘述。

白璧微瑕,偶然性因素的介入是本剧的关键性因素,事实上偶然性的设置是叙事技巧的不二法门,同时不得不考虑到,正如达摩克利斯剑之双刃一样,偶然性因素的介入也有其"阿喀琉斯之踵"的致命要害。就《下南洋》而言,偶然性的设置在于文昌如何完成在异域滞留、婚嫁的,剧中设置了一系列的偶然事件:晕倒、被偷、恩人过世……这些偶然事件一次次把文昌"挽留"下来并结婚、生育,由此顺利完成人物行为的逻辑铺垫,但正是这些偶然的事件的设置,越发让观众质疑,本来上述事件都是文昌"十年不归"的"理由"(内含"正当"的意思),且陈述起来铿锵有力、掷地有声,却在效果上越发成为一种欲盖弥彰的"借口"。当偶然性事件的理由约等于借口的时候,不禁使人要怀疑文昌的"动机",更附带着对悲剧产生的根基一并产生质疑。

悲剧和崇高两种主题有别却又兼容,各有侧重却又息息相关,这是二者可以在同一叙述文本中存在的前提,众多经典作品多侧重表现其中之一种。而二者之间的位移与嬗变成为有待拓展的理论空间,从一己之"悲"过渡到群体之"壮"是艺术有待探明的问题,也是艺术为之殚精竭虑的难题。

新时代河北省红色题材舞台演剧的话语表达与价值阐释

摘　要：近年来，河北省涌现出一批具有较大影响力的舞台演剧作品，在文艺舞台上展现了河北之姿、唱响了河北之声、彰显了河北之韵。在河北众多舞台艺术作品中，红色题材是其中最重要的组成部分，值得对其进行深入研究。本文通过理析新时代河北省红色题材舞台演剧的内涵，并梳理其内容概要，重点对其主题内容展现、艺术形式表现、叙事话语表达、内涵价值阐释等方面进行探究，并结合当代社会心理和审美取向进行多维审视，总结了其话语表达与价值阐释特点，同时针对其发展现实提出优化建议。

关键词：新时代；红色题材舞台演剧；话语表达；价值阐释

一、新时代河北省红色题材舞台演剧的内涵理析

理论分析需要对研究对象进行"划界"。本文所涉内容主要是厘定三个关键词，分别是"新时代""红色题材""舞台演剧"。

"新时代"，是从政治社会学领域引入的时间概念，此与"五四

运动以来""十七年""新时期"等概念一样,具有特殊的历史语境与时代内涵,其主要是指自 2012 年起我国逐步孕育、构建起的时代话语体系,至今已上升为政治社会学概念。这一时期,我国明确把文化建设提升到民族灵魂与血脉的高度,更加注重舞台艺术在弘扬优秀传统文化、促进文化交流中的作用,更加注重在中华民族伟大复兴过程中激发出更深层次的文化自信。这就对表现我国民族民主国家建制过程的诸多艺术表达和舞台作品,提出了更高的要求。

"红色题材",是对舞台艺术表现内容方面的界定,一般而言主要指自清末民初,尤其是自"五四运动"以来至改革开放这段时间中,反映民族国家独立和建设过程的内容,包括中国共产党的创建与发展、工农革命运动、抗日战争、解放战争、新中国建设等。反映改革开放以后社会主义建设内容则一般被称为"主旋律题材",因与此有别而不涵括在内。河北地处畿辅之地,与政治中心有天然的联系,在中华民族独立、民族解放和民主革命的征程中,燕赵大地的革命先烈和仁人志士为探索救亡图存之道、寻求民族复兴之路前赴后继舍生忘死,涌现出诸多可歌可泣、可书可传的事迹。可以说,河北的红色素材较为丰富,这是红色舞台剧创排的良好条件。以此为基础,河北的红色题材舞台演剧持续发力、佳作频传,这些作品塑造了革命先烈的英雄群像,展现了革命先辈的家国情怀。

"舞台演剧",是艺术表现的手段和方式,主要是指舞台呈现的载体,包括戏曲、话剧、歌舞剧、音乐剧、杂技剧等具有一定叙事功能和价值表达的艺术形式。演剧对舞台表演和叙事两个维度均予以重视,其中叙事维度主要是其能承载和传达更加丰富的信息,能对更复杂的思想进行辨析,能将不同的表达放置于同一场景之中进行"较量",并通过表演维度来获得更加直观和生动的体现。此外,在舞台演剧中,叙事功能和价值表达是表里相依的,有叙事的内在逻辑才能彰显出价值取向，而价值取向则是叙事的内在支撑，也是叙事逻辑推进的内在动因。在众多舞台形式中，戏曲艺术源远流长，历来被认为是道德教化、知识传播、娱乐休闲、文化传承的重要形式。自"五四运动"以来，戏曲现代戏不断发挥其时事宣传和思想宣介的作用，成为革命先贤与广大民众关联的重要纽带，同时也是启发民智、文化启蒙的重要形式，时至今日也是红色题材演剧最重要的艺术表现形式。而另外几种舞台艺术形式在我国则相对年轻，也都以各自的艺术优长来表现和演绎红色题材和内容。

二、新时代河北省红色题材舞台演剧的表现内容概要

基于上述的"划界"，笔者重点梳理了自 2012 年以来创排和演出的红色题材舞台艺术作品，这些作品大多参加了重要展演活动，这些展演活动主要包括第九届河北省戏剧节（2012 年）、第八届中国评剧艺术节（2012 年）、河北省优秀传统剧目展演（2013 年）、"传承保护和培育涵养文化生态"主题活动暨"庆祝中华人民共和国成立 65 周年"河北省十大优秀剧目展演活动（2014 年）、第九届中国评剧艺术节（2014 年）、第十届河北省戏剧节、河北省纪念中国人民抗日战争暨世界反法西斯战争胜利 70 周年、京津冀舞台精品（河北站）展演活动（2015 年）、"同心筑梦美丽河北"河北省优秀剧目进京展演活动（2016 年）、2016 年全国梆子声腔优秀剧目展演、第十届中国评剧艺术节（2016 年）、河北省"知声腔国粹爱家乡文华"戏曲文化进校园集中开展省级演出活动（2017 年）、"庆祝改革开放 40 周年"第十一届河北省戏剧节优秀剧目展演（2018 年）、2018 年全国梆子声腔优秀剧目展演、第十一届中国评剧艺术节（2018 年）、河北省庆祝中国共产党成立 100

周年优秀剧目展演（2021年）、"迎七一"庆祝建党101周年红色剧目网络展演（2022年）、中国十三届艺术节（2022年）、全国戏曲（北方片）会演暨梆子声腔优秀剧目展演（2023年）、"点亮北方戏窝子"京津冀戏曲展演季（2023年）等，以及自2012年以来举办的历年全国舞台艺术优秀剧目展演、历届中国艺术节等活动。

从表现内容上看，新时代河北省红色题材舞台演剧的表现内容主要分为以下几类：

一是革命先贤事迹类。如反映党中央从西柏坡进驻北平所进行准备的《赶考》（评剧）、记述党和国家领导人赴法勤工俭学的《寻路》（话剧）、记述党早期女革命活动家事迹的《郭隆真》（豫剧）。

二是重要事件事项类。如反映中国第一个农村党支部成立过程的《台城星火》（评剧）、再现人民音乐家王莘创作革命歌曲心路历程的《歌唱祖国》（河北梆子）、讲述作曲家曹火星在革命过程中创作歌曲的《没有共产党就没有新中国》（河北梆子）、记述西柏坡镇北庄村在党的领导下唱响革命旋律的《团结就是力量》（歌舞剧）、反映青年地下党员弓仲韬回老家发动革命运动的《火种》（评剧）等。

三是革命楷模事迹类。如讲述拥军楷模戎冠秀故事的《子弟兵的母亲》（河北梆子）、展现革命情怀和高尚情操的《戎冠秀》（豫剧）、展现在救国救民过程中革命精神的《党的女儿》（河北梆子）、刻画新女性追求独立自由与生命价值的《安娥》（评剧）、讲述革命背景下平凡而伟大母爱的《奶娘》（平调落子）、展现白洋淀地区"淀上神兵"抗击侵略者的《雁翎队》（歌剧）、反映冀中地区少年儿童英勇抗战的《少年英雄·王二小》（京剧）、反映"挂云山六勇士"的《挂云山》（京剧）、记录狼牙山五壮士之一的马宝玉投身革命英勇事迹的《狼牙英雄马宝玉》（歌舞剧）、记述燕赵大地鼓艺世家革命故事的《天边的鼓声》（舞剧）、展现广府古城以民间鼓吹班与侵略者开展文化交锋的《大喇叭》（平调落子）、讲述八路军带领吴桥娃娃们勇于抗日的《吴桥娃娃》（杂技剧）、反映少年儿童与日寇斗智斗勇故事的《少年董存瑞》（晋剧）、塑造热河"杆子帮"在国难当头勇于牺牲的《打狗棍》（评剧）、刻画机智勇敢抗日小英雄的《小英雄雨来》（评剧）、讲述保定市第二师范学生开展抗日救亡活动的《保定红二师》（河北梆子）、讲述革命先烈不畏牺牲坚贞不屈的《白文冠》（河北梆子）、反映抗美援朝残酷而壮烈画卷的《战旗正红》（话剧）、反映劳苦大众翻身为主颂扬革命的《白毛女》（河北梆子、评剧）等。

四是时空交错关联类。以一顶军帽反映光荣革命传统与现代情怀相关联的《永远的红星》（歌剧）、记录以革命精神为感召历尽千辛万苦创建冀南烈士陵园的《海棠花开》（河北梆子）、讲述从抗日战争到改革开放时期道德模范人物事迹的《我的嫂子我的娘》（评剧）等。

三、新时代河北省红色题材舞台演剧的话语表达与价值阐释

红色题材舞台演剧是舞台艺术的重要表现内容，是担负革命叙事和价值导向的重要航标，是回答"革命来路""初心使命"的生动表达。尤其在民族复兴、文化自信的语境下，红色题材舞台演剧是舞台艺术的"压舱石"，是为民众阐释中华民族在道路抉择必然性的生动再现。所以，新时代红色题材舞台演剧在叙事逻辑和语言表达上有新的要求，在表现内容和价值阐释上也有新的表达。

（一）寻求宏大叙事与个体叙事之间的契合点，彰显悲剧命运中的崇高感

宏大叙事是革命历史题材作品的核心表达，而艺术则以其敏锐的触角对个体情感进行细微刻画，努力寻求个体命运与宏大历史背景的契合点。河北省红色题材舞台演剧多以"小切口"来展现"大事件"，以演剧的形式再现社会发展变革的宏大画卷。并以"小视角"透视"大视野"，尤其是通过刻画个体命运在社会大潮中的动荡起伏和渺小无助，进一步引起当代观众的共鸣。同时，通过革命万千民众的一己之身管窥时代的变迁，做出以民族大义为精神感召而献身革命的选择，这也是艺术化再现救亡图存语境下的道路抉择。更值得关注的是，河北红色题材舞台剧着力表现了在历史洪流中个体是如何秉承时代使命，以道德感召、人格魅力和社会实践，担负起民族复兴的使命。

面对半殖民地半封建社会的现实，革命道路是中华民族的优选项，这也是作为革命历史题材剧作叙事展开的背景，"乱哄哄你方唱罢我登台"的军阀以及列强入侵的"时局"，使得革命先贤们思考和推动改进的不同方案和路径，诞生在北大图书馆、在校园教室、在车间厂房、在田间地头……革命先贤通过发动工农民众运动、举行集会、成立党的学习小组等活动，都在探究和追寻改善民众生活、推进社会进步的治世良方。这些自上贯下、由下溯上的努力，共同描绘了推进社会革新的宏伟画卷。

同样，面对革命战争的残酷，于水深火热中的民众逐步觉醒，广大民众为了民族大义抛头颅洒热血，把一己生命融入民族血脉之中，使得生命牺牲的悲剧性慢慢消融，融入民族和国家的群体生命之中，从而使个体情感的从悲剧之情升华为崇高之感。在此，革命叙事的宏观视野与个体命运小我情感之间的鸿沟也在慢慢弥合，并通过内在的

悲剧情感作为桥梁，打通了个体情感叙事与革命事业之间过渡空间。

（二）寻求道路抉择与民心所向的关联，突出叙事逻辑和情感逻辑的内在合理性

在河北省红色题材舞台演剧的呈现上，可以看到有两条主线来展现革命道路的探索与抗争，一条主线是表现革命"领路人"苦苦寻觅救亡图存之道，以"郭隆真"（《郭隆真》）、"弓仲韬"（《台城星火》）等为代表，这类剧作刻画了"探路者"的群像，他们不断成长与进步，成为那个如火如荼、青春岁月的代表，成为"领路人"的实践样本；另一条主线是"民众"对革命道路的追随与拥护，以"戎冠秀"（《子弟兵的母亲》）、王二小（《少年英雄·王二小》）、马宝玉（《狼牙英雄马宝玉》）、"张淀生"（《雁翎队》）、吴桥娃娃（《吴桥娃娃》）等为代表，"追随者"们在抛家舍业的决绝中，在面对生活困厄的慨叹中不断演进，最终成为中华民族改天换地的最坚强后盾。两条主线都极具奋起图强的勇气，展现了百年前中华优秀儿女青春之底色、青春之光芒，印证了热血青年们"心之所向"的革命道路：从身处困厄，到苦苦追寻，再到黎明渐至、充满希冀的写照，这也正是中华民族逾百年来历经彷徨失措到笃定前行的过程。可以看得出，这两条主线一条是自上而下，一条是自下而上。自上而下的主线是革命先贤们从苦心寻觅到拨云见日，自下而上的主线是广大民众从惘然无措到真心拥护，二者共同演绎了中华民族在道路抉择和民心所向之间的动态互动格局。

道路抉择与民心所向的双重演绎也敞开了其问题意识：选择何种道路、秉持何种精神？何以赢得民众归附、赢得万民一心？舞台演剧在回答这一追问中，通过理性分析和实践事实予以解答，同时在这一解答过程中饱含着脉脉温情，民心所向是残酷生存环境下民众的心被融化的过程，也是民众干涸的情感被雨水浇灌的过程，这种情感归附

不仅仅是为了群体性质的民族大义的需求，更是生命陨灭现实中一己生存的需求。在这两种需求中，叙事逻辑和情感逻辑逐步趋于一致，也在这一刻，红色题材演剧往往会引起观众深深的感慨和共鸣。可以说，这些舞台演剧共同组成百年前探索国家和民族生存发展之道的"拼图"，彼此之间形成"互文"效应，一道组成民族民主革命的恢宏篇章，从不同侧面、不同角度展现了领路人与民众之间的关联。

至此，红色题材演剧以戏剧化、艺术化的方式回答了前一个百年未有之大变局中革命先贤们之问，也回答了新时代百年未有之大变局中"我们"之问：我们的道路何以如此，我们的道路必须如此。这一问一答，勾连起两个时代之间的话题，也是对当前社会现实中回到初心、回归使命的"呼应"。这两者跨越时空之间的内在关联和连贯统一，正是彰显了制度自信和道路自信。可以说，河北省红色题材舞台演剧使我们跟百年前的革命先贤们在这一"场域"中相遇，共同心怀天下、为国为民，虽然时代内涵不同，但精神气质传承有序、赓续绵延。

（三）寻求民族大义和自我价值实现相合拍，阐明保家卫国与舍生忘死的精神感召

红色题材舞台演剧的时代背景是苦难深重之下的残酷，以及民众的穷苦、困顿、迷茫、无助。反映出在这种背景下，革命先贤们走出象牙塔投身到劳苦大众中，进而依靠民众开拓革命之路，逐步形成"道路之问"的最优解答。如果说革命"领路人"是播种者，那民众则是革命的深厚土壤，民众的觉醒就是革命的基础，只有深深植根于大地，革命才能孕育出巨大的能量，才能使星星之火汇成燎原之势。在工棚、在田野、在码头……苦难把底层民众紧密联系在一起，形成拳头，形成推进国家进步民族解放的力量源泉。然而，这一过程中充满了个体的悲剧色彩："马宝玉"们面临生离死别（《雁翎队》《挂云山》《狼

牙英雄马宝玉》《保定红二师》等）、白文冠们的辛苦付出与辛酸（《子弟兵的母亲》《牺牲》《白文冠》等）、白毛女们的隐忍和劳苦（《白毛女》《奶娘》等）……命之所系心之所向，在灾祸和生死面前，在别无他途可选之下，劳苦大众逐步接受与拥护革命之火，这是血脉相连同气连枝的情感和力量。

与其说，困难民众是被民族大义所感召而投身到保家卫国的道路上来，不如说是民众主体性的自我选择：保家卫国的前提是要保自身之家、一己之命，只有形成合力才能实现这一朴素的目标。至此，保家卫国与舍生忘死之间存在天然的联系，家国一体的观念并不是宣教式的被动接受，而成为切肤之痛后的主动感悟与选择：只有以百折不挠、舍生忘死的精神，才能实现保家卫国，才能避免"小我""小家"的陨灭。而在慷慨赴死实现民族大义的过程中，自我价值在"家国一体"的传统观念和保家卫国的当代价值中得以双重实现。这一实现过程，正是基于寻求民族大义和自我价值实现之间的内在联系，这种天然联系不但强化了舍生忘死的意志力，也增强了红色题材演剧的感染力，使得演出现场极易形成同仇敌忾的氛围，也极易形成感同身受的情感投射，正是在这种投射之中，革命叙事和价值感召得以一道实现。

（四）承继革命传统与建设家园的情怀，揭示红色情怀的当代价值和意义

从某种意义上而言，一切表现艺术都是当代的，不论是传统题材还是现实题材，只有以当代社会观念和意识为基础的创作才能形成共鸣，才能在审美习惯和价值追求上站得住脚。河北省红色题材演剧在突出革命年代和当前现实的关联方面做出了很多独到探索，这种探索常以"对话体"形式而存在。

革命精神与当代建设家园一脉相承，只有回望过去才能更准确地

锚定当下的追求。歌剧《永远的红星》以一顶军帽为符号和媒介，不但关联起河北一家四代人与四川籍烈士后代亲人的情感，更是以守护以烈士陵墓为标志的革命精神为引导，关联起现代精神追求与革命道路追寻之间的关联，回答了革命叙事的根本诉求和当代价值追求的关联问题。

从这个意义上可以说，河北省红色题材舞台演剧是以艺术化叙事的方式，把革命叙事和当代生活紧密联系在一起，把革命先贤在动乱时代追求的"因"与现代和平富足生活的"果"重新进行了梳理，把隐而不彰的内在联系重新擦拭一新，重新阐释了革命叙事的正当性，并以艺术形式再现了革命进程的复杂多样性和道路选择的唯一性。

舞台演剧使得炮火连天的危难情景又艺术化地再现于和平年代，使得舍生忘死的精神气概又闪现在当代的心灵图景之中，使得曾经的追求与梦想又重燃于当代的精神谱系之中，这正是红色题材演剧在不断累积、层叠过程中，不断彰显的价值和意义。

四、新时代河北省红色题材舞台演剧的优化之路

新时代河北省红色题材舞台演剧在表现内容和价值引导方面均取得了良好的反响，然而在其当代接受心理、当代价值阐释等方面还需探索，以期进一步提升其在当代话语体系中更好地讲好红色故事、展现红色题材魅力的能力。

（一）选择更加独特的题材和角度，注重当代社会心理接受和阐释空间

构建一部舞台剧所需的材料、元素有很多，如何以最贴切、最动

人的角度讲好故事是其成败的关键。红色题材所表现的是历史真实，其受题材和内容的限制较大，主题阐释也相对单一，这就更加考验编创团队的能力和水平。如果不能跳出"命题作文"所限定的内容和一贯表现内容的窠臼，就难打动人、感染人。因此，新时代必须以新视角、新形式与当代社会意识和时代心理对接，才能更好地寻求历史与现代的契合点。

基于此，编创团队需要从更独特的角度展现更丰富的内容，以此来触碰当代观众更敏感、更有共鸣的审美触觉。一是仔细梳理、分析故事所依托的历史事件，避免以宏观视角进行切入，而是以主人公的身边事、所感所悟为着眼点，以小见大介入历史背景中，探寻特殊视角，以此布局全剧的走向；二是注意区分红色题材的相关联内容，如家庭背景与历史背景的关联、个人气质与革命手段的联系、个体理想和社会发展的联系等，可选择不同关联度设置剧作发展脉络；三是注重以主人公的视角观察事物、感知事物，并以此为基础推动剧情发展，重在挖掘主人公的内心变化、认知转变等，以此作为剧情逻辑推进的内在动力；四是理析主人公的性格特征，以凝练人物形象和气质，并在细节处时时进行"呼应"，在表达上尽量多埋"伏笔"，并注重把细节描摹做实做微，做到真实动人、感同身受；五是不要刻意拔高人物的形象和气质，有血有肉的人物形象更贴合当代人的心理接受，人物行为逻辑都要经得起推敲；六是人物行为逻辑和价值秉承要和现代观念相合拍，如与历史真实存在较大差异，宜通过艺术真实的手段进行处理，切忌使二者存在较大偏差而引起心理接受障碍。

（二）强化假定性真实，把握好情感逻辑和叙事逻辑之间的平衡点

舞台艺术作品重在以情动人，情感逻辑是艺术作品最核心的内在

动力，在注重情感表达的过程中如能进一步把握好叙事逻辑则更佳。因年代较远和材料不全，红色题材中的部分历史的情节和行为难以获得全面的认知，因此在选用相关素材时，需仔细甄别，在以情感逻辑为主线的前提下，可艺术化地创造情节，把握好情感逻辑和叙事逻辑之间的平衡。

基于此，编创团队需要从更细微的角度展现更细腻的情感，以形象化的艺术表达，以"情"来感染观众，进而传达正向的精神意蕴。一是放大特定背景下的时代境遇、人物特点、行为习惯等，更加丰富地表现人物情感的复杂性；二是在把个人追求、家庭情感、国家情怀、民族大义熔于一炉的叙事中，重点着眼于个体叙事，极力避免宏大叙事对个体情感和命运的"忽视"，更加突出在波澜壮阔的历史事件中"这一个"人物的情怀、性格等，尤其注重突出其中的悲剧色彩，以此反衬悲剧情感背后的崇高感；三是依据剧作切入角度和情感逻辑来组织材料，并以此为标尺，增删相关素材，必要时通过移花接木、夸张放大等手段，以假定性真实来推进情感逻辑的发展。

（三）强化运用艺术手段，避免图解式与口号化舞台呈现

舞台是综合艺术手段的载体，而红色题材因其内容和价值限定，则要求编创团队以更多、更巧妙地运用艺术手段予以实现，避免形成政治图解式舞台呈现的尴尬境地。在红色题材舞台演剧的创排中，从历史事件到人物行为、从道具设定到音乐设计都存在极具象征意味的符号，这些都可通过艺术创新的方式予以呈现。

基于此，编创团队需要以更独特的艺术手段来渲染舞台总体呈现效果，以更直观、更具感染力的艺术构思来打动观众。一是整体提炼与主题相契合的、具有意象化和象征性的"符号"系统，彼此关联、呼应，共同烘托舞台呈现的细节表达。如对红日、火、旗帜、农具等

在不同场景下予以运用;二是适当使用新科技手段,强化舞台呈现效果,如运用升降、旋转、渐进、横移等方式拓展舞台表现的空间,综合使用声、光、电手段渲染更加丰富场景;三是在语言中强化借代、双关、谐音等手段的使用,增强语言的感染力,此类语言尤其在暗流涌动、凶险无比的抓逃、审讯、诘问等情节中会产生不俗的舞台效果。

宏大叙事与个体命运交相辉映
——评广播剧《中国赛道之：羊倌教练》

  由河北广播电视台制作的广播剧《中国赛道之：羊倌教练》讲述了在冬奥筹建热潮中，"羊倌"周大鹏对早年父亲因雪崩救人去世难以释怀，从不愿配合"禁牧令"、拒绝从事滑雪工作，到最终打开心扉成为滑雪教练的心灵救赎历程。与这一主线并存的还有一条辅线，即雷浩为报恩而投资筹建滑雪场、劝解周大鹏，这一过程也是雷浩的心灵救赎之路。主与辅、显与隐两条线索交相呼应，逐步汇合、交融，在这一过程中处处闪现着美好的人性光辉，皑皑白雪之上暖流涌动。

  广播剧充分发挥时空转换的优势，通过音乐烘托、人物叠加对话，将周大鹏、雷浩完成心灵救赎的个人叙事与冬奥观念不断深入民心的宏大叙事相融合，将个体命运和国家大事紧密契合表达得淋漓尽致。

  早年，因周大鹏贪玩滑雪、游客滑雪失误导致雪崩突发，父亲危急之际救人而不幸丧命。二十年来，周大鹏背负心理重压，日日忏悔，不再从事与父亲之死有关的滑雪运动，转以"羊倌"身份谋生。因与"禁牧令"相冲突，周大鹏游击放牧，破坏了环境，引发经济纠纷。面对种种质疑，周大鹏给出似乎难以辩驳的理由："肉给人吃了，皮给人穿了，毛也给人用了，你们连草都不让它们吃……"以此来抵抗邻村起诉、法院传票、经济赔偿以及众乡民的劝阻。"禁牧令"和众人的劝阻仿佛一时间要妨碍周大鹏的个人生活，要阻断他个人生产的自然需求。对此，周大鹏力争、反抗、逃避……面对强大的舆论和种种现实问题，周大鹏只能躲避到燕子梁，躲避到追思父亲、寻求精神慰藉之所。同时，这也是谋求生活转机之举，只是其中掺杂了太多的无助、彷徨、悔恨与反思。

投资滑雪场的雷浩，正是当年周大鹏父亲救助的当事人之一。雷浩一直心存愧疚与感恩，并看中周大鹏的滑雪天赋，打算聘任他为滑雪教练，使之抓住时机，谋求生计上的转型。在得知周大鹏违反了"禁牧令"后，雷浩积极帮他还了赔偿款，达成庭外和解，补种被羊啃食的花木，并聘请周母当厨师，组建村里"大棚保姆队"，一直在报恩。

雷浩曾在周父墓前立下誓言，立志回馈这片热土，造福一方，"最大的心愿就是能在崇礼建一座现代化的滑雪场，让人们滑雪的安全系数更高……"。同时，雷浩认为滑雪场可以解决就业问题，乡亲们再也不用外出打工，可以在家乡娶妻生子、安居乐业、买车买房，过上幸福安康的生活。这正是雷浩的初心，也以此作为后半生的使命。

在这里，雷浩具有双重叙事身份，既代表寻求报恩以弥补当年过失的个体性叙事，也是冬奥理念和筹建的积极践行者、宣扬者，是国家工程宏大叙事在剧中的代言人。前者是雷浩的内驱动力，后者是雷浩的外在推手，内外相济，雷浩最终完成了自己的誓言、梦想，完成了自身的心灵救赎。

面对冬奥带来的契机，大家都在顺势而为，谋求新生活，村西的大福子由汽修工转变为滑雪场地总监、小学同学姜龙龙由餐厅服务生转变为滑雪教练……而周大鹏和二牛搭档的"羊倌"生计却难以为继，二牛窘迫到无法为父亲交六百元的医保费，甚至因违反法令法规遭到起诉而一筹莫展、陷于困顿。自小在冰雪中摸爬滚打而被称为"雪山小飞狐"的周大鹏，心里过不去曾为滑雪教练的父亲因施救滑雪爱好者而去世的"坎儿",处处拿"羊"来说事儿,拿牧羊的安宁与平和抵御内心的烦躁与悔恨——"辽阔的天,壮观的云,成片的花海,没有爱恨情仇,没有外地歧视,羊吃草,我睡觉!多好!"并以此拒绝冰雪教练之邀,甚至抵触冬奥建设的时代大潮。

当周大鹏从冰雪项目世界冠军罗大建口中得知,通过冬奥会,要把崇礼打造成东方的"达沃斯"和"惠斯勒"这层深意之后,再联想到雷浩规划的"瑞士滑雪联盟专业教练培训""组建农民滑雪队"等信息,虽然心里的坚冰已开始融化,但父亲因冰雪去世的阴影依然挥之不去——"我经常在梦里惊醒,当年那一幕就像把我的心撕了一个洞一样疼,我周大鹏从那个时候起,就丧失了快乐的能力。"

雷浩的报恩行为以及冬奥筹建的滚滚热潮不断融化着周大鹏心中的坚冰。尤其是罗大建的一席话醍醐灌顶,点醒了梦中人:"人生也像登山一样,最终要靠四个字——咬牙、坚持!往后,你要替你父亲过好人生啊!"以至于周大鹏"梦见我爸了,他把一只碗放在了我的手里",这一寓意着衣钵相传的梦,彻底拨开他心中的愁云,寻求新的开始。周大鹏走上滑雪场——"雪道就是人生赛道,我要把丢失的自己找回来!"

自此,在广播剧中以悔恨与救赎为中心的个体叙事与冬奥的宏大叙事逐步汇合、融为一体。正如所有参与冬奥建设的乡亲们为寻求生活转型而做出的努力一样,也正如罗大建所言:"这滑雪场就是咱们的耕地,滑雪板就是咱们的农具。"个人命运和国家大事如此密切关联,个体的奋斗与努力如滴滴水珠、涓涓细流融入冬奥建设的大潮中。

可以说,广播剧《中国赛道之:羊倌教练》通过有较高辨识度的声音,对人物角色进行了较好把握,在时空布局和叙事逻辑上处理得当,为听众展开了假定性真实的生活画卷,同时也敞开了丰富的想象空间。基于此,剧作把痛苦、悔恨、忏悔、救赎等个体化生命的呢喃之音,不断融入时代之潮,展现了国家重大建设工程造福一方、为人民谋福祉之民心所向、人心所指。从中,我们直观感知到周大鹏们、雷浩们个体精神和追求的可贵,也深切感受到冬奥筹建对个人命运的重大影响,以及其指引民众对美好生活的无尽渴望、憧憬与希冀。

认识自我，

成为自我，

超越自我！

王亚芹

  王亚芹，文学博士，河北师范大学文学院教授、美学与艺术研究中心副主任。王亚芹长期主要从事文艺美学、当代大众文化与文论、艺术与美育理论等方面的研究，在文艺理论、文艺批评和河北地域文化研究等方面成果丰富。曾在《文艺争鸣》《中国文艺评论》《山东社会科学》等核心期刊发表学术论文四十余篇。出版学术专著一部、译著一部，参与学术著作三部；主持国家社科基金项目、中国博士后科学基金等国家级项目五项、省级项目三项；参与国家社科基金艺术学重大项目一项、参与教育部人文社科重大项目两项。曾获河北省文艺振兴奖、省"四个一批文化名家"宣传思想文化青年英才称号、省"三三三人才工程"第三层次人才，研究成果还荣获第十六届河北省哲学社会科学优秀成果奖三等奖、第十七届河北省哲学社会科学优秀成果奖一等奖、第五届中国评协"啄木鸟杯"年度推优作品等荣誉。

个人感悟

文艺评论是对话、是阐释，也是价值引导

优秀的文艺作品能够反映时代的精神风貌和社会生活，优秀的文艺评论具有引领社会风尚、塑造价值观念的重要作用。文艺评论工作在新时代的文艺事业中扮演着至关重要的角色。作为一名文艺评论工作者，深感责任重大，动力与压力并存。于我而言，文艺评论既是一种理论阐释，又是一种价值引导。

首先，文艺评论是和文本、作者的交流对话。作为一种特殊的文艺表达方式，它必须尊重和回归文本，回到作品的根部，找到对话的源头。每一部文艺作品都是创作者智慧和心血的结晶，蕴含着其独特的思想内涵和艺术价值。因此，一篇好的文艺评论应该秉持着客观、公正、专业的态度，按照现象学"回到事物本身"的理论宗旨，在直面文本本身的基础上，对文艺作品进行全方位、多角度的深入分析和准确解读，避免主观臆断和个人偏见的影响，避免用单一的标准来衡量所有作品，以便更准确地把握作品的思想内涵和艺术特色。进一步来说，我们的文艺评论应该超越文本的内容和隐藏内涵，更多地直面文本本身，既不依赖已有的理论阐释体系，也不凭空猜测或过度阐释。

这样一种多元开放的评论姿态，它将评论的本质指向对文艺作品的本真感受，并在此基础上面向包蕴作品本身的全部社会生活敞开。

其次，文艺评论是阐释意义上的再度创作。阐释是文艺评论最重要的研究方法。当然，阐释并不是无视文本单纯从理论到理论的隔靴搔痒，也不是对作品本身的艺术特色的简单还原与表层解读，而是深入剖析作品背后的思想、情感、技巧等方面，挖掘其深层含义和时代价值。面对新媒体时代文艺批评的多元化发展和多样化呈现，文艺评论家们还需要充分调动自身的审美经验、文化素养和理论素养，对作品进行解读和再创作，甚至会引入新的视角和元素将艺术作品与更广泛的社会文化环境相联系，使其产生更深远的影响。这种阐释不仅有助于读者更好地理解作品，还能够促进作品的艺术价值的提升。

再者，文艺评论本质上是一种价值引导。文艺评论归根结底是一种有立场、有态度的话语权力的彰显。也就是说，文艺批评不仅是对作品的深入阐释，更是对社会价值的积极引导。批评家需要关注作品的艺术价值、思想内涵和文化底蕴，通过阐释作品，传递作品的艺术价值和社会价值观。同时，在文艺评论的过程中，文艺评论家通过阐释作品，不仅向读者传递了作品的艺术价值，更在无形中传递了社会价值观和文化观念。在批评的过程中，批评家会根据自己的审美标准和文化立场，对作品进行评价和判断。这种评价和判断不仅影响着读者对作品的认识和理解，更在潜移默化中影响着他们的价值观念和文化取向。这种价值引导不仅有助于提升读者的审美水平，更能够促进社会文化的健康发展。批评家还需要关注读者的需求和反馈，及时调整自己的批评策略和方法，以便更好地发挥价值引导的作用。当然，文艺批评在阐释和价值引导方面的重要作用，不仅体现在对具体作品的评价和分析上，更体现在对整个文艺生态的塑造和影响上。

总之，文艺评论是传承和弘扬优秀文化、塑造民族精神和时代精神的重要载体。我们要在评论中注重传递正能量，弘扬真善美，抵制假恶丑，让文艺作品成为传播社会主义核心价值观的重要渠道。

数字时代文艺批评的"圈层化"与"破圈"之道

【内容摘要】当下"人人都是批评家"的"狂欢式"批评背后隐藏着"圈层化"的危机。"圈层化"不仅是数字时代社会关系的基本特征,也是当前文艺批评的主要问题。在由"学术圈""自媒体圈"和"饭圈"构成的批评生态中,每个圈层都建构了一套具有独异性的"批评密码"。实际上,这种"圈层化"的痼疾既与数字资本、消费主义的扩张紧密相关,又与人文学术研究本身和现实问题的隔膜有关,体现了批评话语生成机制的异化,由此造成了数字时代文艺批评的有限性融通和公共批评的丧失。为此,我们主张一种融合历史学与现象学、尊重文本经验与阐释批评、倡扬多样化与在场性的"新感受力批评"。它以更纯粹的姿态直面数字时代的文艺现实,不仅为我们提供了一种数字时代恢复感知批评的新契机,也为未来文艺批评的发展提供了有益的探索。

【关键词】数字时代文艺批评圈层化新感受力批评

【基金项目】本文系2019年度国家社科基金艺术学重大项目"'微时代'文艺批评研究"(项目批准号:19ZD02)的阶段性成果。

在媒介融合的数字时代，文艺作品从创作、流通、接受到再生产的全过程都呈现出大众化、互动性与即时性等特征。根据《2015美国新媒体研究报告》的数据显示，数字媒介的主要特点可以概括为四个"P"，即"个人化、移动化、参与性与弥漫性"。相应地，数字时代的文艺批评也发生了新的变化。融媒体的信息交互性使得自由批评、多元表达成为当下文艺批评的常态。我们在不知不觉中已经进入了"人人都是批评家"的批评生态之中。但是，这种"狂欢式"批评的背后其实隐含着文艺批评的"圈层化"痼疾。

实际上，数字时代文艺批评"圈层化"的本质是批评话语生成逻辑的异化，它体现了当前文艺批评话语建构的混乱。由此，文艺批评要么成为超验性的"审美乌托邦"，要么成为消费意识形态的"流量杠杆"，要么成为粉丝们"圈地自娱"的情绪宣泄。每个圈层都编辑了一套只有圈内人才能破译的"批评密码"，各圈层之间的隔阂不断加深，并由此造成了数字时代文艺批评的有限性融通和公共批评的丧失。因此，如何加强理论、评论、文本之间的多元互动，平衡各圈层之间的关系，促进批评的有效融通便成为当下加强文艺评论建设的关键问题，也是充分发挥文艺批评"引导创作、推出精品、提高审美、引领风尚"作用的题中之义。

基于此，本文从数字时代文艺批评的"茧房"效应出发，着力探讨批评生态"圈层化"的问题表征及其内在本质。在此基础上，通过对阐释性批评与现象学批评的反思，倡导一种直面文本与社会真实、尊重历史与当下感知、融合理论阐释与批评实践的"新感受力批评"，并以此作为解决数字时代文艺批评"圈层化"困境的突破口。

一、"茧房"效应：当下文艺批评的生态表征

目前大量新媒体微平台和互联网群组的建立，拉开了数字时代文艺批评的序幕。海量微信群和朋友圈在某种意义上体现了一种理论话语上的"去中心化"和对话语霸权的消解，任何人都可以发表自己的言论，任何人都可以对"异己性"的话语批评进行质疑和解构。每个"圈""群"的存在，都体现了自由、公平、友爱的嵌入型社会结构，并成为观测当下文化走向的组成部分。但是，如果"人人都是批评家"，那么批评的边界又在哪里？况且"网络上（线上）的平等并不必然意味着现实中（线下）的公平"[①]。数字技术与消费文化的合流，使得"狂欢式"的批评背后，隐藏着更深层次的"圈层化"与"分流化"现实。

其实，在"前数字时代"也存在用于区隔不同群体的"圈层"，但是由于经济水平和技术程度的限制，当时的社会圈层关系较为有限，主要集中在以区域为基础的"地缘圈"、以血缘为基础的"亲友圈"、以工作关系为基础的"事业圈"等。而随着当前数字技术的发展和网络空间的拓展，在互联网世界涌现出了更加多样化和大范围的圈层互动。因此，本文所谓的"圈层化"，主要是指"以情感、利益、兴趣等维系的具有特定关系模式的人群聚合"[②]。以趣缘为纽带的同质化个体借助于数字技术的东风，形成了各种各样的网络文化"群体"，并成为今天人们网络化生存的真实写照。以"95 后"为主要对象的圈层

---

① Daniel Miller, *Why We Post Social Media Through The Eyes of the World*, accessed September15, 2016, https://www.ucl.ac.uk/why-we-post/discoveries.
② 彭兰：《网络的圈子化：关系、文化、技术维度下的类聚与群分》，《编辑之友》2019 年第 11 期，第 5 页。

文化营销平台"天猫青年实验室"就充分借助了商业资本和全球顶级数字娱乐IP的双重力量,打造了一系列以"二次元圈""国风圈""电竞圈""模完圈""硬核科技圈"等为典型圈层的"天猫无限派对"。这些"Z世代"的亚文化圈层有着超强的活跃度和极强的影响力,也成为各种新物种和新关系孕育的成长地。"圈层化"批评成为很多人在网络空间中探寻人类联系的新机制。"网络空间是圈层文化兴起的'趣缘空间',这种趣缘空间具有了'部族'或'新部族'的特征,代表着当代社会关系日益增强的流动性和不稳定性,以成员共同的生活方式、趣味为中心。相应地,网络文艺批评的方式也日趋圈层化、多元化。"① 因此,"隔圈如隔山""说了你也不懂""懂了你也不听""听了你也不做"成为很多网络批评群体"圈层化"的形象表述。当我们将"不懂勿犯"视为网络时代"圈层化"交往的基本礼仪时,也就不难理解为何互联网评论中经常出现"非黑即白"的对立与争吵了。更重要的是,数字媒介技术不仅改变了我们社会关系的生态圈,也改变了当前文艺批评的生态场域。在数字"圈层化"背后的生成机制中,商品、资本、消费以及流量等因素其实发挥着比批评话语本身更加重要的作用。可以说,"圈层化"不仅是网络空间交往的一大趋势,也是当前文艺批评发展的主要表征。

实际上,数字时代文艺作品的批评本质上是一种"趣味"判断,同时又夹杂着商业资本的运作,由此导致批评呈现出复杂的状况。如果说,在布尔迪厄那里,社会资本、经济资本和文化资本等是人群之间"区隔"的重要标志,并影响了其阶层的"趣味"与个体"习性"的话,那么在数字化时代的今天,这种"区隔"更多是与技术媒介和网络文化的"趣缘空间"紧密相连的。数字技术应用的多元化,使得

---

① 胡疆锋:《作为事件的网络文艺与新文艺评论的再出发》,《中国文艺评论》,2021年第6期,第46页。

个体在网络空间中的交往更加频繁，同时由于个体多重身份的叠加，网络空间中的评论话题更加多样化、程度也日益深化，并呈现出越来越细碎化和"蜂群化"的发展趋势。每个"蜂群"通过划定特定的网络空间进行信息与观点的分享，在信息交流的过程中吸引更多人加入群体，并形成笼罩整个群体的价值观念。表面看不同群体在各行其道、百家争鸣，但其内部的价值观和评判标准大相径庭。这就是凯斯·R.桑斯坦所谓的"信息茧房"效应，即在看似海量的信息网络中，我们往往"只听我们选择的东西和愉悦我们的东西的通信领域"①。不同的圈子文化通过信息流的方式被不断灌输给圈层内的每一个个体，在这种持续性的接受过程中，个体会在"茧房"效应的作用下不知不觉地建构起一种信息的自我过滤和自我保护屏障，并在延绵不绝的同质化信息流的轰炸下，形成一种特定的圈层化的认知偏见。而当某个群体长期禁锢在自己所建构的某一种程式化生活中时，便同时意味着它失去了接触和认识其他差异事物的机会，沉浸在自己的"圈层文化"之中。数字媒介平台的交互性使得文艺批评形成了一种全新的批评场域，文艺批评的"圈层化"依然盛行。

数字时代文艺批评"圈层化"的形成过程，本身就是一个用"趣缘差异"不断进行"区隔"的过程。那些无法获得"圈层密码"的人被拦截在外，只有拥有共同体价值、思想统一的成员才能在"信息茧房"的推动下进一步巩固其群体的黏合性。在这一过程中，圈层内部的自我认同感不断加强，而圈外的话语则作为一种"他者"遭到了排斥，网络文化批评圈由此完成了对圈内和圈外的社会身份认同。毫无疑问，这种以自我圈囿为特征的"茧房"效应已经成为数字时代文艺批评的主要特征。但是，这种"圈层化"文艺批评的本质是什么？它在数字时代的主要表征与问题有哪些？

---

① 凯斯·R 桑斯坦：《信息乌托邦——众人如何生产知识》，毕竟悦译，法律出版社，2008，第8页。

二、"圈层化"危机：话语建构主义的批评魔咒

随着传统文艺批评话语模式的日渐式微，数字时代的文艺评论出现了情绪化和碎裂化等批评新形态。这一点在学术产业化和消费主义的综合作用下显得更加芜杂。文艺批评首先是一种"影响深远的思想话语"①，其本质是为批评圈及其之外的世界缔结一种直接而强有力的关系。从库恩科学范式的角度来描述就是，对于世界的认识是由我们解释世界的方式所决定的，而不是自然界本身样貌的呈现。在此意义上，数字时代批评的"圈层化"现状，本质上是一种话语建构主义的混乱。

（一）当下文艺批评的主要圈层及其话语特征

据此，我们将当下文艺批评的形态概括为：以"绞肉机式解读"为主要特征的学术圈批评、以"流量密码"为标准的自媒体圈批评和以"圈地造梗"为主要特征的饭圈批评。每个批评圈层都沉浸在自己的世界之中自说自话，各种专业化、符号化、行业"黑话"漫溢，真正有效的批评交往模式有待涌现。

1. "绞肉机式解读"的学术圈批评

一般来说，学术圈中的文艺批评主体主要是学院派的专家、学者们，他们判断文艺作品的标准往往是以"审美""超验""价值引导""精神引领"等为依据，具有明显的形而上色彩。一些学院派批评家不屑于日常生活经验与艺术的重复与琐碎，他们习惯性地将"审美超越""审美理想""审美救赎""审美乌托邦"等视为自己判断一部文艺作品优劣的重要标准。正如伊格尔顿所坚信的那样，人类即使已经处于"上

---

① 约瑟夫·诺思：《文学批评：一部简明政治史》，张德旭译，南京大学出版社，2021，第7页。

帝已死"的后人类语境中,我们依然不会、也不能放弃对于信仰与超越的理想性追求,这依然是当代学院派批评家们的普遍情结。因此面对无厘头的短视频或者娱乐段子,学院派批评家们更愿意将其精神主旨定位为一种"神学的置换性片段"①,也希望能够从中发现更多思想性的东西。实际上不少学院派批评家并未真正了解、更未参与网络文艺创作,他们常常用过硬的智识代替了体验和情感活动,面对数字媒介时代难免有很多"不及物"与"隔膜"。

由于学院派批评圈的主体是知识分子,他们的批评极其注重学理性和学术性,话语逻辑和表述方式也呈现出专业化和艰深性的特点。对此,崔宰溶曾经对网络文学与传统文学有关研究文章进行过对比,结果发现常用的词语主要包括:本质、深刻、辩证、复杂、深度、精神、创造……以及浅薄、轻松、单调、无深度、模仿等。②不难发现,这些批评话语看似客观、准确,实则包含了强烈的价值立场和优劣区分。同时,很多学院派的批评方式常常是以理论先入为主,或者是以方法论为主的。这被美国学者詹姆斯·J.索斯诺斯基称为"绞肉机式解读",也就是用理论范式与方法论解读作为衡量一切作品的重要方式,在这种批评方式中"任何文本解读都被绞碎成了与之沾边的理论术语"③。由此,文艺批评就成为维护批评理论话语的神话了。

诚然,随着媒介的日趋融合,有的学者身兼文艺评论家、"网络大V"与"饭圈"粉丝等多重身份于一体;有些文艺批评文章会被同步发布到线上,学院派文艺批评的"跨界""破圈"尝试也在不断进行。但是由于其评论话语的专业性和方法论性质,仍然让网民们"不明觉厉",故而它们在网络空间和数字平台上的影响是有限的,并未真正

---

① 特里·伊格尔顿:《文化与上帝之死》,宋政超译,河南大学出版社,2016,第194页。
② 崔宰溶:《中国网络文学研究的困境与突破——网络文学的土著理论与网络性》,博士学位论文,北京大学中国语言文学系,2011,第40页。
③ 杰弗里·J.威廉斯编著《文学制度》,李佳畅、穆雷译,南京大学出版社,2014,第43页。

"出圈"。

2. "流量为王"的自媒体批评

在数字时代的批评场域中，相比于学院派批评，自媒体批评具有平台门槛低、传播速度快、流传范围广、批评内容自由化、传播交互性强等特点，而且它们在很大程度上受商业杠杆（如流量、订阅、点赞、打赏等）的影响比较大。自媒体批评通常以策划文艺活动、制造文艺事件、实施营销策略等方式展开媒介批评。因此，这样的文艺批评从形式上来讲，往往短小精悍，语言生动活泼，易于激起阅读者的感性愉悦。网络上曾经有一篇点赞量很高的文案，把某部小成本文艺影片推上热搜。该影片在短视频平台的持续发酵，引发了一波波新的关注，成为2022年关注度很高的文艺片。这充分体现了自媒体批评对于一部电影的宣传价值和传播影响。这种驳杂的"流量式"批评，一方面使得很多自媒体都形成了一套独具特色的话语评价体系和话语模式，其阐释密码似乎只有"圈内人"才能解释得清楚，从而形成了一种不断变换的符号内循环；另一方面，数字时代的平台设置内含了商业资本与流量经济的逻辑，点击率、转发量等数据化考量体系使得大众自由评论的独立性很有可能被资本收编，很多文本沦为一种消费意识形态，无形中消解了文本的纯粹性与批评的思想性。

同时，某些自媒体特别擅长"造梗"策略。所谓"梗"，就是某个圈层内的网友所共同熟知的桥段。某些自媒体平台通过创造一系列的评论"新梗"并将其迅速传播到游戏圈、动漫圈和饭圈等多个亚文化群体中以扩大自己的影响力。自媒体批评往往通过"造梗"来彰显自身的存在价值，并由此获得更多的关注度和流量数。此外，很多自媒体批评以感性语言的蒙太奇来制造和煽动网民的情绪，以断章取义的奇观化标题来吸引大众的眼球，以各种广告营销来增加阅读量和曝光率。这种文艺评论一方面可以充分调动普通网民的参与积极性，另一方面却由于流量等的需要而过分炒作，从而放弃了文本合理的逻辑分析，而呈现出语言上的跳脱性与碎片化。在此，自媒体批评已经超出了话语层面的意义，而成为网络社交中的一种货币建构形式。

3. "圈地自娱"的"饭圈"批评

如果说粉丝们将大量时间、金钱投入追星活动中是个人行为的话，那么"饭圈"则是追星模式的团队化和体系化。因此可以将"饭圈"视为粉丝文化的进一步发展。"饭圈"成员们往往具有很强的行动能力，他们不仅是偶像的崇拜者，更通过一系列的群体行动（如"应援""打榜""控评""反黑""轮博"等）成为偶像的养成者。有的"饭圈"选择通过各种各样的方式自娱自乐，并以此实现对主流话语的"抵抗"。

首先，"饭圈"批评从语言上来说，多采用"圈地自萌"和"造梗"的方式，创造独属于自己的行业"黑话"。"饭圈"批评常常由一种挪用的语言符号构成，一方面借用了很多二次元的语言符号，另一方面夹杂着英文缩写、拼音缩写等形式。其次，"饭圈"批评的圈内话语还带有明显的口语化、情绪化和排他性。"饭圈"批评常常是在固定的贴吧或者线上群体中产生的即时性互动，强调交流的具身化和情境化。与学院派的严谨逻辑相比，"饭圈"批评不仅缺乏必要的学理性，而且很多语言组织都违背了拼写的规则或者语法规范，圈外人很难"解码"。同时，"饭圈"批评中还存在一定的语言暴力和排他性。这与粉丝们对于某些明星偶像投入的情感过多有关，所以他们的很多批评都具有一定的情绪化特征。再次，"饭圈"的圈层内部也存在着一定的差异与壁垒，交织着潜在的话语斗争与权力的博弈。粉丝们话语权的大小往往与他们的活跃度、发帖数、贡献值等密切相关。有的"饭圈"内部还出现某些圈层内部的派系斗争，于是"控评""互撕""屠版""人肉"甚至直接删除某些异见者变成了他们的惯用策略。有学者把"饭圈"批评的这种特点称为"自反性",并认为正是"饭圈"内部的这种"自反性","使得粉丝之间、粉丝与学院派批评家之间真正平等、有效的对话往往仅停留于想象层面"①。某些不懂圈内规矩的"菜鸟"如果随意发言,还有可能被处以"禁言"的惩戒,甚至被视为"叛徒"而遭到清理,这种局限在特定封闭空间中的"话语仪规"业已成为当前圈层文化批评的重要表征。

(二)"圈层化":一种话语建构机制的异化

我们知道,随着"法国理论"的发展,"话语"的建构主义大行其道。一般而言,"话语是指涉或者建构某种实践话题的特定的知识生产方式。即一系列的观念、形象和实践,它能够提供人们谈论特定的话题、社会活动以及社会制度层面的某种方式和知识形式,并由此实现对人们的价值引导。……所以说,'话语'已经成为一个比较宽泛的术语,主要用来指涉意义、表征和文化所构成的任何路径"②。由此,我们可以说,目前数字时代文艺批评的主要圈层之间,由于主体场域、话语体系、趣味判断、价值诉求等方面的差异,造成了文艺批评中的区隔与鸿沟,导致了公共批评的失语。这种"圈层化"的本质是当前文艺批评话语建构主义的一种异化。

相对于学院派文艺批评而言,自媒体批评和"饭圈"批评所营造的话语热潮虽然干预了文艺的创作,并通过资本和流量的介入影响了大众的接受选择,但是其批评效能一般仅仅止步于线上的评论,而未能在文艺评论的理论大厦中添砖加瓦,更由于其网络圈层语言的排他性而导致很多人尚未有机会认识到它们的评论价值。需要指出的是,

---

① 李雷:《粉丝批评的崛起——粉丝文艺批评的形态、策略与抵抗悖论》,《探索与争鸣》,2021年第1期,第93页。
② Stuart Hall (ed), *Representation: Cultural Representations and Signifying Practices* (London: Sage, 1997), p.6.

自媒体和"饭圈"本质上都可归入亚文化圈层,很大程度上其立场不是为了"对抗"主流,就是为了和主流分庭抗礼。与此相应,学院派批评却常常迷失在理论的王宫中。所以说,人们对于客观世界的观察和认识并非源于他们的观察或者体验,而是源于某种圈层话语的建构。对此,福柯在法兰西公学就职演讲中,详细分析了由"言语惯例""话语圈""信仰群体"等所形成的语法规则是如何规训人们的话语形态的,并由此揭橥隐藏在话语背后的权力与知识共生的关系。

但是,在福柯的话语理论中,知识的建构关系已经从主体与现实世界的直接经验性关系,转换为话语对主体的建构性关系。也就是说,批评知识并非源于主体对现实世界的直接经验,而是源于话语和主体之间的建构性关系。说到底,文艺批评不过是话语的产物。这种思想彰显了数字时代文艺批评的转换特征——即由表征代替了"在场"。因为"在场"所面对的更多是客观事物的直接性经验,它本来就是表征产生的依据。但是,数字时代的很多批评话语生产机制,其实是用表征对在场的一种征用,实际上也就取消了"在场"。这些批评话语的建构只能通过各种符号表征出来,但是主体根本无法实现对眼前事物的一种直接的认识与评价,它用表征性的符号来取代了对"在场"直接经验的分析与把握,由此隔断了知识、真理与主体的种种现实的物质实践关系。按照马克思的说法,数字时代文艺批评的"圈层化"实际上,"不是从观念出发来解释实践,而是从物质实践出发来解释各种观念形态……"[①]。也就是说,目前的这些文艺批评形态在根本上割裂了观念与物质实践之间的关系。

面对变幻莫测的数字文艺现实,精英文化话语生产范式中的理论先置性判断遭到质疑,文艺批评似乎已经不能、也不再肩负再现真实和道德评判的任务。有的学院派文艺批评话语不仅隔断了与普通读者

---

① 中共中央编译局《马克思恩格斯选集》(第一卷),人民出版社,2012,第172页。

之间的联系，甚至变成了批评的建构主义。而"饭圈"批评和自媒体批评则逐渐打造了一个属于自己的话语场域，这种场域先天的排他性和理论厚度的缺乏使得学院批评与其融合的梦想目前更多呈现在浅表层面。这正是数字时代文艺批评话语建构主义的危机。其实，话语建构主义的主要倾向就是"用话语、差异、他性、去中心化、缺席和不确定性等概念来对抗普遍主义、本原、在场、根基论、神学和元叙事等"①拒不承认多元性的理论。因此，目前我们文艺批评"圈层化"的本质是批评话语生成逻辑的建构主义混乱或者说知识生产规则的异化：一方面是消费主义扩张与数字理性的冲击造成的，另一方面也与人文学术研究本身与现实问题的隔膜有关。

换言之，当前文艺批评"圈层化"既与数字经济的发展相关，也是当前人文学科话语生产机制的体现。特别是有些学院派批评仍然在用传统的思维方式和知识生产形势去审视当前的文艺批评现实，不能真正直面文艺发展的现实和批评的实际土壤；而"饭圈"批评和自媒体批评等则在用框定新的游戏规则彰显自身的存在价值，由于没有充足的理论支撑，其推广性和普及性值得推敲。二者本质上都可以视为一种在话语建构主义空间中的"圈地自娱"。正如有学者所总结的那样，当下文艺批评理论"若继续我行我素，回避对公共阅读经验作出有效回应；文学学者们若不能对诗歌与小说有所触动，却只反叛与发表倍感兴奋的话，那么人文学科必将付出被社会不断边缘化的代价"②，是时候探索一种新的文艺批评话语生产了。

---

① Warren Breckman, "Times of Theory: On Writing the History of French Theory", *Journal of the History of Ideas* 71, no.3（July2010）: 340.

② 范昀：《批判的限度》，浙江大学出版社，2022，第 7 页。

三、"破圈"之道：一种"新感受力批评"尝试

面对文艺批评话语建构的上述问题，我们应该固守原有立场、继续坚持"从概念到概念""从理论到理论"，还是放弃自己的理论阵地，在技术和消费的渗透下，将文艺批评沦为消费主义和日常经验的一部分？对此，"新感受力批评"或许可以帮助我们更好地介入当下文艺评论的现实状况和文艺肌理。

（一）"新感受力批评"是一种具有创造力的在场性体验

我们知道，"新感受力"是苏珊·桑塔格在她的批评文集《反对阐释》中最早提出来的。当然，与话语生产逻辑不同，"感受力"本身就是一种难以言说的东西。"要以言语来框定一种感受力，尤其是一种活跃的、旺盛的感受力，人们必须审慎而灵活。"[1]但是，难以言说并不代表不可言说。因此，要将"新感受力批评"言说清楚并付诸实践并不是一件容易的事。需要强调的是，桑塔格的"新感受力"思想仅仅是我们理论言说的起点和依据之一，本文所说的"新感受力批评"主要是基于当前数字时代文艺批评话语"圈层化"的现实而做出的一种批评尝试和话语探索。

当前，我们所面临的数字文化是一种生产过剩的文化，这种物质生产的极大丰富却导致了我们感性体验中很多敏锐的感知正逐渐丧失。消费的丰饶与感知的拥挤纠合在一起，并钝化了我们自身的很多功能。正如桑塔格所言：

---

[1] 苏珊·桑塔格：《反对阐释》，程巍译，上海译文出版社，2003，第321页。

> "现在重要的是恢复我们的感觉。我们必须学会去更多地看,更多地听,更多地感觉。我们的任务不是在艺术作品中去发现大量的内容,也不是从已经清楚了的作品中榨取更多的内容。我们的任务是削弱内容,从而使我们能够看到作品本身。现今所有艺术评论的目标,是应该使艺术作品——以及……我们自身的体验——对我们来说更真实,而不是更不真实。批评的功能应该是显示它如何是这样,甚至是它本来就是这样,而不是显示它意味着什么。"①

在此基础上,我们可以更好地反思当下数字时代文艺评论的话语痼疾。因此,桑塔格关于"新感受力"的论述至少说明了两点:

其一,"新感受力批评"的目的是淡化理论与概念对于我们评论的作用,倡扬对于自我感知的一种重视。"要确立批评家的任务,必须根据我们自身的感觉、我们自身的感知力(而不是另一个时代的感觉和感知力)的状况。"②因此,我们可以通过更多地看、更多地听、更多地阅读、更多地批评、更多地反思来直面文本,实现对更多感知的恢复。按照苏珊·桑塔格的观点,我们与其将艺术的激进理解为一种社会批判,不如将其理解为一种对感觉的更新和生活的丰富。因为"当代艺术的基本单元不是思想,而是对感觉的分析和对感觉的拓展。"③即使是思想,也是对于感受力形式的思想。"新感受力批评"具有一种对抗"体系硬化症"的特点。

需要说明的是,"新感受力"并不是对于理性阐释的否定,也不是纯粹主观偏爱的领域,而是一种能够对于趣味的生成起到支配性的、

---

① 苏珊·桑塔格:《反对阐释》,程巍译,上海:上海译文出版社,2003,第17页。
② 同上书,第16页。
③ 同上书,第348页。

具有连贯性的作用的"某种类似趣味逻辑的东西"[1]。这正是数字时代文艺批评容易滑向的一个极端,即将"新感受力批评"视为一种日常经验的主观性再现。这种建构主义的批评话语逻辑本质上基于主体对世界的想象,极易沦为主观私欲的产物。所以,我们倡导"新感受力批评"的主要目的,不是把人们日常生活和对于文艺作品的个体经验全部恢复过来,而是反对数字时代文艺批评要么无视文本,从"理论到理论"的隔靴搔痒;要么无视理论,模糊地将一切都资本化的建构逻辑。重申文艺批评的感受力的首要条件,就是要把文艺作品从抽象的理论思考中解放出来,使其回归到对现实社会生活的认识中去,促使其去追求一种思想意义上的感知。

其二,"新感受力批评"强调直面文本本身,是一种具有创造性的"在场性"体验。按照桑塔格的阐释,任何类型的文本都具有感受力,但是不同圈层文本的感受力是有差异的。例如,高雅文化中的文本具有一种道德性的感受力;先锋派艺术文本具有一种极具张力性的感受力;坎普则是在坚持审美层面上体验世界,而这正是桑塔格所倡扬的"新感受力"。"新感受力"的含义包括两个方面,一是直接性,是直面文艺文本的批评。具体来说,"新感受力"说明作为一种批评方式的特殊性,是对其形式的一种规定,即直觉的、直观的、当下即得的把握。二是它能够从直接性中获得收获,既包括理论上的新知,也包含体验上的新探索。也就是说,"新感受力"是对某种事物的经验或体验,其最终获得了某种"体验物"。进一步来讲,"新感受力批评"在强调感性经验的基础上,"意在揭示作品的'感性表面',但并不完全是一个主观概念,而是一种注重感性在审美中回归的社会文化效果。

---

[1] 苏珊·桑塔格:《反对阐释》,程巍译,上海译文出版社,2003,第321页。

它更新了我们关于作品的意识，赋予了批评更多的纹理"①。作为一种与文本阅读活动有关的情感体验，"新感受力"以其直接性和敏感度的文艺批评标准，表达了一种批评的普适性。因此，"新感受力批评"不是一般意义上的感知和体验，而是体验与形而上的联系，即如何从感知来规定文艺的形而上学。在这里，"新感受力批评"不仅是一种特殊的文艺批评方式，具有认识论的意义；更重要的是，它同时也具有本体论的含义。"新感受力批评"重在重新唤起富有感知的理智。也即是说，开展"新感受力批评"的过程，就是文艺批评家进行理论思考与"在场性"实践相结合的创造性过程。

因此，"新感受力批评"的关键不在于建立某种完整的理论体系，其指向的话语空间也并非传统的伦理思想空间，而是一种致力于反省经验、强调深入而敏锐的感知状态的批评方式。简言之，数字时代文艺批评的"圈层化"为我们提供了一种恢复感知、倡扬新感知批评的新契机。反过来也可以说，"新感受力批评"是数字时代文艺批评发展的未来走向。

（二）"新感受力批评"是一种多元化、开放性的批评视界

桑塔格最初提倡"新感受力"，旨在西方两种"文化传统"（即文学-艺术文化与科学文化）之间寻找一种新的平衡，它是对既定二元对立批评标准的搁置或者说"中立"，从最深处瓦解了当时"作出区分、排斥异己、设置等级"②的批评圈层的基础。在桑塔格眼中，她之所以要重点强调"新感受力"，实际上并不仅仅是为了对西方传统文化和经典理论的激进式的怀疑，而是一种基于创造性的积极守护与

---

① 钱烨夫、徐剑：《数字时代粉丝文艺批评的"新感受力"与价值反思——兼与李雷教授商榷》，《探索与争鸣》2022年第3期，第113页。
② 苏珊·桑塔格：《反对阐释》，程巍译，上海译文出版社，2003，译者卷首语，第7页。

理性尝试。它试图在高雅文化与亚文化之间、在历史与当下之间、在情感体验与社会评判之间、在理论阐释与文本实践之间架起一座理性交往的桥梁。概之,"新感受力批评"开启了一种新的、更开放的批评视界。

如前文所论,数字时代文艺批评存在多样化的批评形态,各种批评形态由于文化立场、身份差异等的区隔造成了批评话语体系的圈层化。而"新感受力批评"则强调批评的"悬置"和价值的"中立",它的立场和价值评判标准是多元化的。具体来说,首先,"新感受力批评"强调历史性与当下性的统一。"它既致力于一种令人苦恼的严肃性,又致力于乐趣、机智和怀旧。"① 也就是说,"新感受力批评"是一种开放性的、具有历史意识的批评方式。它并不是只关注于当下的读者反映,而是一种与历史相关的情感体验。② 因此,"新感受力"本身"不是历史化的敌人,而是其有价值的补充物或同盟者"③。其次,"新感受力批评"强调审美体验与文本阅读的统一。"新感受力批评"虽然在某种程度上意味着对审美体验的正名,但是它并不必然意味着对理论概念或者建构思维的彻底否定。"新感受力批评"的宗旨并不是弄清楚文艺作品本身的本质性存在,而是呼吁我们尊重对文本本身的阅读感受和个体的阅读体验,重视文本对个体所产生的影响和我们自身的切身参与,同时敦促我们客观地正视自己真实的审美反应,将更多的焦点放在文本接受和言说的行为上,而不是文本所言说的内容与实质上。再次,"新感受力批评"体现了理论阐释与批评实践的统一。

---

① 苏珊·桑塔格:《反对阐释》,程巍译,上海译文出版社,2003,第352页。
② 关于这一点,曾有学者认为,"桑塔格所强调的感知力是一种与阅读受众的实践活动直接相关的情感体验,它不是一种历史维度上的情感结构,而是读者当下的反应……"(更多可参见钱烨夫、徐剑:《数字时代粉丝文艺批评的"新感受力"与价值反思——兼与李雷教授商榷》,《探索与争鸣》,2022年第3期。)我们认为,这并不是桑塔格的观点。与其说,桑塔格的新感受力是对历史的消解与否定,不如说它是一种更加多元化的方式。
③ 芮塔·菲尔斯基:《文学之用》,刘洋译,南京大学出版社,2019,第30页。

作为一种直面经验的社会践行,它既不同于某些学院派"重话语轻实践"的问题,也不同于自媒体和"饭圈"文化对抗主流圈层的话语策略,即不能只是靠语言上的圈地自造和话语的对抗,而更主要是付诸经验的实践。它"把艺术理解为对生活的一种拓展——这被理解为(新的)活力形式的再现。道德评价的作用在这里并未被否定,只是其范围被改变了;它变得不那么严厉,它在精确性和潜意识力量方面的所获弥补了它在话语明确性方面的损失"①。这充分表明了"新感受力批评"并不排斥艺术与生活之间的关联性,不是将二者对立起来。因而,"新感受力批评"不是在处心积虑地进行术语与概念的新的知识生产,也不是对社会文化现实展开无休止的虚假辩护,而是用理论直面文艺作品的本身。最后,"新感受力批评"倡导一种"共情体验","它可以公平对待不同的审美际遇之间的差别的力量和强烈性,同时不会认同本质主义者对高雅和低俗艺术的二元区分"②。"新感受力批评"并不是要用大众文化论者的论调去捍卫当下的自媒体批评或者"饭圈"批评,也不是要反对精英主义的阐释性批评,而是想论证尽管二者存在明显的"圈层"与"区隔",但是它们之间还是有很多共同的情感和感受力认知值得考量的。它以一种知行合一的姿态,将阐释和评论的权利更多地留给人们对于文本的感受。它充分实现了对文艺批评的理论与实践、体验与认知等层面的兼收并蓄。据此,"新感受力批评"不但能够改变我们认识世界和自我的方式,而且改变了文艺对于我们价值与精神世界的内在影响。

以"弹幕"批评闻名的"哔哩哔哩视频网站(B站)"的"破壁"之旅,充分说明了"融合""跨界"已经成为当前数字文化发展的重要趋势。在此,"新感受力"批评似乎变得比以往任何时候更为精妙,

---

① 苏珊·桑塔格:《反对阐释》,程巍译,上海译文出版社,2003,第347页。
② 芮塔·菲尔斯基:《文学之用》,刘洋译,南京大学出版社,2019,第31页。

它日益成为后现代主义者们所谓的"微观政治"或"文化抵抗策略"的突破口。恰如罗兰·巴特对于文艺批评的"解神话"描述一样,它"并不等于文化中神话方面的消解,它最好的诠释也不只是拆解神话化程序,设法用清醒的思考来破除迷思"①。同样地,"新感受力批评"也不是一定要在纯真的审美乌托邦与无限收编的策略的两难之间作出非此即彼的选择。文艺批评圈层边界的打破,并不意味着圈层文化的个性和独立性的丧失,因为真正优秀的批评往往是有"圈"无"壁"的。在这个意义上,"新感受力批评"似乎具有现象学美学的影子。按照现象学"回到事物本身"的理论宗旨,我们的文艺批评应该超越文本的内容和隐藏内涵,更多地直面文本本身,既不依赖已有的理论阐释体系,也不凭空猜测或过度阐释。这种多元开放的姿态,主张将批评的本质指向对文艺作品的感受本身,在此基础上指向孕育作品的社会生活本身。

简言之,"新感受力批评"是一种融合了历史学与现象学、尊重经验批评与阐释批评、倡扬多元化与体验性的新的批评尝试。它既尊重理论的复杂性,也不会忽视其他社会因素的影响。它倡导一种对情感、习惯、体验、理念等多种影响批评效果的关注,倡导跨学科的多元主义,而不是试图把握情感的性质而急于对其进行解释与评判。在面对众多的数字文艺现象的境况下,"新感受力批评"能够帮助我们成功地避开理论的无休止的建造,而以更直观的姿态直面真实的社会和纯粹的文本。与桑塔格试图调和当时西方"两种文化"的美学初衷类似,数字时代的"新感受力批评"倡导的是个人同周围现实环境之间的沉浸式体验关系,人们常常由这种关系来感知和想象世界,并在意识形态中识别出自我与他者。因此,这种"新感受力批评"不再是个人化的呐喊,而是一种基于多元批评语境下的必然选择,是一种具有普遍

① 罗兰·巴特:《神话——大众文化诠释》,许蔷蔷、许绮玲译,上海人民出版社,1999,第2页。

性的整体化生活方式。这正是"新感受力批评"在数字时代所践行的审美原则。

结　语

"圈层化"不仅是数字时代社会关系的基本特征，也是当前文艺批评发展的主要趋势。实际上，文艺批评"圈层化"的本质是批评话语生成逻辑的异化，是一种话语建构主义的迷思。目前"学术圈""自媒体圈"和"饭圈"等圈层共同构建了数字文艺批评的生态地图，其中每个圈层都建构了一套只有圈内人才能破译的话语"批评密码"。文艺批评要么成为"神学的置换性片段"，要么成为以"流量杠杆"为标准的消费意识形态，要么成为粉丝们"圈地自娱"的情绪宣泄。在"人人都是批评家"的狂欢式神话背后隐藏着"圈层化"危机，造成了数字时代文艺批评的有限性融通和公共批评的丧失。由此可见，数字时代的文艺批评无论是脱离现实生活的"绞肉机式"的阐释话语，还是商业资本与消费合流制造的"轻文明"假象，无论是理论大于实践、口号大于行动，还是流量重于思想、表层漫过深度，它们都是数字时代学术产业化、话语建构性的结果。

这种融媒体的话语批评现状，不仅改变了当前的文艺批评场域，也催生了大量的社会问题。因此，如何让文艺批评真正介入文艺现实，如何真正有效地对公共批评和公共生活发挥实质性的影响，依然是当下文艺批评亟待思考与践行的紧迫问题。对此，我们应该加强积极的正面引导，"我们要扩大工作覆盖面，延伸联系手臂，用全新的眼光看待他们，用全新的政策和方法团结、吸引他们，引导他们成为繁荣社会主义文艺的有生力量。"基于此，只有在对"圈层化"问题进行充分反思的基础上，才能重建文艺批评的常识感与现实性，真正有效的公共文艺批评实践才能成为可能。在此，"新感受力批评"可以视为数字时代文艺批评的一种自我革命。它不仅为我们提供了一种数字时代恢复感知批评的新契机，而且为未来文艺批评的发展方向探索了一条新路径。

从"身体美学"到"后身体美学"的范式转换及其内在逻辑

摘要：自理查德·舒斯特曼提出"身体美学"的学科提议始,相关的知识生产便呈逐级递增之势。舒氏"身体美学"思想恰如身体美学发展史上的一个转折性"事件",不期然地联结起了传统与当下两种不同的身体美学研究范式。如果说舒氏身体美学及其之前的身体话语研究是对西方传统美学中身心二元对立传统的解构与超越,那么后人类时代的身体美学研究则是对身心统一的技术化践行与反思。因此,从"身体美学"到"后身体美学"的转换,从根本上说是知识生产方式的内在逻辑变革,即由在二元论框架内展开的以思辨为主的知识言说方式,向科技与人文大融通的"反身性"言说方式的转变。这种身体美学研究范式的位移,更新并重塑着我们的知识地图,让我们对"自然人"与"技术人"的本质有了更准确的把握,也为当下美学知识体系的建构提供了可能性路径。

关键词：身体美学；后身体美学；范式转换；二元论；反身性

近年来,身体美学的知识生产呈井喷之势,在当前的美学生态建设中发挥着重要作用。这些身体美学的知识生产表面看是美学研究兴奋点的转移，深层看则体现出后人类主义语境下美学研究范式的新变。作为一种隐而不显却又无所不在的存在，知识生产范式并不是知识的某种具体形式，而是知识作为话语得以形成的条件，它揭示了知识生产中"无意识"的深层结构。一个时期的"知识范式"限定着这一时期知识的构型方式和呈现方式。从消费社会向后消费社会、从人类主义向后人类主义、从"身体美学"向"后身体美学"的变革，使得美学知识生产出现了一系列阐释的焦虑与危机，并由此催生了对已有美学理论的怀疑与反思。如果说舒斯特曼身体美学及其之前的身体话语生产主要聚焦的是身心二元关系，那么，"后身体美学"的知识生产则呈现出明显的"反身性"特征。这种转变，又与世界范围内人文学科的知识生产的转型纠缠在一起。但是，对于这种转变产生的缘由及其知识学图景，目前学术界的讨论还不够充分。

基于此，本文从知识社会学的视角出发，对"身体美学"及其相关的话语生产进行一种追本溯源式的谱系考察与省思，厘清其不同知识生产范式之间内在转换的逻辑理路及其对未来美学发展趋向的影响，以期对后人类语境下身体美学的知识生产及当下人文学科的话语建设有所增益。

一、以"二元论"为核心的身体美学研究范式

自1999年美国新实用主义美学家理查德·舒斯特曼在国际知名杂志《美学与艺术批评》上发表了一篇题为《身体美学：作为一个学科提议》[1]的文章之后，"身体美学"的研究热潮便拉开帷幕并至今热度不减。

（一）一个转折性的身体美学事件

在舒斯特曼的"身体美学"规划中，他充分认识到了"身心"之间所存在的、不可分割的相互作用关系，肯定了"身体"在人类一切活动中所起的基础性作用，并为超越西方"身—心"对立的二元论传统做出了积极努力与大胆尝试。众所周知，身心关系问题恰如西方美学发展史上的阿基米德支点，所有的问题既由此展开，又最终汇集在这里。因此，我们可以毫不夸张地说，整个西方美学发展史就是一部身心关系的认知史。而"身—心"二元论的思维定式，就像挥之不去的幽灵一般，不仅广泛地散布于各种美学学说中，而且深深地植根于人们的认知体验中。在西方传统关于身体的话语谱系中，一直充斥着对于身体与心灵之间关系的讨论。无论是对身体的极力压制与贬低（譬如柏拉图将身体视为灵魂的附庸，奥古斯丁将身体视为神学的奴婢和罪恶的源泉，笛卡儿将身体视为心智的工具等），还是对身体的积极倡导与正名（譬如尼采"以肉身为准绳"、梅洛-庞蒂"身体图式"的知觉本体论、德勒兹"欲望的机器"、福柯"权力"规训的对象等），身体始终是作为一个解构传统的表征性"符号"，"身—心"关系依旧是学者们乐此不疲关注与探讨的核心命题。

但是，我们似乎忽视了"二元论"在根本上暗示了人类存在的根基是精神/思想，而不是"身体"这一事实。由此便引起了一个巨大挑战，即发生在非物质领域的观点能够潜意识地影响我们的身体，而我们经常习惯用这种对立的身心观念去思考我们自己的存在方式。也就是说，身心二元论思想实际上是人类赋予自身权力的结果。人类为心灵赋予了理智、理性等特征，将人与人之间的交流对话看成心灵之间的对话，由此使心灵成为人类中心主义乃至人类生存的基础。尽管很多现象学思想家都从各自的角度展开一系列试图解决二元论问题的尝试，包括梅洛－庞蒂的"身体图式"理论仍然没有摆脱二元论的窠臼。所以说，西方美学史上对于身体话语的知识生产实际上始终徘徊在一种二元论的思维模式之中，"身与心"之间并未形成一种相互交通的"兼性"场域。但是，这种知识定式的高墙并不能阻碍后来者继续尝试的决心和大胆改造的步伐。舒斯特曼的身体美学就成为西方传统"二元论"新变的一个重要转折。

首先，舒斯特曼不仅从理论上为"身体"正名，而且强调了"身心"相互交融、相互作用的整体性关系及其美学意义。在舒斯特曼看来，身体是人类从事一切活动的亲体和基础，是我们日常生活实践的重要载体。他特别强调了"身体美学"思想中包含着意识和精神的双重维度，为了使"身体美学"更加合法化和体系化，舒斯特曼曾不止一次强调他所说的"身体"是"soma"而非一般生理学上的"body"（肉身）。身体与心灵的关系非常紧密，因此将二者视为两个互不相关的独立实体的观点在某种意义上是一种理论误导，他倡导使用"身心"这一术语，因为这种说法更符合二者在本质上的统一性事实。由此可见，舒斯特曼不仅已经充分认识到了身体对感性认识的完善所具有的不可替代的基础性作用，而且将其美学研究的理论宗旨确定为实现"身心"在本质上的统一性。在舒斯特曼看来，身体美学的主要目的之一是揭示与重构个体的身体习惯，强调习惯的"感受性"审美层面，它充分彰显了我们身体物质器官的可塑性价值，甚至直接决定着我们生命存在的状态。从这个意义上来看，身体美学中的"身体"是与文化环境、生活习性等共同存在的。由此，"身心"关系不仅从认识论层面逐渐走出被压抑、被扭曲的极端状态中，而且充分体现了身体美学思想所涵括的审美关怀和人文意蕴。

其次，舒斯特曼的身体美学思想并未停留在对"身心"关系的理论论述中，而且在实践活动中践行了如何实现并保持这种统一。在舒氏看来，身体和心灵之间本来就没有不可逾越的鸿沟，二者之间的绝对界限或许只是存在于理论家们的逻辑体系中，现实中的身心不仅是不可分割，而且是共同作用的。如果说西方理性主义为有距离的审美提供了一种特权的话，那么舒斯特曼则主张用一种更加实用主义的方法去倡扬审美活动中的身体经验。提供身心的协调运动、感知与肌肉的不同活动方式，能够在一般意义上增强我们的生活经验。因此，舒斯特曼不仅将"冥想""禅定""亚历山大技法""费尔登克拉斯技法"等视为提高身体意识的重要途径，而且在现实中亲身践行并推广这些身体训练方式。"这些身体实践达到的效果通过灌输更大的心理平衡、知觉感受力以及开放耐心的宽容，可以有助于情绪上、认识上和伦理上的自我改善。"[2]努力去追求一种灵肉兼修、身心合一的人生境界。换而言之，舒氏美学所要探究的是推进和完善身心和谐统一的策略，是探讨用身心统一去促进个体提升和社会进步的路径。"它批判性地研究我们体验身体的方式，探讨如何改良和培养我们的身体。"[3]与之相应，在舒氏看来，审美和艺术的鉴赏活动也需要身心的统一，并能够提供一系列的实践活动来实现这种统一。

总之，舒斯特曼的身体美学理论不但承认了身心的统一，即身体是不能同心灵分离的，而且主张通过"具身化"的实践以达到并保持这种统一。这种思想尽管在身心统一的关系问题上向前迈进了重要的一步，但是从本质上来看，其所强调的身心统一前提依然是身心在现实中的区别。其"实践的身体美学"所倡导的修身路径，在深层次的无意识之中仍然蕴含着"意识控制身体"等理论前提，依然保留着笛卡儿思想的余绪。由此我们不能否认舒斯特曼身体美学对于身体的研究仍然是基于"身心二元论"基础而展开的客观事实，不能否认其身体美学理论大厦的理性主义建构逻辑（特别是作为其理论基础的分析哲学的影响），不能否认其身体美学以人类的幸福生活为旨归的人类主义论说目标。在这个意义上，舒氏身体美学也可以称为西方哲学美学中的"笛卡儿遗产"。概而言之，舒氏身体美学及其之前的很多西方理论之所以在身心关系问题上争论不休，本质上都是"理性主义"与"人类中心主义"驾驭下的二元论运思机制在起作用。因此，舒斯特曼身体美学虽然对西方传统哲学美学有所超越，但是它依旧不可能从根本上解决二元论的困境与诘难。

（二）舒氏"身体美学"的知识学省思

不仅如此，从国内的身体美学研究状况来看，对于舒斯特曼身体美学研究的第一个时期，我们对于身体美学理论的相关理论成果也大多是以"身心关系"为论述起点的。① 在这一时期我们对于舒斯特曼身体美学价值的讨论有一个基本共识，即认为舒氏身体美学思想最主要的意义是有助于"破除传统身心二元对立的迷信，打破因为身体的'被忽略'或者'被缺席'而出现的理性精神与具体身体之间的分裂局面"[4]。客观地说，面对舒氏身体美学理论在中国的初始旅途，我

---

① 需要说明的是，我们这里把舒斯特曼身体美学思想在中国的理论传播大体上分为两个时期，第一个时期（2002—2016）大体是从2002年彭锋等人介译《实用主义美学》和《哲学实践》这两本书作为起点的，这一时期的相关研究大多聚焦在"身体美学"与西方传统美学的关系层面，直接参与这一时期舒斯特曼身体美学知识生产的学者主要有：彭锋、曾繁仁、程相占、宋艳霞、刘检、王辉、王晓华、王亚芹等。其主译介文献包括：《哲学实践》（彭锋等译，北京大学出版社，2002）、《实用主义美学》（彭锋译，商务印书馆，2002）、《生活即审美》（彭锋等译，北京大学出版社，2007）、《身体意识与身体美学》（程相占等译，商务印书馆，2011）、《身体风格》（上）（宋艳霞译，《艺术设计研究》，2011年第4期）、《身体风格》（下）（宋艳霞译，《艺术设计研究》，2012年第1期）、《身体美学：研究进展及其问题——美国学者与中国学者的对话与争辩》（曾繁仁等，《学术月刊》，2007年第8期）、《身体美学与乌托邦式身体》（刘检译，《世界哲学》，2011年第5期）、《审美交流：贯穿在艺术与生活之中的实用主义哲学》（王亚芹译，《中国美学研究》，2016年第1期）、《身体美学与中国哲学——以具身化的道家哲学为例》（王辉译，《江海学刊》，2016年第4期）等。第二个时期（2016—今），随着舒斯特曼本人研究重心由身体美学理论建构到身体艺术实践的转移，国内对其介译与研究也发生了相应的变化，行为艺术实践、影像艺术实践似乎成为这一时期的主题。主要参与这一时期身体美学知识生产的国内学者与著作包括：高砚平（翻译《情感与行动》，商务印书馆，2018）、陆扬（翻译《金衣人历险记》，安徽教育出版社，2020）、张宝贵（翻译《通过身体来思考》，北京大学出版社，2020）等。舒斯特曼及其身体美学思想在中国的理论旅行，不但直观反映了学界对于身体美学关注点的变化，而且映射着当下文艺发展的现实语境与美学知识生产方式的变革。

们的研究过程中充溢着盲目崇拜与理论拔高的危险，这也是我们在最初面对很多西方新思想时的"通病"。

当然，在大部分人都在为舒氏身体美学思想大唱赞歌的同时，也有很多孤勇者意识到了其中所隐含的问题与危机。深圳大学王晓华教授作为当下中国身体美学研究的代表性人物，他否认自己的身体美学思想来源于舒斯特曼，而是属于另外一个"唯物论"的谱系："当我于20世纪80年代得出此类命题时，舒斯特曼的身体美学论述还未译成中文，当然也不可能影响我，因而我的身体学属于另一个谱系：我所说出的是一个当代唯物论的潜在命题。从逻辑上讲，唯物论中蕴含着建立统一人学的承诺，蕴含着今人所说的身体学。"[5]在唯物论的框架体系内，王晓华教授不但意识到了打破身心二元论传统的必要性，而且他比西方美学家们阐释得更加决绝和深入。在蕴含着人学承诺的唯物论的基础上，王晓华教授主张建立一种身体主体论/一元论以打破身心二元论的束缚，但是对于如何进一步证明以身体为主体的一元论是如何发生的却没有具体的展开。

综上所述，如果我们以舒斯特曼的"身体美学"学科提议为一个"事件"的起始点，那么在此之前和由此生发的所有关于身体话语和身体美学的讨论，无论是强调身心统一或是身心分离，基本上都是在二元论的框架之内展开的。进一步来讲，上述这些基于身体美学的知识生产（无论他们怎样在学理上强调身体与心灵的统一与不可分割），实际上都直接或间接地论证了这样一种事实，即身是身、心是心，人的行为、思想等的出现最终都是受到精神制约的。因为这些关于身体美学的知识话语（包括其思想资源、生成逻辑、理论评价等）依然是从"身体"与"心灵/精神"两个独立的视角而切入的，即便有的观点承认了身心的统一，但是并未进一步证明身心是如何统一的，即身心统一的发生机制与生成原理等基本问题。

不少国内学者所谓的对于"身心统一"关系的倡导，其实也只是对于西方二元论研究范式的一种中国式修正。在此，知识与其研究对象之间仍然是一种二重性的关系，只不过有些理论或流派从阐释的层面上提升和改进了二元论研究范式的侧重点。

诚如澳大利亚学者马里乔·奥鲁格林所言，关于身体美学诸多讨论的意义在于："它们在不同程度上强化了精神—身体、自然—文化和主体（人类）—对象（世界）以及各种各样的理论—实践的二元论。"[6]也就是说，身体美学在这里只是服务于其特有需要的"工具性"视角，二元对立的传统思维痕迹明显。如果将奥鲁格林的论述置于知识社会学的视阈中，可以发现，他对于二元论的阐释揭示了舒斯特曼及其之前的身体美学话语存在的事实，即身体美学的"知识范式"。这种知识范式可以帮助我们把不同事物的价值和意义联系在一起，它是我们确立一切标准与原则的基础。在这种意义上，身体美学知识生产中的"二元论"研究范式，已经不再是某种具体的研究方法，也不是库恩意义上的科学范式，更不是某种规范和理论技巧，而是一种根本性的思维范型，是特定时代知识系统赖以成立的根本性的话语关联整体，而恰恰是这种关联性整体，为特定知识系统的产生提供了明确的生成标准与动力学机制。

当然，"二元论"研究范式在很多人的思维中已经根深蒂固，形成一种几近真理式的思维定式了。因此，要打破二元对立的魔咒，在某种意义上是当下人文学科发展的难解之谜。更为重要的是，"许多人不愿意放弃对精神主体的想象，二元论则趁机维持其残存形态"[7]。尤其是在新技术主义和后人类主义大行其道的当下，西方传统"理性主义"和"人类中心主义"常常借助赛博空间、人工智能等新技术"借尸还魂"——由此，剥夺和主导身体的因素就从心灵/精神转变成了大脑，身体也因此被肢解为肉身和大脑，这种观点其实是二元论思维在当前的一个现代变种。所以说，当前身体美学的知识生产其实面临着更多、更隐秘的新挑战。

二、以"反身性"为核心的"后身体美学"研究范式

时至今日，舒斯特曼对于西方传统"身—心"关系的批评之音言犹在耳，有关身体美学的言说却在"后人类"语境下遭遇了新变。"后人类主义"作为一种集多学科关注于一身的"新宠"，很多传统知识话语在其身上已经丧失了恰切的阐释效力，并带来了知识生产机制的变化。其中最富有成效的机缘就是"后人类主义"与身体美学耦合而形成了"后身体美学"的知识生产。

（一）科技与人文"大融通"①的"后身体美学"

进入 21 世纪以来，人类在科学技术（主要是生物工程、人工智能、基因编辑等）层面所取得的巨大成就，使得我们对于自然的"人"、自然的"身体"以及"主体性"等概念都有了根本上的改变，美学理论"已经失去了自己的功能装置……叙述被解构为语言元素的碎片"[8]。这种理论的"叙述危机"使得美学的话语生产逐渐从"人类"转变为"后人类"、从"身体美学"发展为"后身体美学"。

从根本上讲，"后人类主义"的出现是人类的科学技术发展到高级阶段的一种产物。正如美国学者凯瑟琳·海勒所说，"后人类"的

---

① "大融通"（Consilience）这一概念是由美国博物学家爱德华·威尔逊（Edward O.Wilson）在《知识大融通：21 世纪的科学与人文》（Consilience: The Unity of Knowledge）一书最早提出来的，其主要观点是认为，人类心智最伟大的目标始终是尝试将科学与人文结合为一体，实现科学与人文的融合。我们认为，这种"大融通"也是当下"后身体美学"知识生产未来发展的主要方向。

出现是控制论科学发展到一定阶段的必然结果,"第一波控制论浪潮的最具革命性后果是产生了某种观念,即认为人类主体的各种界线不是既定的,而是被建构的"[9]。这充分说明了"后人类"概念及其理论的出现是直接受科学技术影响和制约的。进而言之,"后人类"是以新技术为核心的,它正在改变、颠覆乃至粉碎人类原有的生存状况和存在秩序。当技术发展到对人类本身的主体地位产生影响或者构成威胁时,"后人类"话语已经进入文学艺术领域之中。因此,"后人类主义"美学是在智能科技、信息技术、后理论等共同背景下的产物,它特别注重人类、自然、机器以及各类物种之间的拓扑联动关系,侧重于从多学科层面反思传统的"人类中心主义"。

而"后身体美学"作为"后人类主义"与"身体美学"耦合的美学新样态,则是一种由身体联结的、关联着技术、政治和文化的具身化存在方式,它既可以成为一种技术实体,也可以作为一种身体话语的重新建构方式,充分体现了我们对"后人类时代"身体存在方式的一种理性思考。

首先,"后身体美学"将身体视为人类感知世界、感知人生的主体,知觉、世界和身体是一个统一体。西方传统理论一般把技术视为"身体的延伸",但是,"后身体美学"认为,技术不只是身体的延伸,它从根本上改变了身体。因此,"后身体美学"意义上的身体实际上是技术意义上的身体,技术与人类的身体整合成为一种新的实体,它能够以新技术为中介触及所有事物,以技术和技术化的人工产品为"桥梁"充分建构起自身的存在。这种实体被称为"杂交意向性"[10]。进一步来说,"后身体美学"是以新技术为基础的美学知识生产,它是对"身体美学"某些观念的反拨与批判,在超越"二元论"的基础上更侧重从多学科层面对现代技术力量的理性反思。譬如,我们可以通过虚拟现实技术,用虚拟现实的传感器进入到超越现实时空的"赛博空间"之中。从这个层面来说，人类本身就是一种具身化的技术存在物。随着互联网等新技术的发展，人类的具身技术已经延伸到人类生存的方方面面，甚至彻底改变了我们的时空观念，使得我们在人类现实感性之外产生了一种人与机器之间的"虚拟感性"，并进而影响了人对世界的诗性建构。

其次，"后身体美学"打破了学科之间的界限，并充分体现了不同学科之间的融合趋势。与身体美学将重点集中在"身心"关系的分析与阐释中不同，"后身体美学"具有一种更具涵括性的特点，一种更有丰富性的意味。仅仅从它的前缀词"后"（post）就很容易发现，"后身体美学"在一定程度上意味着对西方传统"二元论"某种程度的解构。因此，我们现在应该意识到，西方传统的"理性中心主义"和"人类中心主义"在当下已经走向了它的末路。当然，这并不意味着"后身体美学"就是对身体美学研究的彻底否定，它实际上仍然是身体美学发展史上非常重要的一个阶段，就像后现代主义无论如何也无法摆脱现代主义的影响一样，"后身体美学"的知识生产与身体美学的研究不可分割地交织在一起。在科技昌明的后人类语境中，我们早已接受了物质世界为我们创造的画面，但我们仍然生活在经验世界之中，仍然在用语言陈述和解释世界。我们在这种解释中不可避免地会有些困惑，因此自然科学和人文科学之间出现了"大融通"的趋势，美学等人文学科常常通过反躬自省获得更多的理解与阐释，自然科学则尝试为这些理解提供更多的事实，以加深和证明我们对世界的认知与把握。"后身体美学"主张人文与科技之间的相互浸润与相互影响，实现了对传统二元论知识范式下的"理性主义"与"人类中心主义"的祛魅。此外，"后身体美学"的这种相互融合、不断汇通的姿态不仅存在于现实世界中，而且入侵了我们思维与意识的全过程，通过倡扬科技思维与人文思维的"大融通"，重构着我们知识生产的标准与范型。

因此,身体与心灵/精神的融通是必然趋势,而且二者在某种程度上并不存在事实上的对立,对立与分裂在某种意义上只是理论上的分离。以"后身体美学"研究与(舒斯特曼)身体美学研究为例:如果说,身体美学研究的是身体与心灵之间的关系,致力于身心的和谐与统一,使身体从长期以来被压制、被贬低的边缘地位中解放出来;那么,"后身体美学"则致力于为科技与人文的融通(譬如人工智能、元宇宙等)提供某种理论上的合法性,并在此基础上从生理、心理以及技术等多维度证明身心一体的内在生成机制。如果说,身体美学研究主要运用的是逻辑思辨、理论推演(尽管舒斯特曼认识到了"实践的身体美学"的重要性,并加入了一些身体实践活动,但是他所从事的所有身体实践活动都是为其理论大厦服务的);那么,"后身体美学"主要是通过学科交叉与融通,通过科技(技术路线与技术心理)探究身体的奥秘等,不但充分肯定了身体的主体性地位,而且为人工智能等新的身体形态的发展提供了充足的理论支撑。换而言之,身体美学思想在理论上是自洽的,但是"后身体美学"本身要比逻辑自洽复杂得多。"后身体美学"的研究需要我们能够从生物学、心理学、神经认知科学等多维度来重新理解身体、认识人性、体验审美,并以此形成了以"否思"与"重思"相结合的新的身体美学知识研究范式。

(二)"重思"与"否思"相结合的"后身体美学"研究范式

如前所述,后人类时代人文学科的话语生产呈现出跨学科、多维度的杂糅共生特征。由此,英国社会学家安东尼·吉登斯将融合了"重思"与"否思"双重含义的"反身性"(reflexivity)①视为当下知识生产的主要范式。实际上,知识社会学中的"反身性"主要包含两个层面的意思:一是回到元理论的最根处,即"要求探本溯源,要求一个可以行动的语境"。二是超越具体时间或者其他条件的限制,即"要求将怀疑作为一种习惯,它只能在一定程度的不确定性的基础上,才能得到发展"[11]。而且这种发展应该是永无止境、永无禁忌地敞开着。在这种意义上,"反身性"不仅是当前文艺理论知识生产最典型的一种知识型,而且是描述当下"后身体美学"知识生产方式的核心范式。

需要说明的是,与"反思性"侧重于集中阐释某一具体事物或层次不同,"反身性"研究则是一种"元理论的反思",指两个或多个层次之间的相互影响和多元互动。因此,包括"后身体美学"在内的人文学科领域的知识生产都不能仅仅停留在具有启蒙主义性质的温和的自我"反思"层面,还应该展现出理性主义的局限和人类社会的不确定性,而这些正是"反身性"区别于单纯的"反思性"的"身心二元论"的意义。当下身体美学知识生产研究范式的这一转变,使得人文学科的知识生产不仅是历史性的、情境性的,而且能够从理论的根部帮助我们更好地理解世界,并不断地丰富整个意义域,指导我们从中汲取洞见。因此,"反身性"作为当前全球范围内理论反思与省察的一种新风尚,无疑为"后身体美学"研究敞开了一种新的视域与方法。具体来说,以"反身性"为研究范式的"后身体美学"知识生产呈现出以下特点:

第一,与身体美学聚焦于"身—心"二元关系的线性逻辑论述不同,"后身体美学"以无限开放的视界关注科学、人文、自然等领域的"大

---

① Reflexivity,一般译为"反身性""反思性"或"自反性",最早是由美国社会学家威廉·托马斯(William Thomas)于20世纪20年代所提出,主要意思是说,如果自我判断的情况与自己有关,那么这个判断会反过来"验证"这一事实。后被应用到社会学、数学、金融学、哲学、符号学、解释学等各个领域,含义也各有侧重。鉴于此,本文采用"反身性"译法,更多的是指后人类语境下人类知识生产的自我怀疑与自我反思,或说是"意识"的自我反映与互照,包括将知识或信息以新方式整合进原有的环境系统中,从而使得这种场景得以重组或者重构。

融通",并实现了在多元共生的平等对话机制中不断地反躬自省、深度追问。

因此,"后身体美学"与"身体美学"不可能有真正的断裂,如果非要将二者区别的话,或许其本质上体现了一种知识研究范式的差异。作为当前话语建构的"后身体美学"应该着重考察表达和体现这种话语形成的原因及其内在机制。毋庸置疑,这是一种大规模"知识生产"的结构性调整,也是知识研究范式的新转向。对此,布拉伊多蒂曾直言不讳地表示,后人类时代美学研究重心的转移,从根本上体现了"一种思维方式的质变"[12]。人文学科传统的"手工式"研究风格和知识生产方式已经一去不复返了。在这种意义上,"后身体美学"的知识生产,与其说是一个新问题,不如说是在新语境下不断反思与回应某些古老但却是源初性问题的话语生产。

毋庸置疑,当下社会在时空的伸延、技术的脱域等现代性动力机制作用下,确定的知识与信念已经土崩瓦解,社会呈现出一副碎片化的、无根基的、无标准的面貌。面对高风险社会的诸多不确定性,无论理性、科学或者任何的知识生产都必须被重新考量和审视。不确定性的危机使得我们每一个人都深入其中"再也没有什么'他人'存在了:没有一个人能够完全置身事外"[13]。这是一种"他者的终结"的时代,我们每个人都是历史的亲历者、见证者、参与者与反思者。因此,"反身性"不仅是"后身体美学"的主要范式,是当下知识生产的内在驱动力,而且是当下我们走出不确定性困境的一种自我救赎的方式。

同时,"后身体美学"不再可能以建立普适性的宏大理论体系为终极目标,其最主要的任务是回到其出发之处以反思其未来之所向。也就是需要我们"以理性态度从事经验反思和概念考察,以期克服常识的片断零星,在一定程度上获得更为连贯一致的理解"[14]。目前国内的身体美学知识生产正在经历着从"身体美学"向"后身体美学"

的研究范式转变。有些跨学科的身体美学知识生产成果的涌现，为当下"后身体美学"的研究开辟了新的话语空间。譬如，对于传统知识论中的身体，王晓华提出将"身体—动物—机器"的三元关系作为身体美学研究的逻辑进路，认为这种三元建构可以处理和应对由基因工程、纳米技术等带来的新的考验，并以此"通达生态美学乃至后人类美学"[15]。显然，这种更广泛意义上的身体的主体间性建构已经触及了超级技术所带来的"后身体美学"景观。目前，对于"后身体美学"等人文学科的这种"非二元论"倡导，俨然已经成为一种新的认知标准和知识生产原则。也就是说，"反身性"的"后身体美学"知识生产是一种提倡多元主义的研究范式，它不仅是关联着人文学科、自然科学以及其他学科的共同体，同时也决定着它们内在的价值取向。

第二，"反身性"的"后身体美学"研究并不是简单地"回头望"，而是一种"滤去感性、回到本根、凝视自身的研究"[16]，是在特定的知识谱系和文化语境中呈现问题并努力探寻其求解之径。它是对以"身体美学"知识生产为代表的"二元论"范式的根本性反思与超越。

"后身体美学"的"反身性"特质对于后人类时代复杂多变的处境的批判与反思，为我们走出"二元论"的思维困境平添了一抹亮色。这在某种意义上也导致"后身体美学"的知识论呈现出了非绝对性的、不确定性的、非线性逻辑的流动性特征。因此，"后身体美学"的知识产生不仅由理论内在的逻辑发展理路所决定，同时也由与理论相关的社会外在因素所决定，曼海姆称之为"位系"。后人类主义文化语境无疑构成了当前身体美学存在的一个宏观背景，人文学科的普遍性危机与人们价值观念的转变等外因，一起构成了当前身体美学的知识"位系"。后人类主义及其当前人工智能的发展，在一定程度上解构了传统的身体美学理念，却也在技术智能化的平台上为我们提供了新的反思理路。

概而言之,"后身体美学"知识生产范式的位移,更新并重塑着我们的知识图景,让我们对"自然人"与"技术人"的本质有了更明确的认识,也为当下美学体系的建构提供了可资借鉴的可能性路径。正是"反身性"的"后身体美学"研究范式使得我们从关于"身心二分"的对象式知识生产转变为"身身合一"的自我反思的知识生产。在"反身性"的研究范式中,身体与自我不再是"隔"了一层的认识关系,而变成一种和谐交流、平等对话的互通性关系。由此,"后身体美学"知识生产不但实现了意义增值,而且为人工智能等新型身体形态的发展提供了重要的理论依据和实践思路。从这个意义上讲,"后身体美学"知识生产即是一种"反身性"的美学理论建构。当然,"后身体美学"的知识生产,不应只停留在概念自足性的层面上,还应该注重跨学科性与多元主义相结合的立场,突出理论反思与价值生成的深层次融合,从而形成一种美学理论阐释与现实建构的综合体。我们目前要做的是尽一切可能达成其完成,以逼近人类生存之实在状态。

结语:未尽的"身体美学"之思

未来美学理论的一个重要特征是具有广阔而开放的"反身性",而省思的深刻与否则取决于深层次的知识范式。需要强调的是,尽管关于身体美学的知识生产经历了从"二元论"研究范式到"反身性"研究范式的转变,但是这并不意味着"后身体美学"是对传统"二元论"的彻底超越,也并不是说它能够解决"二元论"的所有问题和困境,而是说这种转变深层次体现了身体美学知识生产方式和研究重心的变化。换言之,"后身体美学"并不是指加强版的身体美学,并不是指时间上的身体美学之后,也并不意味着人类主义的没落,而是强调了一种

"主体性身体美学"的生成,体现了发生在人类、动物、智能机器等多重生命之间的新的身体美学形态,这种"游牧式"的知识生产范式体现了一种超越二元对立、跨越二元关系疆域的交互式美学的可能性。进而言之,从"身体美学"到"后身体美学"的转变,从根本上说是知识生产方式的变革,即由在二元论框架内展开的以思辨为主的知识言说方式,向科技与人文大融通的"反身性"言说方式的转型。

通过后人类语境中身体存在范围和样态的变化,我们不但能够厘清和辨识技术化身体与自然身体之间的本质差异,而且能够为跨越传统"二元论"范式做出积极的理论反思。与舒斯特曼身体美学及其之前的身体美学话语相比,"后身体美学"的知识生产和话语实践更为复杂多变,也更加具有自我认知的突破与更新。当然,后人类、后身体等话语的知识生产目前还处于一种正在生成的状态中,严格的知识生产机制还有待进一步地澄清和厘定,正因如此,对相关知识话语的理性把握恰恰是可能的和必要的。从这个层面上看,"后身体美学"及其相关话语的知识生产本身是富含自反性逻辑的存在。正如总有一些东西是我们无论如何都不可能彻底摧毁的,甚至有一些东西在被摧毁的过程中又滋生出了新的需要进一步摧毁的他物。在此意义上,"后身体美学"可以视为一个未完成的、正在进行中的"身体美学"方案。

一如有学者所总结的那样,关于"后身体美学"的理论研究"是一个正在绽露的视域,是一种先行到未来的实践。虽然它所引发的理论位移还远未完成,但其本体论依据已经获得了较为充分的阐释。……如果它所引发的差异化运动能够扩展到日常世界领域,那么,地球上最终会出现一种惠及万物的生活方式"[17]。这种作为生活方式的"惠及万物"的"反身性"身体美学研究绝对不会也不能沦为乌托邦的幻象之中。我们有理由相信,随着新的世界结构的逐渐形成,"后身体美学"必将作为一种更具涵括性的美学话语生产顺利完成对"二元论"

式身体话语的交接仪式。

当然，这条路还在探索中，很多问题没有结论、很多结论没有充分的理论论证，"后身体美学"的探索之道才刚刚开始。

参考文献：

［1］RICHARD SHUSTERMAN. Somaesthetics: A Disciplinary Proposal［J］. Journal of Aesthetics and Art Criticism. 1999（57）: 299-313.

［2］RICHARD SHUSTERMAN. Pragmatist Aesthetics: Living Beauty, Rethinking Art［M］. Maryland: Roman & Littlefield Publishers Inc, 2000.

［3］RICHARD SHUSTERMAN. Body Consciousness: A Philosophy of Mindfulness and Somaesthetics［M］. Cambridge: Cambridge University Press, 2008.

［4］王亚芹."具身化"：理查德·舒斯特曼美学思想研究［M］.北京：中国社会科学出版社，2020.

［5］王晓华.通向身体美学之路——我的建构生涯［J］.美与时代（下），2018（2）：5-11.

［6］MARJORIE O'LOUGHLIN. Embodiment and Education: Exploring Creatural Existence［M］. Dordrecht: Springer, 2006.

［7］王晓华.二元论的衰微与身体美学的兴起——以西方美学为例［J］.文艺理论研究，2019（5）：32-42.

［8］让—弗朗索瓦·利奥塔尔.后现代状态：关于知识的报告［M］.车槿山译.南京：南京大学出版社，2011.

［9］凯瑟琳·海勒.我们何以成为后人类：文学、信息科学和控制论中的虚拟身体［M］.刘宇清译.北京：北京大学出版社，2017.

[10] VERBEEK P.P. Cyborg Intentionality: Rethinking the Phenomenology of Human-Technology Relations［J］. Phenomenology and the Cognitive Sciences. 2008（7）：387-395.

[11]迈克尔·吉本斯等.知识生产的新模式：当代社会科学与研究的动力学［M］.陈洪捷等译.北京：北京大学出版社，2011.

[12]罗西·布拉伊多蒂.后人类［M］.宋根成译.开封：河南大学出版社，2015.

[13]安东尼·吉登斯.现代性的后果［M］.田禾译.南京：译林出版社，2018.

[14]陈嘉映.哲学·科学·常识［M］.北京：中信出版社，2018.

[15]王晓华.重申身体美学的建构理路——回应张玉能教授和张弓教授［J］.探索与争鸣，2019（4）：57-65+158.

[16]邢建昌.基于知识学模式的文学理论反思性研究［J］.文艺理论研究，2023（3）：59-68.

[17]王晓华.人工智能与后人类美学［J］.首都师范大学学报（社会科学版），2020（3）：85-93.

为学日益，为道日损！

雪松

王雪松，男，河北唐山人，唐山师范学院副教授，中国传媒大学博士。中国文艺评论家协会、中国文艺理论学会会员，河北省"国培计划"讲课专家，入选中青年文艺人才"燕赵秀林计划"。近年来主持多项课题，在《中国艺术报》《音乐创作》《戏剧文学》《四川戏剧》《中国语言文学研究》《星海音乐学院学报》《艺术传播研究》等众多报刊上发表论文、文字三十余篇。曾受邀参加中南大学、上海师范大学、云南师范大学、陕西师范大学、湖南师范大学、上海音乐学院、上海戏剧学院等多所高校举办的学术论坛并作主题发言。曾受邀为中国文联"百花迎春"文艺晚会、歌曲《上春山》撰写评论。相关文章曾被中国文艺网、河北新闻网、湖南日报、学习强国等多家媒体广泛转载。先后获第十一届河北省文艺评论奖、中国艺术管理教育学会"硕博论文"评选三等奖、"中国评协"第三届网络文艺评论"优选汇"优秀评论文章奖，第五届唐山文学奖等奖项。

个人感悟

浅谈文艺评论的过程理路

  文艺的创造作为一种思维的物化过程,往往显现为灵感(思维、意识)到物质的过渡,从不可见到可见。而评论则是在这一过程完成后对作品往来理路的反观。如果说文艺的创造过程感性大于理性,那么评论则可以认为是理性大于感性。文字即话语,是文艺评论的本质形态和工具,区别于文艺本身,其显现为一种文字符号与艺术(文学)符号的交织。如果以传播学家拉斯韦尔的"5W"理论(Who"谁"—Says What"说的什么"—In Which Channel"哪种方式"—To Whom"说给谁"—With What Effect"效果反馈")来审视文艺传播的话,那么文艺评论则应属于"效果反馈"这最后一环,这一步骤在大众传播中往往会交给观众(受众)。不难理解,一场音乐会的上演,观众对它的反馈很大程度上意味着这场音乐会是否成功;一部电影的票房冷热也许决定了这部电影的成功与否以及在市场的保有率。然而这种司空见惯的"效果反馈"场景,往往只停留于大众传播范畴,是受众对文艺作品的表层理解以及个人的喜恶使然,一般流于口语化的表达。在更深层次的意义上讲,文艺评论的书面场域(理性表达)

则会有着更加深层的意涵。

文艺作品给予受众的是一种即时性的感性激发，譬如音乐、美术、摄影等，然而在这种感受（美）的背后究竟是什么促使这种美的发生，是音乐作品的调式、调性还是美术作品的构图，还是摄影作品的对称……这大概率需要资深评论者进行解读，在这一层面上讲，普通受众的意见反馈恐难达到。专业（职业）的文艺评论者在进行作品阐释时，则需要在作品中寻找与自身思维相契合的话语突破，而不能人云亦云，并且要试图使读者、创作者或者说多层受众得到理解。因此，文艺评论的主体（评论者）则需要不断历练、实践和倾听，才能尽量达到与文艺真实（发生规律）的弥合。

在另一层面上讲，文艺作为一种感性化极强的信息形态，通常会在很大程度上给予受众多重感官的信息传递——视觉、触觉、听觉、嗅觉，最后上升为思维和逻辑，而文字作为文艺评论的工具其真正意义则在于努力揭示文艺样态的本真，然而评论体的文字则丢弃了众多感知觉的特性，其所组成的表达体系往往会将所有文艺形态话语统统归结为一种理解样态即"文学化的表达"。因此，文艺评论这种文字集合体给予受众的则是一种文艺的既定性表达，在一定程度上削弱了受众对艺术（文学）的"想象空间"或者说是文艺的全貌。既然如此，文艺评论存在的必要性何在呢？创作、欣赏、评论，其主体的不唯一性，决定了意见差异的存在，可以说这种差异便是文艺本身与现实产生联系的不可或缺的纽带。评论的既定性与文艺评论本身的割裂，仿佛是永远无法弥合的鸿沟，这也是评论者与创作者和受众三者间需要不断交互和沟通的根本原因，然而即便如此，恐怕也只能将鸿沟趋于无限小，却永远无法消灭。这也许就是文艺评论的意义所在——在文字中回望、在文字中辨析、在文字中发问，由此，也为文艺表达增加了多种可能。

"哒"韵"行"腔，秀"外"慧"中"
——新时代冀东民歌的审美重建与传承[1]

摘要：民歌作为具有典型地域特征的传统音乐形态，在当代审美视域下应如何有效传承和发展，已是我国传统音乐面临的普遍问题。当下，冀东民歌作为河北传统音乐和历史文化的典型代表，对其审美重建已然成为我国新时代中国特色社会主义文化发展的必然要求。本文通过对民歌传承的历时性分析以及对冀东民歌"变异性传播"的创作探索，试图解析其在当代审美重建的最佳方式，进而为传统民歌的适应性传承和传播提供参考。

关键词：冀东民歌；审美重建与传承；家国情感

一、冀东民歌的界定及审美特点

民歌最早可以追溯到上古时期，相传黄帝时的歌曲《弹歌》就已经有了民歌的简单形式："断竹，续竹，飞土，逐宍。"描述了人们用竹制器具发射土制弹丸狩猎的情景。到汉代刘安的《淮南子》："今夫举大木者，前呼'邪许'，后亦应之，此举重劝力之歌也。"则可

---
[1] 该文发表于《音乐创作》2021年第2期。

视为早期"劳动号子"的记录。民歌因其"口传性"可以认为是我国传统音乐的先导形态,传统音乐学将其归属为民间音乐范畴,它包括汉族民歌和少数民族民歌,其中汉族民歌又分为号子、山歌和小调。

冀东地处河北省东北部,背靠燕山,南临渤海,拥有广阔的平原。由于资源丰富,交通便捷,人类社会较早形成,故民间歌唱性音乐以其易传性和便捷性成为最为丰富的音乐形式。例如乐亭大鼓、唐山皮影戏、评剧、冀东民歌等,其中冀东民歌则是冀东地区最为普及的一种音乐体裁,包含长波击水的渔民号子、宽广悠长的山歌、热烈欢快的秧歌调、短小婉转的叫卖调和各种风格的小调。冀东民歌作为河北民族音乐的典型代表自清末以来流传甚广,由于该地区主要为汉族聚居地,故命名主要凸显其地域性而非民族性,其含义是指:"唐山市及滦南、乐亭等县和秦皇岛市昌黎、卢龙、抚宁县等地产生和流行的民歌。"[1]冀东民歌在润腔和装饰音中独具特色,以唐山地方方言的"呔(tǎi)儿韵"为基础将人们生活中的日常语调如阳平变调、乐亭方言中的阴平、去声变调等,以及发声方式中的上滑音、下滑音、卷舌音、喉控音、鼻控音等特征融入民歌,在其历史发展中亦融合了如皮影戏、乐亭大鼓、评剧等冀东姊妹艺术的元素。

二、冀东民歌审美重建的提出

当代运用创新理念对中华传统音乐文化的审美重建是繁荣我国社会主义文化的必然要求,也是文化发展的必然规律。

中国传统音乐的主要特点之一则是"传承与变异性",即在传统音乐的传播过程中既有传承性的遗传现象又有变异性的兼容现象,这

---

[1] 侯琳琦:《冀东民歌的音调来源、旋律特点及演唱特点》,《人民音乐》2011年第5期。

也是一切文化形态的普遍特征。而变异性则是各种传统艺术与时代受众审美趋向相适应的必要前提，袁静芳教授曾说："在漫长的音乐文化发展历程中，正是由于其文化特质方面的兼容性特点，而使中国传统音乐文化经久不衰，在不断地吸收外来音乐文化中，消化融纳，优胜劣汰，在历史发展中不断得到文化的更新、变异与发展。"① 可见，传统音乐的持续发展亦是以兼容并蓄、适应时代为基础的。

"重建"可以理解为对艺术作品的重新解读和重新编创，既可以打破原有形态又可以在原基础上进行扩充、改造。中国民歌的演变和传承过程亦可以看作是中国民歌"审美重建"的过程。

人们对音乐的审美趋向往往与时代的社会风貌息息相关。民歌的衍变亦离不开政治、经济、文化等多重因素的影响，千百年来其传承性与变异性矛盾间的张力关系一直存在，无论民间百姓、宫廷乐师还是历代文人都不自觉地曾将民间音乐的多维元素进行吸收创造，而形成新的音乐形态。汉代的"相和歌"可以看作是民歌的早期形态，是由"但曲""徒歌"发展而来，汉时"乐府"的一项重要职能就是收集民间歌曲并将其作为宫廷音乐创作的主要来源；到魏晋时期由于政治中心迁移和扩散逐渐形成"吴歌"和"西曲"两大民歌类型；至唐代由于统治者的开明政策，民间则出现具有多民族性的"曲子"，如《长相思》《虞美人》等，但本质上仍然与汉代相和歌、清商乐一脉相承；到宋元明清时期民歌的形式则更加繁盛，除了民歌本身以外，其民歌元素与其他曲艺形式的混杂现象更加明显，出现了如诸宫调、杂剧、散曲、大鼓、昆曲等艺术形态。

近代以来，西方文化从政治、文学、艺术、宗教等多领域开始大踏步地输入中国，人们开始纷纷仿照西方，在洋务运动、五四运动以后甚至形成了"以西为师，抵制旧学"的社会风潮。值得庆幸的是在

---

① 袁静芳：《中国传统音乐概论》，上海音乐出版社，2016，第10页。

西乐东渐的强大影响下中国早期的音乐精英们如李叔同、赵元任、萧友梅、黎锦晖、黄自等并未完全淹没在抵制旧学的浪潮中,他们始终没有停止过探索中西方音乐契合路径的步伐,如歌曲《问》《卖布谣》《可怜的秋香》《踏雪寻梅》等作品则是"西学为体,中学为用"的典型代表。当代作曲家创作的电影歌曲如《婚誓》《蝴蝶泉边》以及艺术歌曲《在希望的田野上》《青藏高原》等作品,仍然是沿着"中西合璧,切合时代"的写作思路循序展开,其旋律性和民族性则更加凸显。

从学堂乐歌时期的"富国强兵"到五四时期的"科学民主,自由解放",再到抗战时期的"保家卫国",直至当代的"民族复兴,繁荣富强",不同时代的主题皆融入了不同时期人们对音乐文化的审美追求,充分体现着人民主体对"家国情感"和"民族精神"的审美取向。

冀东民歌亦然如此,同样与时代相融,作为河北文化的代表,具有极其丰富的历史文化价值。在清末民初时,冀东民歌已经在市井乡野间广泛流传,源头早已无从考证,但可以肯定的是,其必然是在人口迁移和民族融合的文化交汇中逐渐形成的。在1956年、1961年、1963年和1978年,先后四次由地方文艺工作者挖掘整理冀东地区民歌而初步显露,遂以命名。冀东民歌在悠久的文化长河中融合了丰富的民族和地方文化,并在传承和传播中逐渐将其他文化融贯其中,除在音乐本体中融进了皮影、莲花落等冀东音乐元素外,在题材上则涵盖了文化常识、民众生活、革命精神等多元内容。如早期唐山丰南地区民歌《十二月花》,用男女对唱的形式吟唱一年之中不同月份的各种花型;鸦片战争以后冀东民众根据地方谣曲改编的《窑工十二月叹》《住锅伙》等民歌,表达了窑工们的日常劳苦;再如抗日战争时期根据冀东小调改编的民歌《李玉兰劝夫参军》《节振国真英雄》等,表现了普通民众的爱国情怀。可以看出,随着时代的变迁,冀东民歌的音乐和内容也会随之变化,因此亦可以将冀东民歌的传承和发展看作是冀东人民对民歌审美"重建"的过程。

  冀东民歌因其所具有的历史和地域的局限性，在新时代的传播和发展中纵然离不开新的"重建"，这既是人们普遍审美习惯的选择，也是民族文化在国际视野下传承和传播的必然要求。众多地方文艺学者对地方民歌的传承和保护研究已经有了较多成效，探索出了许多成熟模式，其中以三种模式为著，即具有传承性的"原生性传播模式"、具有兼容性的"变异性传播模式"以及与其他文化门类融合的"跨越性传播模式"。笔者看来，对于传统民歌的传承和发展不应离开音乐本身，否则就离开了民歌固有的审美价值，重建也无从谈起。冀东民歌则以"变异性传播模式"作为其在当代审美重建的主要方式，将冀东民歌的固有元素与西方音乐技法相融合，在内容和形式上融进了当代的文化元素。重建后的新作品则以歌颂祖国、赞美生活等积极进步、乐观向上的题材为主，体现了"家国情""民族情"等我国社会主义文化的精神内涵。唐山籍作曲家则是对冀东民歌审美重建的探索者和领路人，作品众多，部分作品曾数次在央视的《民歌中国》《乐享汇》等栏目中展演并收录于"学习强国"中，有的还被编纂在高师院校的教材中作为专业曲目进行教学。

三、冀东民歌的审美重建

  冀东民歌的审美重建是其在当代传播和发展的迫切需要，亦是人们审美趋向的内在要求，这离不开审美主体对客体的加工和重塑，也离不开审美受众对重建成果的有效反馈。唐山当代音乐家对冀东民歌的创编重建主要集中在"冀东新民歌"和"冀东民歌合唱曲"两个方面，在传播的广度和受众的接受度方面取得了良好成效。

（一）冀东新民歌

"新民歌"产生于我国19世纪末20世纪初，随着"新音乐"的产生而逐渐成熟，从早期具有民族性的学堂乐歌开始，逐步突破了依曲填词的旧范式，到西方声乐技术的引入才形成了我国的传统民族声乐的新形式，直至20世纪六七十年代，国产电影的配乐大量采用民族音乐才进一步加速了新民歌的流行。其概念可以释义为：一种在传统民歌基础上融入现代音乐元素，保留或部分保留民族性和地域性的具有鲜明当代特征的歌曲样式。

冀东新民歌亦是如此，在当代创作的主要特色则是以西方曲式为歌曲的结构特征，在音调色彩和伴奏形式上融合了中西元素，将大量冀东民歌的润腔色彩、方言特点、调式等特征融入新作品中，在演唱方式上则是以当代美声、民族、通俗唱法为主。歌曲《槐花海》[1]创作于20世纪90年代初，由刘麟作词，王志信、刘荣德[2]作曲，是唐山籍作曲家谱曲的冀东新民歌的代表。

1993年为提升品牌文化、振兴民族艺术，河北省抚宁县领导决定邀请一批具有传统文化内涵和民族情怀的音乐家创作和演唱冀东风格的声乐作品。

《槐花海》便是一首具有典型地方特征的当代创作作品，其以抚宁方言语调为旋律基础，融合了冀东民歌的独特润腔，既凸显了冀东特色又不失时代印记。刘荣德先生说，抚宁、昌黎一带的方言常常将普通话中的阳平和上声颠倒并带有甩腔等特点。《槐花海》有创造性地将戏曲、民歌和美声技法相融合，开创了新民歌崭新的演唱模式，

---

[1] 刘麟、王志信、刘荣德：《槐花海》，《音乐创作》1999年第3期。
[2] 刘荣德：冀东民歌传承人，民族音乐理论家，《中国民间歌曲集成·河北卷》常务编委。感谢刘老先生对歌曲《槐花海》相关信息的提供。

极大地拉近了演唱者与听众的距离。

《槐花海》描述了盛春五月，抚宁县南戴河海岸上槐花盛开的热烈场面，歌词将人与花与海融为一体，用写景、叙事、抒怀的表达层次充分展现了作者对家乡景致的无限热爱，营造了浓厚的"家国"意象。《槐花海》以人物为主线将人对景的真实感受充分显现，歌曲中能够深切地感受到演唱者对南戴河槐花如海的酣畅表达。

《槐花海》在创作上十分考究，其大部分保留了冀东民歌的典型"音腔"和"句法"，用普通话演唱，以徵调式贯穿全曲，并运用西方音乐的非方整性单三部曲式结构布局全曲，打破了冀东民歌传统单段式结构，突出了整首作品的层次感和婉转热烈的音乐形象。在某些段落还借鉴了流行元素，巧妙地化解了受众听赏时地方民歌在语言、唱腔上的地域性局限。

歌曲中地方语言音调的运用俯拾皆是。冀东方言属于北方方言区内冀鲁次方言区中的一个分支，冀东民歌的旋律则源于此，其最大特征是声调和音腔的变化。冀东方言阳平调（第二声）与普通话区别最大，将阳平调变调为滑音或上声调，旋律中一般记谱为小三度，在唐山乐亭（与昌黎抚宁一带方言相似）方言中也易将阴平调变调为阳平调，这即是冀东民歌"呔韵"的体现，在《槐花海》的创作中运用明显：

如歌曲第九小节的阳平字"河"，用一字多音的形式以小三度揉韵形成上下滑动类似"波音"的效果，颇具民族弦乐揉弦的色彩，亦突出了冀东方言阳平字易拖长音的习惯：

第十九小节"滔滔大海潮唤我踏浪来"的"来"字,亦是用小三度的前倚音进行润腔;第十四小节"槐花海"的"花"字为阴平字,在歌曲中则变调为"huá",这亦是冀东"呔韵"的体现:

歌曲在衬词的运用上也十分考究,借鉴了冀东民歌"渔民号子"中的"哎咳哟"等词,营造了一种迎海呼喊的意境:

除声调变化外,歌曲音腔运用上还借鉴了乐亭皮影戏的"高抛低落"的甩腔音调,如该曲第一句"三十里的南戴河"的"戴"字,以小六度高抛后马上与"河"字的韵腔结合形成低落的态势,凸显了歌曲的洒脱婉转;再如第十小节"三十里的海"中的"十"字,用跳进似的甩腔音将"十"字的一拍半时值用八分休止分开演唱。在第三十及三十一小节"槐花海"后边的衬词"哎",还借鉴了评剧当中的"疙

瘩音"亦称"颚音",其一般出现在句尾,用清脆顿挫的字头和喉颚发音形成特殊的韵味:

此外,冀东民歌的"拖腔"特色也在其中体现明显。"拖腔"唱法在我国戏曲和说唱艺术中较为常见,可以说是冀东民歌和其他民间音乐相互借鉴的共性特征。歌曲的最后一句"心儿醉在槐花海",以"花海"二字先后行腔直至结束,用了完整的四个小节进行拖腔揉韵,别有一番西方音乐中尾声的意蕴,充分抒发了作者绵延不断的情绪:

整首歌曲运用交响乐或钢琴伴奏将力度、速度、音色等音乐要素巧妙编配,进一步增添了歌曲的张力。另外,民歌、皮影、大鼓等地方元素的融入,也打破了以往新民歌千篇一律的创作惯性。

目前,《槐花海》已作为高师院校的教学曲目和各类声乐赛事的参赛曲目广为传唱,是传播冀东文化的代表性作品。彭丽媛所演唱的版本也成为当今业界纷纷效仿的范本。近年的冀东新民歌还有唐山音乐家郭文德创作的《长城颂》《燕山谣》《滦河情》等,这些作品聚焦当下,感悟时代,尽显对祖国家乡的感怀之情,是冀东新民歌的优秀代表。新民歌的创作已成为冀东民歌当代传播和传承的重要方式,以西方音乐的曲式逻辑为"外",以冀东民歌的音腔和句法特色为"中",将中国传统音乐的流变性用现代思维和当代审美逻辑重新演绎,俨然成为我国传统民歌传承和传播的新方向。

(二)冀东民歌合唱曲

合唱最早诞生在西方宗教音乐中,以诵经为主要目的,实用性较强,后逐渐演变成一种艺术形式并为西方多声音乐和交响音乐的发展提供了思维基础。合唱音乐早在明清时期便随着教会音乐的传入逐渐在我国传播,作为西方艺术的舶来品,从20世纪开始,音乐家如李叔同、赵元任、黄自、冼星海等人便已经对合唱音乐的中国化进行了探索,其中不乏中西方音乐元素相融合的佳作,如黄自的《长恨歌》将西方清唱剧的形式与中国曲牌联缀体相结合,剧本结构还参照了明清传奇《长生殿》,是早期民族合唱曲的代表作品;冼星海的《黄河大合唱》将西方作曲技法与中国的五声调式和劳动号子等民歌元素相结合,是早期较成熟的一部民族合唱套曲;此外还有《春游》《海韵》等作品也体现了中国合唱曲的探索足迹。众多早期民族音乐家为我国合唱音乐的逐步成熟奠定了良好基础,至今合唱已成为我国声乐艺术和群众歌咏的主要形式。

合唱这种具有人们高度参与性的艺术形式,是各种声乐作品传承和传播的重要载体,冀东民歌的合唱化亦体现了传统音乐在当代创作和传播的内在需求。

唐山籍音乐家郭文德、蔡亚男根据冀东民歌改编的无伴奏女声合唱曲《捡棉花》①，是一首相对成熟的冀东民歌合唱作品。该作品以高度的音乐织体对应性将四部和声协调统一，突显西方音乐的立体感受，但又将冀东民歌的音腔、声调等特色融入其中且不乏浓郁的中国韵味。作品在西方美声唱法的音色中融入中国民族声乐的声音特点，使作品既不失美声的圆润通透又兼有民歌的明亮淳朴，令受众的中西声乐听赏习惯皆能得到满足。

"捡棉花调"是冀东一带，劳动人民在田间地头生产劳作时哼唱的一种时调，源自清初流行于我国北方的"剪靛花调"，曲调轻松愉快，反映了人们收获棉花的欢愉心情以及乐观向上的生活态度，多为羽调式的分节歌形式，其中蕴含着浓郁的冀东特色。合唱曲《捡棉花》则是在此基础上对民歌原曲进行删减加工并结合西方和声思维谱写而成的作品。如果说冀东新民歌是冀东民歌的横向变异，那么冀东民歌合唱曲则是其纵向思维深度衍化的结果。

全曲的曲式布局以传统民歌的"起承转合"结构为基础，形成"引子—A（A'）—B—A"—尾声"的不规整的再现三部曲式，以 c 小调为主调贯穿全曲。独特的女声四部和声，彰显了女性勤劳温柔俏皮的一面，无伴奏的形式更加体现了民歌原始的流传形态。作品运用了西方音乐中常用的引子，用四个小节反复呈现主要旋律要素，用多个长时值的音模拟人们在田间吆喝的情景，进而为歌曲氛围形成铺垫。歌曲在第一段反复时实现领唱与合唱交相呼应的效果，形成类似于卡农的复调应答，模拟了传统时调中的角色扮演，增添了表演的生动性：

---

① 郭文德，王艳霞：《冀东民歌》，苏州大学出版社，2019，第208页。

再现部用速度变化的手法突出歌曲热烈的情绪，最后的尾声以女声领唱并渐慢的形式赋予听众极强的结束感和满足感：

西方合唱作曲技巧在该作品中充分彰显，然而在听赏中又不难发现作曲家欲将冀东民歌本土元素极力突显的情感愿望。

合唱曲《捡棉花》中所运用的地方音腔色彩亦十分突出，并未因与合唱艺术这一特殊音乐形式的融合而被磨灭。诸如富有浓郁地方特色的润腔音，如嘟噜音（花舌音）、儿化音、控音（鼻控音和喉控音）、滑音等，以及独特的衬词，如哇、咧、嗯哪、呼嘿等，在歌曲的多个段落中比比皆是。如引子部分的"游哇"和 A 部分的"年（啦）、二（啦）"等衬词，基本都以三度倚音作为装饰音，尽显唐山方言的"呔韵"；再如鼻控音的运用，歌曲中反复出现的"游哇"衬词，在"游"字发声时有意不将其直接归韵而是把"游"字的"ou"的尾音用鼻腔短暂控制后继而发出；再有就是捡棉花调中众多的儿化音，在该作品中也频繁出现，如"年那年啦""慢啦慢地游哇"中的"年""慢"等字都是不经意间将汉字儿化的表现。

冀东民歌合唱曲将民族元素融于合唱艺术当中，借助合唱的特性使歌曲的传播和接受主体不仅仅局限于专业歌者，其更能深植于普通人群中，将冀东民歌所富有的优秀的社会和文化属性充分浸染。

《淮南子》中写道："夫歌《采菱》，发《阳阿》，鄙人听之，不若此《延路》阳局。非歌者拙也，听者异也。"[1]抛开文中崇雅贬俗的倾向外，不难看出，早在汉代人们便已意识到审美接受主体的认知角度与其文化背景有关。可见，冀东民歌当代的审美重建是融入现代审美视域的必然要求，也是多元文化发展中的自然选择。

"谁家玉笛暗飞声，散入春风满洛城。此夜曲中闻折柳，何人不起故园情。"人类所固有的"家国情感"离不开人们生长环境中文化语境的影响，千百年来，家国文化始终是中华文明的重要基石。冀东民歌作为河北地区的典型文化要素，其所包含的人民性、地域性、民族性和革命性等复合文化，在塑造河北人民的家国情感中有着不可替代的作用。在文化多元交融的当代，对区域文化的审美重建与传承，已然成为繁荣我国社会主义文化和增强中华民族自信心和自豪感的重要手段。

---

[1] 修海林，罗小平：《音乐美学通论》，上海音乐出版社，2017，第96页。

家国诗意绘孤松，知心相携话大钊
——现代评剧《相期吾少年》的审美表达①

摘要：现代评剧《相期吾少年》是评剧故乡、大钊故里唐山为庆祝建党百年倾情打造的呕心力作，是河北省唯一入选第十七届中国戏剧节的参演剧目，也是全国唯一入围的评剧剧目。本文试图剖析其构建的现代审美样态，力求诠释传统评剧的当代创演特征，为传统戏曲在新时代的传播提供参考。

关键词：评剧；李大钊；《相期吾少年》；审美表达

一、现代评剧《相期吾少年》的创作及演出

《相期吾少年》是唐山演艺集团评剧院和唐山市文旅集团有限公司联合出品并邀请著名导演童薇薇团队共同打造的现代评剧。该剧作为第十七届中国戏剧节的入选剧目于2021年10月21日在湖北戏曲艺术中心隆重上演，演出盛况在中央电视台、新华社、人民网等多家主流媒体进行了报道，得到了良好收效。

该剧题目取自李大钊从日本回沪途中创作的《太平洋舟中咏感》一诗："相期吾少年，匡时宜努力；男儿尚雄飞，机失不可得。"蕴

---

① 该文发表于《四川戏剧》2022年第4期，转登稍做修改。

含着他对改变时局、警醒青年的崇高理想。整部剧以四幕布局，分别是问山、文明戏、三套车和最后一眼，分别对应着1919年五四运动爆发、1921年中国共产党成立、1924年共产国际五大召开及1927年李大钊就义四个历史事件，加上序幕和尾声共同讲述了李大钊夫妇在当时的历史境遇下相知相守的深厚情谊。李大钊从乐亭海袖出黑坨，到昌黎点种问五峰，再到古都北京勉青年，直至东京苏联求新知，该剧涉及的多个事件和地点的转换，均牵系着李大钊夫妇的心守相随、相互砥砺的情感交互，从全新的角度诠释了李大钊的生命轨迹。李大钊不再是以往单一的英勇先驱，而是为人之父、为人之夫、为人之师的鲜活的人，是一个有血有肉与民众相连手足的思想者。

唐山作为李大钊故里、评剧故乡，创作该剧有着独特意义，既表达了唐山人民在建党百年之际对李大钊同志的敬意，也彰显了地方传统文化的无限活力。《相期吾少年》集中了国家级优秀的创演团队，包括一级编剧刘恩平，一级导演童薇薇，一级作曲及唱腔设计刘文田，一级作曲潘铁柱，一级舞美设计蓝玲以及著名评剧表演艺术家、中国戏剧梅花奖得主罗慧琴等。

评剧虽属传统艺术范畴，《相期吾少年》的舞台呈现则凸显了现代审美性。该剧所展现的多重美感表达令人印象深刻，传统和现代的整体构思使得该剧在观感上更加丰满，在剧本创作、舞台布景、人物演绎、音乐编排等多个方面所带来的现代与传统的碰撞共同构成了该剧的诗意景图，是传统评剧的现代绽放。

二、《相期吾少年》艺术审美的现代性

现代性既是一个美学概念又是社会学概念甚至涵盖更广。钱中文

先生说："所谓现代性，就是促进社会进入现代发展阶段，使社会不断走向科学、进步的一种理性精神、启蒙精神，就是高度发展的科学精神与人文精神，就是一种现代意识精神，表现为科学、人道、理性、民主、自由、平等、权力、法制的普遍原则。"①亦有其他学者谈过类似见解，如尤西林、逄增玉等。由此可以看出现代性体现在社会的多个层面，在人类主体视域下现代性是对社会现象的整体观照，而人类精神的现代气息则更多地体现在审美实践中，尤其在艺术创作和艺术批评领域体现的则是对所谓传统的反思和重塑，而这种反思和重塑的现代审美更具有历时性和综合性的双重特征。

历时性则体现在彼时的人们对彼时社会的整体观照。启蒙主义时期所体现的现代性多是在启蒙理性之中，科学技术的发展对改造世界的巨大作用让人们感到前所未有的光明，从而折射到艺术实践中体现出人们对理性精神的萌发和逐渐强化：音乐创作中的海顿、莫扎特对音乐范式的制定；文学创作中对"三一律"的深化和突破等，都是启蒙主义时期人们对现代性的理解。而当代世界对审美现代性的理解则更侧重于后工业化时代和数字时代的超验感受，尤其对规范的突破、多元文化的融合、艺术媒介的更迭情有独钟。如全息技术在舞台艺术中的运用、音乐电声技术的拓展、文本创作对传统伦理的颠覆等。

综合性相较于历时性而言则是一种横向观照，体现在艺术形式的变换和艺术内容的交融性和与时俱进性。京剧则是最好的范例：在乾隆年间人们视野中最具现代性的戏剧莫过于徽汉合流的新范式——京剧，其文学、美术、武术、音乐等多重文化的交融是当时人们对京剧进行现代化融合的最高构想；到20世纪六七十年代样板戏对旧范式的突破，打破了原本程式化的着装、舞美和音乐形态，是西方现代语汇与京剧融合的开始；再到现当代，京剧元素与流行文化的交织，更体

---

① 钱中文：《文学理论现代性问题》，《文学评论》1999年第2期。

现出了科技语境下现代审美的综合性。

三、《相期吾少年》的审美表达

将历史文化与文艺创作相融互通将是弘扬我国优秀传统文化的重要手段。在历史题材作品的创作中，遵循历史真实应是其基本前提，但同时我们也要考虑到作品中艺术性的塑造。在此类作品中一定会再现若干历史事件，但其中的历史细节在主体转述时也必然会形成第二历史即主体参与了的历史以弥补细节空白，这就需要创作者在基本事实的基础上以适当的渲染和补充。近代革命题材的戏剧给世人印象最为深刻的当属以《智取威虎山》《红灯记》《沙家浜》为代表的"样板戏"。自"样板戏"以来，戏曲剧目在很大程度上突破了传统戏曲的表演形态，如服装、伴奏形式的改变以及舞美的真实化等，可大众有所不知的是，早在20世纪50年代中国评剧就已经有了现代性的初步探索，如中国评剧院创作的《野火春风斗古城》《金沙江畔》等剧目将革命叙事、革命歌曲、民族服饰、话剧对白融入其中，在一定程度上已经体现出了当时戏曲创作者的现代性思维。

评剧《相期吾少年》在审美形式上则有了跨越式的发展，如文本创作的浪漫化、舞台布景的立体化、人物表演的多元化、舞台呈现的意象化等。

（一）诗意的渲染

诗是中国文化的一个重要表现，突出意境的塑造和含蓄美的表达，正如《文心雕龙》中所言："夫隐之为体，义生文外，秘响傍通，伏采潜发,譬爻象之变互体,川渎之韫珠玉也。"①至今,诗文化仍然在中国大地根深蒂固,在现代审美范畴中诗仍然被囊括其中。该剧以浓重的诗意手法和浪漫主义画风将历史事件涵盖其中,用隐喻和唯美柔化了革命时代的血腥和残酷,不禁更加突显了戏剧的凄婉和悲壮。剧作家刘恩平则称该剧为现代戏曲诗剧,其意涵也缘于此。

该剧的舞台背景以生动逼真的多媒体影像为主要技术元素,营造出了日出、孤山、海浪等意象,幕间还运用了诗意的水墨镜头进行渲染,把每一幕的经典情节进行碎片化,与主题音乐相契合,呈现出一种梦幻般的效果。如第一幕,李大钊(杨光饰)携妻小到昌黎五峰山游历,在与守山人刘长顺对点种的呼应中尽显李大钊自诩孤松的诗意情怀;又如第二幕描写学生杨淑珍(张静饰)在话剧《孔雀东南飞》演毕后惨遭当局枪杀一场:舞台色调阴沉,暗淡的灯光中匆匆黑影窜动,喧嚣过后,杨淑珍与谭辉祖(陈飞饰)告别,一柱灯光在淑珍头顶突现,随后一声枪响,灯光即刻变暗。此种唯美的死亡表现,使观者在恍惚间顿时惊醒:杨淑珍死的那样突然和草率,在革命旋涡中一个年轻生命是如此的易逝。

《相期吾少年》的剧本创作也突显了诗化叙事的倾向,以序幕、尾声和四幕的形式形成了起、承、转、合的圆形叙事结构。如该剧的序幕展现了年长六岁的赵纫兰(罗慧琴、何静饰)与李大钊结婚的片段,而尾声描述的则是李大钊就义六年后赵纫兰随之而去的凄美画面,首尾与四幕相糅合形成了完美的故事闭环和诗的呼应,也映衬了刘恩平所讲的"李大钊是生为民众光明降,赵纫兰是为你而生逐骄阳"的情感主线。在剧本文字的设计上该剧还大量运用了类似骈文的对仗体,如第一幕的主题歌词"五峰环绕渤海望,一派蓝蓝天水茫,万顷波光襟前漾,漫山风露袖底香……",又如第二幕的"北大红楼两巨人,

---

① 〔南朝·梁〕刘勰著,范文澜注:《文心雕龙注》,人民文学出版社,1978年版,第633页。

纷传北李与南陈。孤松独秀如椽笔，日月双悬照古今"，充分彰显了剧作者的文学功底。去繁就简的文本设计和对仗整齐的文字修饰更加突显了一种诗意的隐秀，给受众留有无限期待。

（二）现代舞美的主体转向

戏剧自近代以来其多元融合的创作方式越来越向纵深发展，从舞台布景、演员服装到叙事结构的变换再到文学和音乐语言的多元渗透，逐步勾勒出当代戏剧创作的全新走向。近年来，从创作和表演主体向审美主体的转向越发引起业内重视，观众的审美感受也逐渐成为创作的重要依据和目的，而科技与审美的结合则更加促使了这一目的的实现：2020 年底建成的世界最大单一室内剧场——"重庆·1949 大剧院"则是运用了多维立体旋转舞台给予观众最佳沉浸式体验的高科技演出场域。由此说明，当代主流的艺术表达正朝着哈贝马斯主体间性的理念逐步转移，即在审美活动中打破主体与客体的简单对立而越发走向人与人之间或者人与物之间平等对话和交互。

《相期吾少年》在舞美设计上亦充分考虑到了审美主体的转向问题。其舞台设计运用了多维空间和多媒体技术，将舞台的布景进行了立体设置，使人物活动与舞台的层次化布局相融合。如第四幕描写李大钊遭到敌人追捕，舞台远景表现的是管家赵树林（卢永旺饰）为掩护李大钊之子李葆华（郭云龙饰）在敌人的追击中牺牲，舞台近景则是李大钊在敌人的重重埋伏中遥望已经牺牲的赵树林，利用舞台的纵深和多媒体的渲染将双重时空同时展现在同一场域，实现了两个主人公的异景共情。

同时，该剧在人物造型、灯光设计和电影语言等多个方面也充分考虑到了受众的观感。人物造型上，为了体现赵纫兰从少女到中年的年龄差异，主创们则在服装和发型上进行了区别。舞美设计者对李大钊形象的设计则是以真实的历史影像为依据，使人物形神兼备，近乎逼真；灯光设计上如第二幕，李大钊夫妇对革命的互诉求索，从备受打击的苦闷徘徊到悲痛无奈的慨叹再到希望中的坚定，灯光随着人物的情绪逐渐变化，最后在李大钊携手赵纫兰宣告共同铭记"1921年7月23日"的特殊时刻之际，灯光凸现红黄暖色，使现场气氛达到高潮。此外，该剧在多个情节处理上也运用了电影的蒙太奇手法，隐去了叙事的冗余，突显情节重点。如第四幕李大钊被捕的场景则是用多个撑伞的人影碎片来意化敌人的重重包围，在大钊独白后，镜头马上切换到了警察厅，略去了李大钊被捕的具象描述。

（三）艺术本体的现代交融

"从历时性的角度看艺术本体的流播形态则体现在传承和变异两个方面，即既有传承性的遗传现象又有变异性的兼容现象，这也是一切文化形态的普遍特征。"[①] 评剧的当代创演也在传承和变异中逐渐寻找平衡，既不能把评剧的本质特征丢掉又不能脱离时代语境。于此，《相期吾少年》也可以说是一种全新的尝试，既大部分保留了评剧唱腔的原始风貌，也不乏多维艺术元素的贯串。

该剧在每一幕几乎都运用了典型的现代音乐形式——合唱。合唱在戏剧中的运用则是以西方歌剧为最先主导，它具有烘托气氛、铺垫情节、增强气势的艺术效果。如序幕中众人拿着火把唱起具有劳动号子般的合唱曲，"一场海啸裂风口，民国建立满清休，五四运动一声吼，飞流击水到中流"；再如第四幕开始的童声合唱，"大雪过后冬复春，北京换做张作霖，几曾萧条雨水润，清明时节愁满城"。不同的合唱音色分别有着不同意蕴：男声彰显出悲壮和振奋，童声则暗含着悲婉

[①] 王雪松：《"呔"韵"行"腔，秀"外"慧"中"——新时代冀东民歌的审美重建与传承》，《音乐创作》，2021年第2期。

和希望。此外，该剧音乐的现代性还体现在西方旋律元素的融入，如第三幕为体现李大钊前去苏联参加共产国际第五次会议的艰辛路途和异域风情，作曲家大胆将苏联著名歌曲《三套车》的主要旋律与评剧唱腔融合，在主人公交替咏叹的同时还贯串了圆舞曲的节奏，与人物明快的舞步相结合，恰如其分地表现出了李大钊远行参会的急迫心情和乐观的革命精神。

同时，演员的形体设计在传统戏曲表演的基础上，亦融入了类似音乐剧的现代舞蹈，如序幕中少年赵纫兰和姐妹们手挽花篮的现代舞步，热烈奔放；第四幕李大钊被捕前夕车夫、路人、敌人（黑衣人）的集体舞动，在整齐的动作中穿插着空翻和大跳，夹杂着明暗的人物造型，营造了一种敌人压境的紧张气氛。剧中还贯串了大量的人物对白与主题吟咏交替进行，展现出了现代话剧的艺术元素。

正如前述，现代性的一个重要特征是综合性，多元文化的选择不仅局限于当代，从传统姊妹艺术中的攫取也是现代创作的重要手段。《相期吾少年》第一幕李大钊背起赵纫兰登山一场，则运用了乐亭大鼓的音调色彩以营造夫妻恩爱的欢快场面；在第三幕李大钊再次登上五峰山，作者则采用了极富浪漫主义的创作手法，让唐朝的韩愈（齐永安饰）与李大钊隔空对话，用京剧的韵白和昆曲的声腔与李大钊一起吟咏其游历名篇——《山石》，用韩愈古文运动倡导者的身份来暗喻李大钊一心改革的初衷和信念。

（四）表演主体的真情演绎

自亚里士多德提出模仿论以来，众多戏剧表演者和创作者都在此基础上进行了不同程度的遵循和超越。模仿的目的便是为了寻求真，莎士比亚也曾提出真与美的统一才可以赋予诗或艺术永恒的生命。该剧的表演者们在剧目创作历史背景下，以真切的情感和扎实的表演功底，实现了历史真和艺术美的完美结合。

赵纫兰的扮演者罗慧琴师从著名评剧表演艺术家新凤霞，从艺四十余载，有着深厚的戏曲表演功底，主演过《花为媒》《香妃与乾隆》等四十多部评剧。其唱腔甜美，嗓音明亮，文武兼备，可塑性极强，是该剧的灵魂人物之一。《相期吾少年》以李大钊妻子的视角为切入点，用较多的手笔描绘了革命道路上李大钊夫妇的多舛命运，将中国传统女性的贤良淑德表现得淋漓尽致，剧中有大段的唱、念、做表演，如第四幕李大钊就义后赵纫兰回顾李大钊一生的大段独白，感人肺腑，催人泪下。在一颦一笑、一招一式中能够看出女主角表演积淀，将行当特点运用精妙，驾驭自如。她的声音通透醇厚，不急不躁，控制有度，在塑造赵纫兰由青年变老年的过程中，唱腔、身段的变化把握得十分恰当。该剧在传统戏曲唱、念、做、打的基础上还加入了现代的舞蹈和声乐，罗慧琴以全新的姿态融入其中，而此时的她已年逾五旬且身患腰疾，这也充分彰显了其优秀的艺德。剧中的其他演员在人物形象塑造上也尽可能地贴合角色特点，李大钊的扮演者杨光举手投足间彰显着李大钊先生的知性和革命者气质；管家赵树林和李大钊的一双儿女地道的唐山土语极大地增强了整部剧的带入感。尹掌柜（孙树荣饰）保守与开明的先后对比、汉奸宋坚武（李然然饰）的内心纠葛、守山人刘长顺（刘云龙饰）的淳厚质朴以及教育家蔡元培（曹相国饰）的浩然正气等，共同托起了整部戏的艺术基座。

中国传媒大学王廷信教授对于当代传统艺术的传播现状曾提出："以现代媒介为代表的艺术传播载体，在表述中华传统艺术时内容不够丰富、形式较为单一，导致中华传统艺术在媒介塑造的社会话语体系中不占主导地位。"[①] 这里的媒介我们姑且将其视为泛媒介，即包括

[①] 王廷信：《中华传统艺术当代传承研究的理论与方法——"生态理念"与"共生机制"视角》，《民族艺术》，2021年第3期。

传统媒介和现代媒介在内的当代所有能够承载艺术内涵的各种形式，这样一来，艺术与媒介的广泛融合则成为传统艺术有效传播的必由之路。

可以看出，《相期吾少年》的主创者们极力将评剧的传统形态与现代媒介深度对接的迫切愿望以及将传统固有语汇与现代话语体系相融合的决心。该剧作为评剧现代审美的大胆尝试，虽然在音乐和剧情设计中仍有提升空间，但其所构建的评剧传播范式已经引起了业界广泛关注。由此我们可以断定，在现代乃至未来的艺术传播语境中，中华传统艺术与世界文化语汇和媒介范式的广泛交互必然是其融入世界的重要途径，也是广大文艺工作者应该努力秉承和探寻的主要方向。

论音乐的"事件性"[①]

摘要：以巴迪欧、德勒兹、福柯、伊格尔顿等为代表的学者将事件哲学深入阐释于政治学、社会学和文学领域，引起了学界的不小波澜。自此，事件哲学则逐步成为审视世界的新的理论工具，众多学者也试图将其继续融入其他学理范畴。以德诺拉、阿多诺为代表的学者首次将"事件"意义引入了美术、音乐等艺术领域并给予了开创性的思考，然而在历时性的研究中，"音乐+事件"的理论发育并不是十分充分，音乐"事件性"的理论观照也鲜有学者深入涉及。在"音乐事件"的提出和阐释中，音乐的发生则与事件理论存在着广泛的交集，以"事件"为视角重新审视音乐发生的过去、此刻和未来，将赋予音乐全新的生命观。通过对音乐与"事件"的解析和比较，音乐的"事件性"则凸显为时间性（运动性）、在场性（此刻性）、独性（溢出性）、虚性（不在场性）、延续性五个方面，并由此展开了进一步的思考。

关键词：事件性；音乐事件；生命观；审美性

千百年来音乐一直存在于人类社会的历史变迁之中，始终参与着

[①] 该文发表于《中国语言文学研究》2023年第一期（春之卷），转登稍做修改。

人对世界的改造并时刻以一种独特的形式发生。孔子曰："兴于《诗》，立于礼，成于乐。"刘禹锡曾吟："今日听君歌一曲，暂凭杯酒长精神。"亚里士多德也将音乐视为一种有助于培养人高尚意志的理性活动。从远古的巫术音乐直至20世纪后现代音乐的兴起，每一次音乐的变革都会对人类生活产生深刻影响。在中国先秦时期，音乐是安上治民、移风易俗的工具；在近代革命时期，音乐是异军突起的号角；在当代，音乐是新潮文化的发端。随着现代科学的发展，音乐的样态较以往则产生了巨大变化，人们不禁开始思考此刻音乐的发生，也开始重新回溯音乐是如何地发生。在各种哲学视角的交织下，音乐也逐渐从自变量转向因变量，音乐发生的思索维度也得到了前所未有的敞开。这时，一种正在学界前沿蓬勃展开的新的思辨体系——事件哲学，也逐步观照到了艺术的发生和发展，也由此开启了人们重新审视音乐之路。

一、问题的提出

事件哲学是思辨现实"事件性"的哲学，是以生命观观照世界的新的思辨体系，本文也将以此来回应音乐的事件性发生。"事件性"首先应归属于音乐的属性范畴，如从本体论视角出发其更应包含于音乐本质的探讨。由此，则有必要首先回溯一下"音乐是什么"的认知路径。

音乐是什么，仿佛早已成为人们开展任何音乐研究必然要讨论的首要问题，如能厘清音乐的本质或者妥当地描述音乐，仿佛音乐之理论与实践也能怡然理顺。幸运的是，古今众哲早已给出了既定答案。战国吕不韦等人的《吕氏春秋·大乐》阐发了音乐的缘起："音乐之所由来者远矣，生于度量，本于太一。"[1]29 汉代刘德等人的《乐记》也详细记载了音乐的产生过程："凡音之起，由人心生也。人心之动，物使之然也。感于物而动，故形于声。声相应，故生变。变成方，谓之音。比音而乐之，及干、戚、羽、旄，谓之乐。"[1]24 毕达哥拉斯亦从里拉琴中发现了音乐"数"的本质。近现代，人们对音乐的认识则更加具体，黑格尔认为：音乐不仅仅局限于一些悦耳的音响组合，更在于其中丰富的精神内涵，可以理解为具有精神性的音响才能称之为音乐；我国学者张前则给出了更加明确的定义："音乐是人类为满足听觉感性需要与表现内心感受需要而创造的丰富而有序的声音组合体。"[2] 至此，音乐从本体论和认识论角度都得到了不同程度的认识和回应，揭示了音乐物和精神的双重属性。

但自 20 世纪以来，经过两次世界大战、信息技术革命等重大历史事件的洗礼，人们对包括艺术在内的世界的理解变得更加复杂，甚至出现了"艺术已死"的论断，对于事物的本质及其发生开始了新的认知，在理论与实践中频繁重复着"认识—新知—实践—否定—再认识"的逻辑循环。随着海德格尔、哈贝马斯、吉尔·德勒兹、阿兰·巴迪欧等西方哲人对世界的哲学重构以及中国生命哲学的复归，人与世界的关系越发显现为"物我同一性"或称之为"万物一体、万有相通性"，①从而将所关注的事物的对象性由抽象的、静止的、二元的、本有的转向经验的、动态的、多元的、现象的新的维度。艺术领域也不例外，在突现了新的风格和流派的同时也产生了众多的理论加持，因此，用以往传统的哲学视角来审视艺术的发生则显得越发单薄，显然，对音乐的观照也不能再停留于对自律性和主客体的狭隘解析。当代，音乐的创作、欣赏、教育、传播等方式皆发生了新的变化，音乐内容除以往音乐性的音响符号外，亦融入了非音乐性的他性元素，并且由依赖时空环境的、单纯听赏的"作品"，变成了超越时空环境的、本质性

---

① 另一说由战国初期公孙尼子（孔子的再传弟子）所作，详见张世英：《哲学导论》，北京大学出版社，2020。

逐渐断裂的"事件"。继而，人们则更加需要一种新的动态的生命观对音乐进行审视，由此，音乐的"事件性"观照应运而生。

二、何谓"音乐事件"

"事件"的原词 evenement 或 event 源自拉丁语动词 evenire，意思是"到达"或"来到"，表示一种从某处某时发出而朝着某一个方向并正在到达的动态或事态。[3]5"事件"不同于以往关注的"事实（事物）"，它并非局限于线性的因果理路，更是多维发生和效果的网状敞开。海德格尔认为"事件"是一种世界化的体验的发生；梅洛·庞蒂将化不可见为可见的表达过程视为表达事件；巴迪欧着力构建一种"事件的哲学"来使存在获得特殊的、偶然的、意外的"事件"意义；德勒兹则首先打消了人们在通常意义上把"事件"理解为实在的、现成的、明确的、事实的观念，认为"事件"的积极意义不在于使人们回到约定俗成的常识上面，而在于"事实"背后的"虚"的维度的敞开。①纵观"事件"思想史，我们发现"事件"是一种生命观，是共时性和历时性的交织，其所观照的事物的"事件性"已然不是当下静止的概念，而是运动着的、交互着的、主客相融的动词属性，其关注于已经发生、正在发生和尚未发生的事物的运动全貌。北京大学彭锋教授同样给出了"事件"较"事物"的区别，他认为：事件是具体的，在时空中发生，其时间边界清晰空间边界模糊，而"事物"只是存在而非发生，是抽象的，其空间

---

① 有关事件概念的发展脉络可参见：刘阳：《事件思想史》，华东师范大学出版社，2021。及邢建昌：《理论与文学的相互生成——读特里·伊格尔顿〈文学事件〉》，《河北师范大学学报》（哲学社会科学版）2022，45（01）。

边界清晰而时间边界模糊。①事件概念超越了思辨辩证法所推崇的"理性",经过反思的、批判的、否定性辩证法的提炼,"事件"逐步成为具有社会历史高度的发生学的关键概念。[4]31

由此,我们发现"事件"俨然成为众多学者观察世界的新的可靠视角,也是进行学科理论构建的有力工具,它能够全面地、动态地、网状地、经验地审视事物的发生、发展和影响。在文学领域以伊格尔顿为代表的当代学者,对文学的发生和本质进行了事件性的独特观照,揭示了文学生成与发展的五种特性即虚构性、道德性、语言性、非实用性、规范性,在文学领域掀起了一阵春潮;艺术领域,西奥多·阿多诺以"否定"的发问一反自黑格尔到卢卡奇以强调"整体性"和"同一性"为主要话语的逻辑体系,主张个体性、差异性、丰富性的美学构建,在一定程度上映现了"事件性"的部分特征,也为后现代艺术兴起提供了精神养料。英国艺术社会学家提亚·德诺拉则首次进行了"音乐事件"的话语表达,将音乐的发生和影响作为音乐研究的主线,以社会学的视角将音乐置于社会事件中,统构了音乐发生的过程及其外延,形成了开放式的网状音乐研究格局,尤其对日常生活中的音乐事件尤为关注,并由此衍生出了"音乐避难所"的构想,为"什么引起了音乐"的传统艺术社会学视角转向"音乐能够引起什么"的生成性新艺术社会学追问提供了学术前音。

质言之,"音乐事件"告别了传统音乐学界只停留在音乐文本性质的捭阖,使事件个体与社会泛化空间相遇,音乐主体除创造和欣赏主体外则囊括了所有参与事件发生的多元主体,将音乐的发生、发展和结束置于音乐审美性和社会性之间的交互场域,是一种在事件视域下全新的音乐认知观。简言之,音乐事件就是对所有引起音乐发生和由音乐引起

---

① 参见:彭锋在纪念毛泽东《在延安文艺座谈会上的讲话》发表80周年暨新时代音乐创作座谈会上的发言——《从音乐事件看音乐的人民性》。

的事件项的整体观照。音乐事件亦会呈现一种事件链的形式,音乐事件链中的每一个部分则可视为一个整体事件的子事件项(如图)。

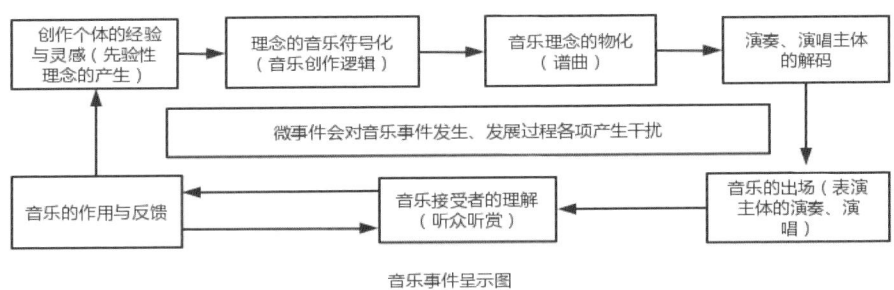

音乐事件呈示图

因此,音乐事件理论给予了学界回望、凝视和展望音乐的新的理论和方法。然而,音乐的事件性并不是当下才显现的,而是历时性地发生、发展、消解和再发生的无限循环。纵观媒介技术的发展,音乐从口语媒介、乐谱媒介和电子媒介逐步过渡到数字媒介,音乐的事件向度也在发生着变化:口语媒介时期个体间的交互是音乐发生的必要条件,个体间的音乐创造和接受富于变化和情动,具有鲜明的不确定性;乐谱媒介时期音乐的灵动性和偶发性则被一定程度地束缚,音乐讯息从听觉符号转设为视觉符号,音乐被赋予了工具的理性色彩,于是音乐的发生大部分则局限于具有音乐素养的人,因此音乐作为事件的确定性和不可变性增强;电子媒介时期,以磁带、光盘、电视、广播为主要载体的音乐传播形式又将视觉符号转移成听、视觉的复合符号,音乐的可感性进一步增强,音乐的事件性又显现出某种不在场性(虚性),即电子媒介的传播局限所触发的接受者的想象空间;数字时代,以复制技术为标志的传播手段大肆兴起,伴着音乐的剪切和拼接,数字音乐在短暂的兴奋期后,其所显现的则是高度的重复和模式化,甚至以人工智能为代表的音乐创作,把人的主体性逐渐消解,音乐逐步脱离事件性的某些特质而成为缺乏主体参与的现实物,但在另一方面,事件性的溢出性又显得十分耀眼。

至此，我们虽然感受到了音乐事件的若干特性，但纵观音乐发展，音乐事件中所包含的事件性则始终在发生着曲线流变，究竟音乐事件中的哪些特性能够成为其事件性的主要决定因子？又应如何以此为向度建立起音乐批评的显性体系呢？笔者认为，从事件理论出发，将前人的理论成果进行凝练、解剖和筛选而成为我用，则显得十分有益。

三、音乐"事件性"之显现

国内学界对事件理论的研究主要以巴迪欧事件哲学为主线，[5]而德勒兹、福柯、德里达、鲍曼、伊格尔顿等人对事件的他性引入也使事件理论得到了极大丰富，在艺术领域，阿多诺、德诺拉、贡布里希等从艺术社会学视角亦为事件理论做了有益补充。然而在音乐领域，由于音乐本身所显现的特殊审美本质并不能完全将以上各家理论全盘套用于"音乐事件"的理论构建。传统事件哲学普遍具有社会学、政治学视角，其能够有效地解释断裂式、突发式、微分式的社会形态变迁，但对于艺术本身和与其相关的社会要素的渐进式的发展并不具有十足的说服力，若完全以此为蓝本恐有陷入历史断裂的、排除主体因的逻辑桎梏，亦会形成微分归因式的"无限事件性"的循环谬误，尤其会对艺术本质属性（审美性）产生彻底的瓦解（忽视）。

如20世纪中后期，该时期的艺术对象大多是"缺乏审美特征"的后现代主义艺术作品，杜尚、斯托克豪森、约翰·凯奇等的先锋派艺术将众多非艺术因素融入艺术表现中，诸如小便器（美术作品之中）、硬币、死鱼、纯噪音（后三者为音乐作品之中）等，然而从传统的事件理论出发这些艺术现象则更容易被理解为事件。如果将传统的事件理论进一步运用于作品与事件关系的解构中，这些作品的生成必将被还原为一系列突发性的事件网络，从而再一次成为艺术社会学可识别的数据，这种情形在西方左翼艺术理论中大量存在，艺术作品往往被理解为具有政治和社会功能性的事件。[6]71 譬如，约翰·凯奇著名的"音乐作品"——《4分33秒》①：凯奇以无声的形式与观众共同静默4分33秒，音乐厅的所有杂音成为音乐作品的一部分，其模糊了音乐的本质，极大地消解了观众的审美习惯，使音乐达到了泛化的极限，凸显"倾听"这一社会意涵，这无疑是音乐史上典型的音乐事件。而当我们以传统事件理论视角对其进行事件性解构时，自然会追溯至嬉皮文化的兴起、凯奇与勋伯格的决裂以及凯奇学习佛教和禅宗的人生经历，众多事件项共同促发了该事件的发生，然而音乐的本质（审美属性）的事件项如何发生作用？从传统事件理论中俨然无法找寻。

故此，我们不能完全以社会学视角的事件理论观照艺术品的事件性，必须兼顾艺术本身作为因变量的事件项，尤其对感性特征最为鲜明音乐艺术而言则更应如此。由此，笔者总结了音乐事件所应具备的五种特性（音乐事件性特征），即时间性（运动性）、在场性（此刻性）、独性（溢出性）、不在场性（虚性）和延续性，并将音乐审美性贯穿其中，以进一步丰满音乐事件的理论体系，为音乐事件性批评提供基础。

（一）音乐作为事件的时间性

苏珊·朗格说："音乐中的时间既不是一去不复返的历书时间，也不是通过计算来测定的过程性的时间；它与物理时间不同，是一种主观、内在的时间，是一种'生命的、经验的时间表象'。"[7]128 "事件性概念因而被提出，即意味着在同一现成事物上，个体间意义的交

---

①《4分33秒》首演于1952年，共三个乐章，该作品乐谱上没有任何音符，唯一标明的要求就是"Tacet"（沉默）代表了凯奇一个重要的音乐哲学观点：音乐的最基本元素不是演奏，而是聆听。

集",[8]事件的组成及其过程,离不开主体间的运动、沟通和讯息的传达,事件性的生命意义则在于时间之中的运动,故此,就音乐本质而言,时间性则应成为其事件性的首要特征。

音乐运动的时间性不仅显现于其本身的内部运动,也凸显于音乐事件链中事件项的交互。当贝多芬《第五交响曲》奏响时,音乐从第一乐章冷酷、有力的三连音发出,经过命运主题的多次变化和融合直至第四乐章的辉煌、凯旋的号角吹响,音符交响性的流动在区域时间内形成了一次生命事件的发生。而另一事件则显露出事件项之间的运动(时间)关联:1979年奥地利音乐家卡拉扬携柏林爱乐乐团首次访华时,音乐会首先演奏的是具有悲情和孤独气息的勃拉姆斯《c小调第一交响曲》,而这样的选择在一定意义上与演出前一天乐团中两名乐手从飞机舷梯上摔伤有关。看似不同的两个事件的相遇,却形成了音乐会事件发生的潜在动因,突发的事故与音乐的选择也成为整体事件的两个微分事件项。

黑格尔说:"音乐的变化并不是每一次都恰恰代表某一情感、观念、思想或个别形象的变化,而只是一种音乐的向前运动。"[9]由此可以说,每一次看似相同的音乐运动却代表了不同的事件性含义,在时间中音乐不只是音乐,而是"音乐+",音乐事件揭示了音乐新的生命生成,音乐事件的发生也必然是音乐自身及其外部事物共同的发生。

德勒兹称事件的时间性为"恒(éternité)",在其阐述中则表达了一种生命感的运动表象。即便是一部看似沉闷的音乐作品也同样表达着鲜明的生命性特征。印象派音乐家拉威尔的《波莱罗》,运用看似枯燥的同质性音乐节奏,却展示出了不同力度和音色的奇异发展。拉威尔在相同的运动频率中将作品的力度从极弱变化到极强,将音色从极简演化为极丰富,完满地展示了音乐的生命生长,直至最后,作品才生成一种震撼的生命感。对于《波莱罗》而言,其显现的音乐事件更像是一粒种子生长的全过程，即使其很难表达出犹如贝多芬音乐的语义化成分，但对于拉威尔而言却是一次其与观众共同的生命旅行。

音乐的生命感在于情感的时间性的流动，可以说在任何艺术中如何以一种富有戏剧性的、永恒的运动形态来展现艺术的事件性已是众多艺术家自觉追求的终极目标。

（二）音乐作为事件的独性

事件性在涵盖现实物的基础上，事件主体的运动关联使时间维度进入了现实物的物性之中，让事实性增加了不确定性。也正是这种不确定性，推动了事物的差异化发展，这也是组成多元世界的内在动因。德勒兹和巴迪欧等人认为这种不确定性则彰显了事件性的另一种特征——"独性（singulier）"也称为溢出性。所谓独性则是指事件具有不可被同化的个性，是对世界普遍性网络的偶然地撕裂和冲撞，是在大量重复中的异化和溢出，独性促使世界进行新的整理和重塑。事件独性的呈现则会进一步迫使人们洞见那些被遮蔽、被压制、被忽略的原本存在。

在独性视角下，音乐则更加显现为一种世界的独特组成，一种精神与物的独特存在。音乐的生成是从本无实在意义的声音对象逐步演变成由主体参与的符号集合以及由数和物理实体（声波）组成的真实存在。然而在音乐的认知进程中，往往伴随着事件的独性（偶发性）以至音乐的本真最终获得敞开。《吕氏春秋·古乐篇》曾记载："昔黄帝令伶伦作为律。伶伦自大夏之西，乃之阮隃之阴，取竹于嶰溪之谷，以生空窍厚钧者，断两节间，其长三寸九分，而吹之以为黄钟之宫，吹曰舍少。次制十二筒，以之阮隃之下，听凤皇之鸣，以别十二律。"[10]伶伦在履职途中与富有乐性之物偶遇，存在于自然物中的音响经过人的参与，由自然音响变成了人的审美符号并赋之以数的规律。虽然上古传说仍有臆造之嫌，但这俨然也显现出了音乐作为事件的独性特征。

巴迪欧曾说，世界的每一个个体都彼此相异、彼此互为对象，每一次相遇之时则显现为事件的发生，这种相遇具有不可预测性和无序性。华东师范大学刘阳教授也曾谈道："只有当对规范的偏离被读者当成一个事件进入，并由此打开后者的感觉与意义的新空间之后，它才是文学事件。"[11]因此，独性的另外一面则是在规范的、重复的事物运动中显现的异化和个性。20世纪初奥地利作曲家勋伯格深受瓦格纳"半音体系"的影响，在传统的古典音乐视野下，创造出"十二音体系"，开创了现代无调音乐的先河，打破了以往具有浓郁调性色彩和旋律风格的传统音乐呈现形式，这无疑也是典型的音乐事件。勋伯格音乐事件的发生给予世人固有理念当头一棒，打碎了传统音乐规范的桎梏，自此音乐则呈现出了不断开放的姿态。

（三）音乐作为事件的不在场性

海德格尔的存在论摆脱了旧形而上学二元对立的追问方式，转向于"此在——世界"的万物一体观，他对世界的观照呈现出了多维和立体的交感。海德格尔的贡献之一则是将事物的不在场性揭示出来，给予世人除了由现实物到抽象概念纵向追问以外的又一可能。在事件理论视角下，不在场性显现在人与现实物的因果关联中，而这种关联是不能被直观发现的，需要借助认识的逻辑思维和经验感知予以揭示，德勒兹称之为"虚（incorporel）"，"虚性"也是事件区别于一般现实物的最大差异性之一。

"虚"的概念在中国哲学中早已显现，老庄认为虚比真实更真实，是一切真实的原因和基础，并进一步提出了"大音希声"的音乐审美范畴，揭示了音乐虚性的意义，如以当代事件理论出发，中国道家的虚则可以归纳为事件发生的因。在西方艺术领域，苏珊·朗格也提到虚的概念，称艺术的抽象性为"虚象"，她说："抽象就是断绝某物与现实的一切联系，与自然脱离，……抽象方法实施后，抽象物仍然呈现为一个具体的形式，然而他的一切方面：形象、轮廓、节奏、色彩、运动……都比未经抽象的自然物包含了更多的内容与意味。"[7]55 虽然朗格对虚象的观照更多是现实物抽象的虚（理念的虚），但在其言语中已经包含了现实物以外的经验与感觉等意识的虚，在一定意义上讲其已经跨越到了海德格尔的存在论视角，对事件理论的"不在场性"有着十分重要的借鉴意义。值得注意的是，中国哲学所言的虚，既包括现实物的虚也包括现实物隐藏的虚，这其实也已经与当代事件理论的不在场性不谋而合。当小便器放在卫生间里它显然不是一个事件，而当杜尚将其放在展厅里，它便是一个事件；当行为艺术家阿布拉莫维奇独自坐在家里，它显然不是一个事件，而当她以自身之躯曝光在众人目光之下，它便是一个事件。一个现实物或一个事实要想成为真正的事件，它必须具有超越"可见"的力量。音乐作为事件，在其现实表象下也隐藏着丰富的不在场的力量。

在时空关系中，音乐往往被认为是时间的艺术，而虚也建立在时间之中。当听到巴伦博伊姆指挥的斯美塔纳的《伏尔塔瓦河》时，由长笛和单簧管分别奏出的波动音型使我们恍若看到了伏尔塔瓦河两条支流的竞相流淌，其由弱渐强的力度表现，又让我们看到了河流的纵向空间，而斯美塔纳本人也确实在运用这些音乐织体表现他心中的景象。此时音乐事件的发生则不再是耳畔单纯音响的奏鸣，而是融汇了传受主体间丰富想象的绽放。同时，我们不能忽视的是这首作品所处的革命时代，因此该曲无疑也融入了作者对祖国的热爱和革命的激情。一场《伏尔塔瓦河》的聆听事件，揭示了音乐事件背后隐藏的丰富"事实""音乐+"的事件空间共同浇筑了此刻的《伏尔塔瓦河》。

另一则事例则是科波拉导演的电影《现代启示录》，美军的飞机编队缓缓地从海面飞到越南战场，飞机上播放的瓦格纳歌剧《女武神》的音乐威武而气派，烘托出了浓烈的战争氛围，然而导演选用此曲的深意却在于：以德国纳粹的专用音乐①来影射美军的侵略恶行，此刻的音乐已不是瓦格纳的神话主题而是被赋予了强大的艺术讽刺，使得这种不在场的力量高于了音乐本身。

因此我们发现，音乐事件的虚性始终在于使音乐不在场的过去重新出场。

（四）音乐作为事件的在场性

对于海德格尔而言，在场性便是存在者向存在的融入状态，是隐藏着的不在场事物的敞开（去蔽），也可以指涉现实物此刻的存在。而往前追述，黑格尔所谓"本有"概念亦与事件的在场性有所交叉：本有用以指涉现实与潜能、形式与内容的统一，是理念现实化和具体化的过程。[4]30 在胡塞尔晚期现象学中有过这样的描述：事件出现在灵动场域内的交互主体之间的周围世界中，世界如何在先验主体构造中生成（即发生问题）遂成为现象学的重要课题，由此，事件具有了"活的当下"。[3]6 因此，事件的在场性本质上是事件发生的此刻和异于其他时刻的"独性"，在这层意义上，事件的在场性存在于事件主体之间的每次交互和影响之中。

音乐相比于其他艺术而言其更加显现为在场性，在一定意义上音乐的在场才是音乐的本真状态，才是音乐审美的重要时刻。音乐的在场性显现于主体参与的每一次音乐事件的发生之中并凸显为一种唯一性和不确定性。

以媒介视角出发来审视音乐事件的在场性，其在场的维度则一直

---

① 德国作曲家威廉·理查德·瓦格纳（Wilhelm Richard Wagner，1813—1883）具有反犹太主义思想，创作的歌剧多数是赞颂德国的英雄史诗，在二战中，其音乐成为纳粹首领希特勒极力推崇的范本。

处于不断变化之中。在口语媒介时期，音乐的发生是纯粹主体之间直接的参与，可以说每一次音乐事件的发生都能显现其鲜明的在场性特征，是无遮蔽的音乐的本真状态；记谱法和纸张媒介的出现使得音乐以乐谱的形式存在，令音乐得以复现的同时乐谱的工具局限性则十分凸显：乐谱本质上是音乐元素的物化显现，是音乐数的结构的呈示，因此其丢失了绝大部分由表演主体所产生的情感关系和音乐细节。当表演者对照乐谱进行演奏或演唱时，实际上已经丧失了音乐在创作者手中原始的澄明的在场；录音和声像技术是对音乐记录手段质的飞跃，凸显了现代科技努力驻留音乐在场的意图，但由于记录视角的局限和技术失真，仍然不能完全还原音乐真正的原始在场。

但在另一个角度说，无论何种媒介都会使得音乐一次又一次地发生而产生独性的"此刻"，因为音乐事件的每一次发生，音乐的表演主体和接受主体以及事件环境都必然发生变化，于是音乐从原始的在场纵向地穿越到此刻新的在场。

维也纳新年音乐会有一个传统：音乐会最后一首曲目都会演奏老约翰·施特劳斯的《拉德茨基进行曲》，然而每年的观众也会乐此不疲地瞩目于该曲目的上演，因为每一个指挥家和乐队都会凸显出这首作品此刻强烈的主体意志：或欣喜，或悲壮，或温柔，或滑稽；2002年的国产电影《无间道》，男主角刘健明和陈永仁在音响店邂逅时共同听赏了经典歌曲《被遗忘的时光》，此刻音乐与人物的心境重新捆绑，仿佛在固守两人心中那份平和和克制，回望了两人内心最终期盼的那份宁静，此刻音乐的在场完全有别于此曲在1979年创作之初的在场。不同的情感处理、不同的传受主体以及不同的事件环境，即使相同的音乐也被赋予了新的事件意义的敞开。

（五）音乐作为事件的延续性

巴迪欧的事件概念来源于其对政治事件的解读，尤其对革命事件的发生有着深刻的反思，他认为：只有事件才能在凝固的意识形态的结晶体上产生裂痕，让那遮蔽人们双眼的意识形态的帷幔撕开一道裂缝，从那道裂缝里，真实的不可还原为观点唯物主义的内核将从中涌出，这就是事件，一个无法被任何意识形态和观念论所消化的事件。[12]巴迪欧的事件观将事件的发生归纳为一个不可融合、与前一事物呈现阻隔的状态，凸显出一种断裂性和偶然性。福柯也认为：事件是作为"事件化"的结果而出现的，"事件化"出现在知识型的断裂中，在已有知识的层面上无法解释一个新出现的历史拐点，这就需要以一种全新的知识型去进行这项任务，于是"事件"的生成造成了历史理解的断裂。[13]其实，在现实社会中我们并不能把这种断裂等同于毫无根据的相异性，即在旧事物、旧观念的基础上产生毫无联系的新事物和新观念，其在一定程度上事件必然保持着前一事物状态的延续性。也由于事件具有时间性，因此其也必然处在历史发展之中，能够被描述和被赋予逻辑。在伊戈尔顿对文学事件理论的构建中也逐步摒弃了巴迪欧的必然偶发和断裂的事件观，他认为："文学事件性体现在形式之转化为内容（或内容之转化为形式）的特定阶段，因此，'事件'是生成的，但又不是孤立、偶然的发生，而是文学作品文本实践的阶段、存在和表征。"[14]在海登·怀特构建的历史事件观中"事件是历史构成的基本单位，其不仅必须被记录在最初发生的编年框架内，还必须被叙述，也就是说，要被展现的有一个结构，有一种意义顺序"[6]72。由此，我们可以说事件不应是孤立的对象客体，而是事件项之间、主体之间的呼应和往复的过程，是一种向前或向后转化的、相互关联的动态情境。

音乐在听视觉符号的传播转化中，乐谱的诞生则产生了绝对的音乐事件化效应：视觉符号形式代替了以往的音响符号形式，在一定意义上讲可以视作为音乐形态的断裂，但其传播内容和意义仍然没有脱离音乐的本质，在音乐解码和译码的过程中必然形成了音乐的延续。正如鲍曼和德勒兹所认为的：事件的发生一定具有结构的延续性，是事物向另一方向转化时内在矛盾的自我解决和自我再生产，是一种不断完善的生命过程。

1866年，奥地利帝国在普奥战争中惨败，首都维也纳的民众都处在悲闷的情绪中，为提振士气小约翰·施特劳斯创作了一首合唱曲《蓝色多瑙河》，而在首演时并未达到预期效果，然而在半年后，施特劳斯将其改编成富有力量和活力的管弦乐作品瞬间引起了民众的强烈反响，乃至此后被誉为奥地利的第二国歌。该曲前后的旋律和音乐结构基本一致，而唯一改变的只有音色（由人声变成器乐），却产生了鲜明的事件效应。这无疑也呈现出了巴迪欧等人所说的偶然性和断裂性（主体音色的断裂、事件时空的断裂），然而事件本身却发生了结构和意义的延续。在原事件项中融入的新的元素干扰了事件链中的其他子项，最终致使整个事件的发展呈现逆转。因此，我们可以说在音乐事件之中断裂性和延续性并存。

结　语

事件理论具有极大的理论张力和创造力，是动态观照世界的又一景观，它将事物的发展置于历史的思绪中，放眼宇宙，俯视万物，既观照到了事件的物性本身，也观照到了参与事件的主体状态，同时也将一切与事件发生联系的子事件（事件项）囊括其中。虽然事件论的视角在先前众哲中已有过铺垫，但囿于人们固有的认识视角而从未被全面地揭开和阐明，以巴迪欧、德勒兹等为代表的哲人则在审视政治变迁和社会发展的运思中逐渐厘清和提炼"事件"的内涵成为事件理论的先声。在我国以蓝江、刘阳、夏莹为代表的学者将事件哲学引向了社会学和文学领域，以高建平、周宪、卢文超为代表的学者则又将事件论融入了艺术视野，这本身就是一个有着鲜明事件性的"事件"。

"音乐事件理论"则是事件哲学理论张力和创造力的具体体现。音乐与"事件"仿佛具有天生的融合力，在"音乐+事件"的深入观照中音乐的发生与事件本身展现出了极大的契合性，以至于音乐事件的运思进行得如此怡顺，这更加说明了"音乐即事件"。音乐事件性的理论观照既避免了只将音乐视为文本的客观主义倾向，也避免了将其视为活动的主观主义倾向。[15]音乐事件理论是音乐本身及其发展的一面镜子，它让我们从传统的思维藩篱中再一次抽离出来，给予了世人重新审视音乐存在与发生的机会。

参考文献：

[1]田耀农.中国传统音乐理论述要[M].北京：人民音乐出版社，2014.

[2]张前.音乐美学教程[M].上海：上海音乐出版社，2014.

[3]高宣扬.论巴迪欧的"事件哲学"[J].新疆师范大学学报（哲学社会科学版），2014，35（04）.

[4]孙琳.事件哲学的当代发展及其理论得失[J].哲学动态，2021（12）.

[5]蓝江.从事件本体论到事件现象学——巴迪欧的《存在与事件》和《世界的逻辑》之间的事件哲学[J].黑龙江社会科学，2019（06）.

[6]杨一博.艺术社会学"作品向事件还原"方法论缺陷及矫正方案——兼论叙事主义历史哲学中作品与事件的关系[J].艺术评论，

2019（10）.

［7］苏珊·朗格.情感与形式［M］.刘大基，傅志强，周发祥译.北京：中国社会科学出版社，1986.

［8］吴允通.解释学视野中的事件性概念［J］.理论界，2022（02）.

［9］黑格尔.美学（第3卷上）［M］.朱光潜译.北京：北京大学出版社，2017.

［10］金文达.中国古代音乐史［M］.北京：人民音乐出版社，2007.

［11］刘阳."文学事件"的缘起、命名、对证与跨语境回应［J］.学习与探索，2022（02）.

［12］蓝江.巴迪欧的事件哲学［J］.法国哲学研究，2020（00）.

［13］阿兰·巴迪欧的"事件哲学"［EB/OL］.（2017-07-06）［2022-08-20］.https://www.jianshu.com/p/fe8adcbb3494.

［14］邢建昌.理论与文学的相互生成——读特里·伊格尔顿《文学事件》［J］.河北师范大学学报（哲学社会科学版），2022，45（01）.

［15］卢文超.从艺术社会学到新艺术社会学——提亚·德诺拉音乐思想的转变［J］.文艺研究，2018（12）.

承前启后　赓续华章　协同共进　文化共融
——评"百花迎春"中国文学艺术界2024春节大联欢

中华文明源远流长，融聚了众多优秀文化，其中"诗、歌、舞、乐"等文艺形式作为人类最为原始、纯粹和直白的情感载体，往往也承载着文化传承和共融的艰巨使命。在2023年10月召开的全国宣传思想文化工作会议上，"传承精神"和"共同体意识"则作为了重要关键词。"百花迎春——中国文学艺术界春节大联欢"自2003年创办以来，至今已举办22届，始终彰显着中国文艺的新气象。"赓续传承，文化共融"的文艺气象则在本次联欢活动中展现得淋漓尽致。

"花"作为历届大联欢的文化符号始终蕴含着丰富意涵，譬如花的多彩争鸣、花的无限希望、花的留芳送赏等，"花"在某种意义上也成为文艺工作者的代名词。中国文学艺术界2024春节大联欢仍以花为标识，以"龙腾万里，百花迎春"为主题，共分为文明之花、青春之花、时代之花三个篇章，将各文艺门类的精粹以壮观的视听图景展现在观众面前，以"花"为线索贯穿始终，彰显了文艺之花赓续与共融的宏大愿景。

承前启后，赓续华章。文艺事业的传承需要文艺人才和文化精神的传承，本次联欢，最鲜明的特点则是将节目主旨融进"赓续传承"的宏大隐喻之中。在本次节目的设计中，组织者有意将老中青三代的组合形式特别突显，从主持人团队到多个演绎环节，无不彰显于此，并遍布始终。譬如，非遗歌舞《龙行天下》则由歌坛老将携手众多新生代青年团体共同表演，既隐喻了文化传承，又彰显了朋辈偕同；《歌曲联唱》、相声《文联送对联》、歌曲《掌声响起来》《梦想之城》等节目亦是由老艺术家阎维文、刘秉义、李明启、冯巩、于淑珍、杨洪基、王馥荔、牛犇、吕其明等与众多中青年演员共同携手。尤其令人难忘的是，节目组特意以三次送福为契机，将三幅"百花图"以极具岁月感的新老组合形式呈现在舞台中央：九十三岁的美术家常沙娜携青年演员唐嫣送出"敦煌壁画百花图"、九十六岁的表演艺术家田华携青年演员吴磊送出"初心盛放百花图"、九十岁的文学家王蒙携迪丽热巴送出"'一带一路'百花图"，三次送福架起了整场晚会的三次高潮。三位老先生掷地有声的发言仿佛瞬息间凝结了空气，不由使人屏息，那种精神的提振无法比拟。老艺术家坚定的嘱托、健朗的身躯以及矍铄的精神与青年一辈的蓬勃气息产生了绝妙的碰撞，让人们看到了祖国文艺事业的无限希望和人才事业的生生不息。正如从事革命文艺八十多年的田华老先生讲的那样："只要心不老，就要把革命故事讲给一代又一代人听，把中国精神代代相传。"节目组巧妙地构画了新老偕同、文脉赓续的美好图景，不仅是对老一辈文艺人的精神慰藉，也为文艺新人树起了前进的丰碑，同时也彰显了祖国文化事业发展的强大力量。

协同共进，文化共融。中华民族共同体意识的构建离不开文化的协同和共融，正如费孝通先生"美美与共，天下大同"的文化愿景一样，中国文化更需要达到全国各民族、各地域的精神共在和水乳交融。中国文联作为党和政府联系文艺界的重要桥梁和纽带其所举办春节大联欢，不仅要汇聚我国的文艺精品也要彰显我国的文化精神，同时还要展现出协同共融的文艺面貌。不难看出，本次盛会也在此方面做出了巨大努力，其不仅打破了时空的疆界，让历史与现实穿梭，同时也扩展了众多文艺形式的融合路径，实现了文艺交汇、协同共赏的新局面。

正如前述，晚会用以新偕老、以老带新的暖人设计，呈现出了强大的岁月穿梭之感，并在年龄差之中融进了"艺术之差（跨界之美）"。诸如，《红色组曲》中将新老影视演员和歌唱演员混搭展现了革命文艺精神的代代传承；歌曲《掌声响起来》则融合了多个年龄层次的歌唱家、曲艺家、评论家、书法家，展现了文艺一家亲的和美画面。晚会独特的空间设计，不仅包含了现实空间和虚拟空间的融合，也展现了民族和地域的协同共融。晚会以舞台为主要呈示画面，同时也运用了现代影视技术将视听画面以电影形式呈现于众，如在影视组曲《光影画卷》中，将《志愿军》《人世间》等影视情节与现场画面协同共在，使观众沉浸其中；在节目展播中还运用镜头剪切的形式将现场不同维度的视角进行拼接，力求实现观众完满的观赏体验。此外，晚会还调用了四个外景分会场的演播画面，将其穿插其中，美轮美奂，在歌舞的韵律中展现了祖国不同地域的精彩年景。值得注意的是，在《唱响幸福歌》的歌曲联唱等节目中，除了异美纷呈的歌舞编排之外，还特地将祖国多个地域和民族的演员融聚一起，共同唱响了中华民族共同体的最强音。

此次晚会文化融合的设计理路，不仅表现在文艺形式的融合，还显现于内容材料的互鉴和贯通，呈现出了多元文化间"你中有我、我中有你"的盛世华章。如创意节目《诗仙》以文学做底，以音乐做衬，将朗诵、舞蹈、演唱、戏剧等多种艺术相互融合，映射出了艺术间的耦合效应；再如，器乐与杂技节目《忆江南》，民乐大师方锦龙携琵琶与青年杂技（舞蹈）演员"共舞"，在杂技的惊险与柔美之中渗透着优雅与不惊，琵琶作为我国古代丝绸之路上的经典乐器与江南舞韵琴瑟和鸣，在某种意义上也彰显了中国文化海纳百川的博大品格。

纵观中国文学艺术界 2024 春节大联欢，仿佛一幅精美的画卷又似一篇壮阔的诗文。在"起、承、转、合"中赓续千载，纵横万里，既展现了中华文化深厚的精神底蕴,也彰显了现代与历史的互鉴与交融,站在历史的新起点,仰望未来回首过去,在传承与共融之中实现了民族情感的回溯。晚会将"花"喻人,在曼妙生动的宏大隐喻中,文艺之花(文艺工作者)始终不忘初心、牢记使命。正如晚会尾章的编排一样:我们朝着党和国家指引的方向(向着光)"向中华文明问好",在文艺人组成的百花大军中引领着文艺事业大步前行(百花引),努力创作和传播人民满意的作品赢得群众的欢声(掌声响起来),牢记"文艺为人民"的根本宗旨"到人民中去"。

(原载:2024年中国文艺志愿者协会官方公众号,中国文艺网等)

永远不要放弃批判的立场！

王志亮

　　王志亮，哲学博士、副教授、硕士研究生导师，先后于四川美术学院、中国人民大学获得学士、硕士和博士学位。2012年赴美国匹兹堡大学建筑与艺术史系进行访学，现任职于河北大学艺术学院艺术学理论系。他的主要研究方向为现当代艺术史、艺术批评，以及20世纪80年代中国当代美术史，先后在《文艺研究》《美术研究》《美术观察》《画刊》等多本刊物发表论文数十篇；出版专著两部，《话语与运动：20世纪80年代美术史的两个关键词》（上海书画出版社，2019年），《大众、体制、参与——前卫理论的范式转向》（人民美术出版社，2022年）；主持国家社科基金青年项目"前卫美学的范式转向（1938—2012）"、国家社科基金后期资助项目"艺术批评的后现代与全球化问题研究"，教育部人文社科青年项目与河北省社会科学基金项目主持人；曾获得河北省社会科学优秀成果二、三等奖各1项，河北省文艺评论奖一等奖2项。

当代艺术批评的现状与反思

当代艺术批评的阵地本属于艺术体制的第三空间。这个空间的本质是批评家们临时的、虚拟的集合。如今,这个空间已经萎缩,几近消失。

所谓第三空间,是相对于艺术机构和艺术媒体而言。艺术机构及其从业者构成第一空间,即实体空间。艺术媒体及其从业者构成第二空间,即传媒空间。而艺术批评,则是与第一、第二空间交叉存在的一个临时的、虚拟的集合。

为什么说它是临时的、虚拟的集合?因为批评家本身就是一个临时的、虚拟的称谓。这个称谓是由艺术体制制造出来。参与主体往往自称,或者被媒体、机构称为批评家。在人人都可以是艺术家的时代,人人都可以成为批评家。批评家在社会中另有正式职业,从来不以批评糊口。

当代艺术界,我们为什么需要这样一个临时的、虚拟的第三空间?如果艺术批评被认为"对艺术世界中的艺术现象,特别是艺术品的意义和价值的分析、阐释和评判"。那么,中国当代艺术绝不缺少现象分析和阐释性的文字,而是缺少评判性的文字。所谓批评失语,主要是指后者。

中国当代艺术批评遇到了问题。问题的关键依然是康德两百多年前提出的如何"公开运用自己的理性"。

在《什么是启蒙》中，康德为我们勾勒出公共领域的基本模型，其也是当代艺术批评依存的"第三空间"。这个空间的基本属性便是参与者可以"公开运用自己的理性"。因此，当代艺术批评的第三空间如此虚弱，恰是那些可以成为批评家的主体"没有勇气"，或者根本"不屑于""公开运用自己的理性"。

什么是"公开运用自己的理性"？很简单，就是从自己的职业职责中跳出来，表达自己的评判意见。当代如此发达的媒体工具，为表达意见提供了充足的通道，但现实是，艺术批评依然短缺。

当代艺术批评的潜在主体与艺术机构、艺术媒体存在重合关系，使得当代批评中基本缺失了"评判性"文字。这样，批评就不再是理性的公开运用，而是"私下运用"——即履行职责。

批评家忽而是策展人，策展人从来不曾对自己旗下的艺术家公开提出批评性意见，因为这与策展职责相悖；批评家忽而是某机构的馆长，馆长从来不曾对自己收藏的作品提出批评性意见，因为这与他的管理职能相悖；批评家忽而是媒体编辑，媒体编辑少有批评性言辞，因为这与杂志的运营方式相悖；批评家忽而是学者，学者极少关心与自己理论无关的艺术作品，因为这与其学术研究方向相悖。

所有这些相悖，让当代艺术批评失去第三空间的属性。工作在各自领域的批评主体不再越出职责之外"公开运用自己的理性"。

最终，批评家们临时、虚拟的集合仅是一个理论假设。

批判电视和电影
——理解录像艺术的两种媒介视角及其当代困境

摘要： 2019年9月，美国当代艺术家马修·巴尼的新作《堡垒》首次在国内展出。在展览空间中，这部作品以最接近影院的配置与中国当代艺术家徐冰的《蜻蜓之眼》形成明显对比。《堡垒》代表着当代录像艺术的极端电影化倾向，而《蜻蜓之眼》则代表着录像艺术对电影的戏仿和体制性批判。后者揭示出录像艺术一直以来存在的两种媒介批判路径——批判电视和电影。美国学者大卫·乔斯利特在有关白南准早期电视装置的研究中，将艺术家批判电视、网络和商品三位一体关系的美学定义为病毒美学。德国批评家鲍里斯·格罗伊斯则通过对比录像装置与电影的关系，提出其批判电影的审美特征——碎片化、不确定性和失控状态。虽然录像艺术因为具有批判电视和电影的潜能，从而显示出激进性的一面，但消极意义也随之而来。因为录像艺术极端依赖美术馆空间，尤其是当代流行的录像装置，其屏幕观感具有不可复制性，这使得录像艺术被困于美术馆空间内，成为极为保守的媒介。

关键词： 病毒美学；媒介；录像装置；多频录像

录像艺术自诞生之日起，便极度依赖电视这一媒介，后来随着技术的发展，又与电影密切关联在一起。如果按照学界的共识，把录像艺术的产生时间标记在20世纪60年代末，那么在录像艺术实践持续进行的半个多世纪中，它无疑经历了从边缘媒介到主流媒介的嬗变。只要我们稍微留意一下当代艺术展中那些星罗棋布的屏幕和投影，便足以证明录像艺术的这一发展过程。伴随这一个过程，相关录像艺术的理论文本也逐渐增多，这些文本多从三个方面来展开讨论，一是更多关注录像艺术的技术，二是谈论录像作品的内容，三是聚焦录像的媒介功能。这三个方面虽然在实际的理论文本中经常重叠交叉，但又显示出不同的侧重点。本文论及的相关理论，主要与第三方面的一个问题相关，即从媒介角度讨论录像与电视、电影的批判关系。这一问题的提出，既基于录像艺术自身携带的媒介基因，又源自当下艺术展览中的观展困惑。2019年马修·巴尼展示了新作《堡垒》，这应是艺术家所有作品中最电影化的一部录像，该作品结构清晰，叙事完整，寓意明确。恰恰是这样一部电影，以展览的形式在美术馆空间中展出，为了达到电影效果，展出空间的配置也被完全影院化了。而几乎同一时间展出的徐冰的《蜻蜓之眼》，则显示出与《堡垒》完全不同的观看体验和创作意识。恰是从《堡垒》和《蜻蜓之眼》的比较出发，我们得以再次讨论录像艺术与电视、电影之间的关系，以及录像艺术在当代艺术体制中所遭遇的悖论。

一、美术馆成为影院，录像艺术成为电影

马修·巴尼的《堡垒》不再激进，或者说可以称之为平庸，主要基于笔者对这部录像的制作方式、展示空间的配置和传播渠道的认

识——这些方面可被视为体制性的，而非局限于对作品内容本身的分析。《堡垒》是当代录像艺术趋向电影的极端体现——录像成为电影，美术馆则成为影院。当观众走进展厅，进入放映《堡垒》的黑房间后，直接面对的便是作品内容本身的电影化。一方面是类似BBC纪录片的高清自然风光，另一方面是类似一般院线电影的完整叙事结构。观众甚至很容易将影片中的主要内容概括为现代舞、狩猎和铜版制作工艺三部分。这部录像作品已无马修·巴尼前期作品中天马行空的想象力，片中女性猎人和两位随从的身份，如果失去展览的导览词，观众很难将她们与西方的狩猎女神联系起来，更没有办法联想到与保护自然环境相关的"美国堡垒运动"。在作品内容的电影化之外，展览空间本身也被影院化。展览空间被划分为观影区与展览区，展出的绘画和装置则对应影院中的衍生品展柜。马修·巴尼在《堡垒》这部录像中详细记录了展厅中铜版雕刻的制作过程，观众穿梭于放映厅和展厅两个空间，既可以一睹影片中铜版雕刻的原作，又可以借助影片一窥铜版雕刻的复杂制作过程。而这些铜版雕刻，更像是展厅中待售的商品。展厅中《堡垒》的观影区，被安排得非常舒适，策划方尽最大努力将观影厅还原为一个真实的放映厅，观众在规定时间安然落座，等待电影开始。影片的放映时间也按照院线模式，分时段放映，而不是一般展览中的录像艺术，被无限循环。

与马修·巴尼《堡垒》的完全电影化形成对比，在今日美术馆开幕的"世界图像：徐冰《蜻蜓之眼》"则显示出相反的面相。如果说马修·巴尼通过《堡垒》，全然把自己的创作电影化了，那么徐冰则通过《蜻蜓之眼》来批判电影。这部影片至今无法在院线上映，美术馆和各大电影节则成为它的庇护所。也许正是因为影片无法公映，观众才在今日美术馆看到了一件超真实的影院装置——"蜻蜓影院"。这种"超真实"实际是戏仿，当观众推开放映厅的门，看到的却是一部不像电影的电影。展厅里戏仿的放映厅，不过是在告诉所有观众，《蜻蜓之眼》本身并非一部真正电影的事实。而《堡垒》的放映厅，看似如同一般录像艺术的黑房间，但观众坐在里面，却是在观看一部彻彻底底的电影。尽管《蜻蜓之眼》有着诸多社会针对性，例如提示观众无处不在的监控视频和个人隐私问题，但是电影本身才是它的首要批判对象。正如今日美术馆展览的一份《预告片分镜头剧本》档案所示，艺术家非常自觉地告诉观众，《蜻蜓之眼》是全球首部没有摄影师，没有演员的剧情片，并且所有录像片段都是已公开的监控视频。这些信息都在向我们宣称，这不是一部"一般"的电影，而是批判电影的电影。艺术家在取消摄影师，取消演员，完全采用现成低清晰度图像等方面，构成对整个电影体制的批判。

反观马修·巴尼的《堡垒》，高清投影，完整的叙事结构，舒适的观影环境，无论在哪一方面，都迎合了观众对一般电影的预期。当然，我们在用何为一部电影的标准来衡量《堡垒》和《蜻蜓之眼》时，实际已经暗含了某种价值判断，这里的基本依据是，假如美术馆中的录像完全成为电影，首先它会让美术馆这个空间本身失去存在意义；其次录像艺术也会失去自身媒介特有的激进性；最后在传播过程中，录像将不得不落入"艺术家—美术馆—藏家"这一自我封闭的回路。

有关上述两部影片的外部比较，早在录像艺术产生之初，便已经存在相关理论辨析，这些理论话语早已提示出，无论录像艺术有多少现实指涉，媒介批判是其主要功能之一。录像艺术在产生之初，便制造出与电视、电影两种媒介之间的张力关系。换句话说，录像艺术一经产生，其姿态便是激进的，这并不仅仅因为艺术家采用了最新的图像制造媒介，更重要的是，他们对这类媒介的应用是反日常的，即不同于媒介在日常生活中被应用的方式。我们可以将录像艺术的这类激进姿态称之为"录像批判电视"和"录像批判电影",当然也有理论家将后者称之为"另一种电影""艺术家的电影"和"展览电影"。①在新世纪的西方艺术批评界,学者们也充分意识到了录像艺术的两条发展路径,并深化了相关理论分析,其中一条路径是将录像艺术与电视相比较,另一条路径是将录像艺术与电影相比较。

二、病毒美学:录像批判电视及其网络

继摄影术发明之后,录像紧接着成为最先进的艺术生产力,后来网络的普及更是进一步拓宽了录像艺术的传播渠道。最先享受网络福利的机器是电视,而非电影。电视可以通过网络,将录像传递到私人的室内空间,所以电视的普及远快于电影。正是因为此,录像艺术一经出现,便摆出了批判电视的姿态:"录像艺术和广播电视之间的关系是最特别的,因为许多艺术家是站在反对电视的角度开始录像艺术创作的,他们希望通过这种艺术实践改变电视,或者说挑战电视在受众中的文化刻板印象及其所呈现出来的表象特征。②在米-安德鲁斯建构的录像艺术史中,每一阶段录像艺术家的实践都隐含着对电视和电影媒介本身的批判。按照他的论述,我们可以看到,西方录像艺术的发展史,很大程度上可以归结为艺术家如何使用视频批判电视和电影的历史,只有建立在这个基础上,才能进一步谈及视频内容的隐含意义。但是,在整个阐述过程中,米-安德鲁斯以一个艺术家的身份,更关注艺术家制作视频的技术演进,而对电视和电影作为媒介的展示

---

① 董冰峰:《另一种"电影"》,《当代艺术与投资》2010年第4期,第4页。
② 克里斯·米-安德鲁斯:《录像艺术史》,曹恺中、刘亭、张净雨译,中国画报出版社,2018,第2页。

和传播特质,以及录像艺术如何批判了这些特质,都没有做出详细分析。

区别于书写一部纯录像艺术历史的目的,美国批评家大卫·乔斯利特①从更为理论化的角度阐释出电视依托网络构成的商品逻辑,并且以病毒美学为名,总结了录像艺术在产生之初批判电视的策略。乔斯利特的病毒美学建立在对白南准早期录像作品的分析之上。他认为,白南准为了纠正电视网络的单向交流策略,采取了一种解构性的方式,即制造某种破坏程序来扰乱电视图像,如作品《电子歌剧一号》(1969)。这件作品是波士顿公共广播电视台与白南准合作的一个项目。1969年3月23日晚上,该作品通过电视台播出,波士顿地区的观众如果打开电视,将会看到电视出现一些匪夷所思的图像,如霓虹灯般的旋转图像不断扩散,浮现出幽灵般的人物形象,紧接着尼克松的面孔图像慢慢旋转变形。作品还伴随一个男性声音不断在说:"闭上你的眼睛,睁开你的眼睛,闭上你眼睛的四分之三,最后关闭电视机。"②面对白南准的这件作品,乔斯利特认为:"这一对多样化和扭曲的手段体现出了文化理论家格雷戈里·贝特森在其1969年的论文《认识论的病理学研究》中所称的'走向失控的……自我纠正',而我则称之为病毒美学。"③很明显,病毒美学是一个比喻,用来形容电视图像被感染后出现的异常状态,这些图像会让观众不知所措,而且破坏电视的正常功能。乔斯利特接着说:"白南准的美学或许可以被称为病毒性的,因为它具备病毒的特征,一是失控的繁殖(就像在他的那些装置里),二是寄生性(比如去截获那些正常的广播信号)。"④白南准后来制作

---

① 大卫·乔斯利特(David Joselit):美国艺术史家,曾任教于耶鲁大学,现为哈佛大学艺术、电影和视觉研究系教授,当代艺术史研究者,《十月》杂志编辑。
② Marina Isgro, Arton Television, 2018, https://www.harvardartmuseums.org/article/art-on-television.
③ 大卫·乔斯利特:《反馈:录像艺术的媒体生态学》,郭娟译,湖南美术出版社,2017,第51页。
④ 同上书,第53页。

的电视装置,正是乔斯利特所说的失控的繁殖。在这类装置里,多个电视屏幕被组装在一起,放映着被扭曲变形的图像,即便是在他后期的电视装置中《塔》(2001年)中,被扭曲的图像依然是作品的主要呈现方式。在白南准手中,电视图像不是叙事性的,而是破碎和片段性的。

病毒美学的表象是扭曲电视屏幕的图形,繁殖这类图像的数量,其本质则是要反击商业电视的商品网络结构。对电视商品网络结构的批判,才是乔斯利特病毒美学的根本,也是他对白南准早期作品的定位。电视一经产生,就具有双重的商品性——自身作为商品,以及其屏幕传递关于其他商品的信息,而且这些信息旨在促进现实中的商品交易。居伊·德波在《景观社会》中将"商品堆积"替代为"景观堆积",乔斯利特则将商品和网络联系在一起。他说,"信息社会的范式是网络",而"消费社会的范式是商品"。这两个判断是乔斯利特评判电视商品属性的基础,所以,他认为商业电视就是一个"封闭的回路,将网络压缩进商品,也将商品压缩进网络"[1],而录像艺术却是可以打破这一封闭回路的武器。

乔斯利特对商业电视的批判性分析主要基于两点,其一是电视网络实际是一个商业性的封闭回路。电视广播机构为电视网络制作节目,节目即是商品,其中包括广告和作为商品的节目本身。节目播出后吸引观众,节目越优秀,吸引的观众越多,广告商投入的资金就越大,节目继续提升质量,吸引越来越多的观众。观众增多,电视销量也随之上升,广播系统的网络也会越发达,这一系列连锁反应构成电视网络的封闭回路。其二是电视通过网络,将作为物的商品转换为图像,掩盖了图像背后实际存在的非物质性网络。电视作为一个方盒子,集

---

[1] 大卫·乔斯利特:《反馈:录像艺术的媒体生态学》,郭娟译,湖南美术出版社,2017,第61页。

商品与网络于一体。电视通过掩盖网络的本来面目——电磁波,让网络消失在商品之中,又通过屏幕中虚拟商品的移动性,让商品消失在网络中。最终,商业电视诉诸观众,让观众变成消费者的同时,也成为商品——观众被转换为数据,被买卖出去。乔斯利特无疑继承了西方马克思主义对商品社会的批判意识,对于他来说,白南准的病毒美学的最大贡献是对电视时代商品流通机制的揭示。在《电子歌剧一号》中,由于病毒入侵(白南准截获电视信号),电视的网络原型和商品的网络基底——脉冲波线——从图像中被还原出来,于是商品被清除了,新的图像得到扩散,电视网络的封闭回路被临时中断。白南准的病毒美学最后转化为病毒式的政治。

制造扭曲的图像,像病毒一样感染电视的正常运作,这只是病毒美学的理想化运行环境。但毕竟这类作品少有机会在电视台播出,在当代更是如此。所以,乔斯利特总结的病毒美学只能在美术馆中以艺术品的形式,象征性地扰乱电视图像。乔斯利特基于这一点,最终将白南准的录像艺术定位于对现成品的推进:"如果白南准充满挑衅的说法是对的,录像是现成品的继承者,那么它是通过消解商品和提名之间的差异——这种差异生成了现成品可以指称的概念背景——而使现成品的传统得以推进。"[①] 白南准之所以能将自己的作品与杜尚进行连接,是因为他看到了电视介入当代艺术创作的两个方面,一方面是电视本身的现成品元素,另一方面是电视传递出的图像。电视作为物和电视屏幕中的图像一起成为白南准后来装置艺术的正反两面,它们同时发挥作用,早期基于电视的录像艺术的激进性也正是体现于此。显然,相比白南准的时代,随着投影技术的不断发展,艺术家已经不需要依赖物质性的屏幕,便可以在展示空间投放大尺寸的录像。这样

[①] 大卫·乔斯利特:《反馈:录像艺术的媒体生态学》,郭娟译,湖南美术出版社,2017,第62页。

一来，电视本身作为现成品的元素逐渐失去吸引力，其中播放的图像开始直接占据美术馆的墙面。这一趋势最直观的体现是，美术馆中的录像逐渐开始向大屏幕投影转移。

三、区别于电影：录像装置的逆反

当代艺术中，电视已经不再是承载录像的唯一媒介，其本身作为对象的媒介性和网络属性逐渐被艺术家们所忽略。随之而来的是，我们在当代展厅中频繁进入无数的黑房间，去看那些以录像艺术的名义进入美术馆的另一种电影。在本文第一部分中，笔者对《堡垒》的批判，直接原因便是它唤起了某种电影感。在当代美术馆中，录像艺术只有将自身区别于电影，才能获得自身的合法性，这也是保证录像艺术得以持续保持激进性的前提。这一判断看似带有某种媒介本质论的特点，但当我们考虑到电视、电影和录像的共同点都是运动的图画这一事实，寻求它们之间的区别便不是现代主义式的媒介纯粹化冲动，而是罗莎琳·克劳斯所谓的"后媒介"方法。后媒介时代不是寻求媒介独一无二的本质，而是找到同一媒介在自我差异化的过程中形成开放、多义的集合体。[①]

批评家鲍里斯·格罗伊斯把这些接近电影又不同于电影的录像称为"录像装置"。格罗伊斯对录像艺术与电影的区分，恰好可以与乔斯利特对录像艺术与电视的研究形成互补，共同构架了录像艺术激进性的两个方面。乔斯利特在界定白南准的电视装置批判电视本身时，

[①] 罗莎琳·克劳斯对媒介的讨论显然不同于她的老师格林伯格，她通过否认媒介存在一个不变的本质，而提出媒介可以归结为一种递归结构（recursive structure）。详见，Rosalind Krauss, *A Voyage on the North Sea: Art in the Age of the Post-medium Condition*（New York: Thames & Hudson, 1999），p.6.

通过将电视理解为与网络、商品构成的三位一体的回路，指认出艺术家采取的病毒美学策略是突破封闭回路的有效方法。这一逻辑也同样存在于格罗伊斯论述录像装置批判电影的过程中。格罗伊斯自有一条叙述电影发展的思路，他认为电影作为媒介，"在其整个历史过程中或多或少针对其他媒介发动了一场批判战"[①]。这场战争被格罗伊斯描述为是一场偶像破坏战，它与宗教无关，但却赞美其他高雅媒介的毁灭。可是，按照格罗伊斯的历史描述，电影的偶像破坏之战虽然胜利，不久后其自身也被变成偶像，成为被破坏的对象，其中美术馆中出现的录像装置，便是艺术家批判电影偶像化的一种手段。简单来说就是作为反叛者的电影，最后变成被反叛的对象。

格罗伊斯进一步需要解决的问题是，如果电影确实被作为批判的偶像，那么这一偶像的特征是什么？我们不难看到，电影与摄影的区别是图画的运动性，但这容易落入类似格林伯格的现代主义媒介纯粹性的陷阱，封闭媒介自身。格罗伊斯当然不是一位现代主义者，他指出了电影存在的深刻矛盾："一方面，电影是对运动的礼赞，这一点是它跟其他所有媒介相比具备的独特优越性；另一方面，它又使观众的身体和精神陷入了一种前所未有的静止状态。"[②] 于是，运动和静止被格罗伊斯指认为电影与生俱来的一对矛盾，运动是电影图像的运动，而静止则是观众身体和精神的被动性，尤其是后者，成为格罗伊斯批判电影的立足点。针对电影带来的观众思维的静止，德勒兹在《电影Ⅱ：时间-影像》一书中早已有过论述，他将电影的这一属性称之为"精神自动装置"。至于"精神自动装置"之于观众思维的影响，德

[①] 鲍里斯·格罗伊斯：《作为艺术手段的偶像破坏：电影中的偶像破坏策略》，《艺术力》，杜可柯、胡新宇译，吉林出版集团，2016，第82页。
[②] 同上书，第88页。

勒兹分别从消极和积极方面给予了详细分析。^①但是，在格罗伊斯的叙述结构中，他只截取了这一概念的否定性方面，把其中涉及的观众比喻为一群被固定的禁欲主义者——观众去看电影的过程，实际是在追忆古代纯粹冥想的禁欲实践。电影中的图像先是变成他们的记忆被储存起来，然后被奉为圣像。^②紧接着，格罗伊斯又提出了禁欲主义沉思的矛盾："现代世界的主流电影体现出了一种被动、老旧的沉思态度，这在以前或许只有在高级形式的生活中才能体现出来，但是在公众的思维里，它却堕落为一种被动的植物状态，耗费在幻想世界里。"^③显然，无论是"精神自动装置""禁欲主义者"还是"被动的植物状态"，这些都在进一步阐释电影观众的被动性，这些观点实际也是在重复居伊·德波《景观社会》中的论点，并没有体现出根本的创新。格罗伊斯的创新点在于，除了那些先锋戏剧和先锋电影实验，出现在美术馆中的录像装置，具有表现并激化电影"运动"和"静止"这对矛盾的作用。

面对电影中图像的运动，观众身体的静止和思维的被动性，要想批判电影，按照格罗伊斯的逻辑，录像装置必须反其道而行之，即让图像静止，观众运动起来。按照当代一般的观展经验，众多美术馆中的录像装置显然志不在此。那么从媒介本体的批判性角度来衡量，无

---

① 德勒兹有关"精神自动装置"的讨论集中在《电影Ⅱ：时间 – 影像》一书的第七章。其中德勒兹认为精神自动装置是"一种强迫思考或在碰撞中思考的共同力量：即一种精神碰撞。"紧接着该定义，他提示出其中蕴含的消极和积极的方面：在一些坏电影中，该装置"可能正沦为政治宣传的模型"，变成"法西斯人"；但在现代电影中，观众可以变成"明眼人"（voyant），在思维中直面不可思考之物。参见吉尔·德勒兹，"电影、思维与政治"，李洋、唐卓译，载于《宽忍的灰色黎明：法国哲学家论电影》，郑州：河南大学出版社，2014年，第201、202、229页。按照学者特米奴加·切夫诺娃（Temenuga Trifonova）的解释，德勒兹赋予精神自动装置的积极方面在于，它通过压制主体发生作用的能力，来强化主体的注意力，使得主体从世界之中撤出，从而净化自身，感知崇高。参见特米奴加·切夫诺娃，"非人之眼：德勒兹论电影"，廖鸿飞译，《独立评论》，2012年第2期，数字文献参见：https://www.douban.com/group/topic/31069009/

② Boris Groys, *On the aesthetics of video installation*, Stan Douglas, An Exhibition Catalog, 2011, unpaginated.

③ 同上。

论大多数录像的内容如何，至少他们已经在媒介方面失去了足够的批判性和激进性。正如本文第一部分所言，当录像变为电影，当美术馆变成影院，美术馆和录像本身都失去了存在的意义。所以，按照格罗伊斯的逻辑判断，在录像装置进入美术馆的那一瞬间，实际上就已经切断了电影院空间的配置模式。电影院作为播放运动图像的空间，首先假设观众必须静止，才能抓住转瞬即逝的图像；美术馆作为展示静止图像的空间，首先假设观众必须运动才能看完所有作品。而当运动的图像遭遇运动的空间时，戏剧性的冲突就产生了。

无法处理上述矛盾的录像艺术和美术馆空间，所触发的结果很明显：美术馆越来越像电影院，录像越来越像电影。当然，我们可以说，如果在某一时间，这样的转换全部完成也不错，但实际情况——尤其是以各大双年展为代表——却往往并非如此。美术馆往往拒绝全然变成影院，只有录像艺术想全然变成电影而已，所以，矛盾依然没有解决。在那些尽力模仿一般电影的录像艺术中，必然会遭遇走动的观众所带来的作品失败——观众无法从整体上把握录像，更何谈理解，除非录像艺术批判一般电影的整体性。

既然美术馆空间无法全然变成影院空间，那么录像艺术只能走向电影的反面，它需要切断自身与电影的联系。格罗伊斯列举出三种录像艺术切断与电影联系的方法，第一种最传统的方法是把录像做得尽可能短，短到接近观众看完一幅"好"画的时间长度。但是这个解决方案被予以否定，他认为这"不能直接处理录像转移到艺术空间后在观众身上引发的不确定性"[1]。这里的"不确定性"值得我们注意，它是格罗伊斯指认的录像装置美学的核心，是指观众在美术馆里遭遇录像时身体状态的两难处境——是看一会儿就离开，还是保持身体静止，

---

[1] 鲍里斯·格罗伊斯：《作为艺术手段的偶像破坏：电影中的偶像破坏策略》，《艺术力》，杜可可、胡新宇译，吉林出版集团，2016，第100页。

直至录像结束?"不确定性"还指在看完录像的全过程中,观众又如何保证没有错过其中的某些画面和细节?一部尽可能简短的录像,即便时间足够短,只要它依然在叙述,就无法完全应对双重的不确定性。第二种方法是在录像作品中切断电影的运动图像,通过拍摄同一个对象,给观者造成录像完全静止的感觉,例如安迪·沃霍尔的《帝国大厦》将镜头固定,拍一座不能移动的建筑,画面保持单调的静止。类似这样的录像装置走向了电影的反面,使运动的图像静止下来。但这里依然存在"不确定性",只要是录像,观众就会预设图像的运动性,这类作品实际把观众置于静止和移动的感知状态之间。格罗伊斯认为这类作品的核心价值是"把美术馆观众和影院观众之间预期的感知状态的对立给主题化了"[1]。当然,在作出这个判断时,格罗伊斯的基本前提是,在美术馆中,观众被设定为移动状态,而在电影院里,观众处于静止状态。他的核心观点是,录像装置进入美术馆,无论其内容为何,首先挑战这个空间对观众身体状态的预设。录像装置进入美术馆既然已成事实,倘若无法把它赶出美术馆,那么只能期待艺术家们能够自觉地处理跨越空间后所带来的不确定性。缩短录像时间不是最佳方法,而静止的录像算是这类自觉的方法之一,除此之外,还有第三种方法,格罗伊斯将其描述为短片与电影片段的混合呈现。这类方法之所以有效,是因为它直接让观众放弃了完整把握录像装置的预期。短片与电影碎片相结合,让观众在看展览时,发现录像作品不过是"一部更长电影的片段,随之而来的是某种缺席、未完成和无法评价影片的感觉"[2]。在这方面,格罗伊斯给出的个案是加拿大艺术家斯坦·道格拉斯。但涉及具体道格拉斯的哪些作品,以及艺术家如何并置了短视频和电影

---

[1] 鲍里斯·格罗伊斯:《作为艺术手段的偶像破坏:电影中的偶像破坏策略》,《艺术力》,杜可可、胡新宇译,吉林出版集团,2016,第100页。

[2] Boris Groys, *On the aesthetics of video installation*, Stan Douglas, An Exhibition Catalog, 2011, unpaginated.

碎片，格罗伊斯并没有给出明确的解释。显然，格罗伊斯意不在分析道格拉斯的作品，而是就其作品中的挪用元素给予理论化的期待，正如他所言："我将要声称的是，在美术馆上下文中，正是艺术家对移动电影图像的改写，才解放了电影图像本身，让它们从无言中获得自由，使它向电影理论话语开放。"①

我们可以将格罗伊斯对录像装置审美价值的判断总结为切断电影。录像艺术切断的不仅是一般电影叙事的整体性，而且还切断了观众观看影片时间的整体性，与此同时，也切断了传统博物馆中那些静止图像可被整体把握的幻觉。后一种切断是格罗伊斯讨论的重点，而前一种切断，被他有意回避掉了。因此，录像装置切断电影后所带来的媒介审美价值就体现为：观众在观看作品时，时间和注意力的碎片化、不确定性和失控状态。

四、激进与保守共存：录像批判电视和电影的悖论

乔斯利特和格罗伊斯的录像媒介批判理论，实际是20世纪60年代录像艺术产生之初，录像批判电视和电影这一理论路径在新世纪的激进形态。二人集中讨论了录像艺术自产生之初便不得不面临的原罪，用学者埃里卡·祖德堡的话说即"录像，无论就其材料硬件还是其电视播放之外的流通网络而言，都是一种奇怪的产物。其尴尬的到来，一直萦绕在媒体艺术实践的身份之上"②。较早谈及录像这一身份问题的应是美国批评家罗莎琳·克劳斯。1976年，刚刚在美国纽约创刊的

---

① Boris Groys, *On the aesthetics of video installation*, Stan Douglas, An Exhibition Catalog, 2011, unpaginated.
② 埃里卡·祖德堡：《电子僵尸：历史与失忆症的另类语言之注释》，载迈克尔·雷诺夫，埃里卡·祖德堡编《分辨率：当代录像实践》，钟晓文等译，湖南美术出版社，2016，第124页。

艺术批评杂志《十月》，高举跨媒介的办刊口号，在创刊号中发表了罗莎琳·克劳斯的文章《录像：自恋美学》一文。虽然在这篇文章中，克劳斯试图找出录像与其他视觉艺术的本质区别——这一点还可以看到格林伯格理论的影子，但其结论却没有落脚于媒介本身，而是媒介表达的内容方面。对于克劳斯来说，录像的媒介本质，建立在与绘画、雕塑和电影的区分之上，它是艺术家表现自恋心理的最佳媒介，而其余三种媒介都在处理某种独特形式的客观和物质性的元素。为了论证这一点，克劳斯集中分析了一些录制艺术家自己的形象，以及在画廊中实时反馈观众形象的录像作品。① 难道录像只擅长用来表现自恋心理吗？答案显然不是唯一的。在20世纪90年代，学者马里塔·斯特肯就提出："录像因而成为一种文化记忆的形式。通过这个文化记忆形式，个体记忆获得分享，历史叙事被质疑，记忆得到确认。"② 我们可以把斯特肯的核心观点总结为，录像不再是为表现自恋心理而生，而是保存文化记忆——区别于官方历史和主流文化——的优势媒介。不同于克劳斯在总体视觉艺术领域确认录像媒介的特质，斯特肯得出这一结论是源自录像与电视、电影的比较。他认为，电视图像是一种瞬息传播和流动的图像，而电影则最终无法摆脱符号的叙事功能。相比之下，录像则不然，它致力于保存图像，记录历史，与电视图像的流动性和瞬间性相对立。艺术家伍迪·瓦苏尔卡的《记忆的艺术》成为证明录像区别于电视、电影的核心范例。按照斯特肯的论述，这件作品在保存图像和记录历史的同时，采用各类电子形状最终消解了电

---

① 克劳斯开篇以维托·阿肯锡（Vito Acconci）的作品《中心》为例，采用精神分析的方法——主要是弗洛伊德和拉康的理论，解释了艺术家利用电视显示器和录像机的实时反馈特征，建立的镜像反射关系，其中艺术家和镜像中的自我完成相融合。参见罗莎琳·克劳斯：《录像：自恋美学》，《十月》，1976年，春季刊，第1期，第50—57页。

② 马里塔·斯特肯：《录像记忆的政治学：电子的涂擦与铭刻》，载迈克尔·雷诺夫，埃里卡·祖德堡编《分辨率：当代录像实践》，钟晓文等译，湖南美术出版社，2016，第26页。

影。①因此，尽管斯特肯得出的结论不同于克劳斯，但二者的出发点却出奇的相似——都希望为录像这一媒介在艺术世界中确立一个独特的位置。从更宽的理论视野来讲，我们可以将他们与乔斯利特、格罗伊斯的思考方式归为一类，即批判电视和电影的录像理论。

这类理论均以录像如何区别于电视和电影为出发点，挑选相关录像作品，通过强调它们对电视和电影某一方面的批判效果，来赋予录像艺术激进的媒介地位。但是，直到乔斯利特和格罗伊斯，这样的理论思路显然对展示录像的美术馆体制和当代流媒体发展的背景考虑不足。当乔斯利特认为电视是处于网络中的商品时，也只是考虑到电视台、广告商和观众之间的关系，远非今天的互联网。格罗伊斯在寻找电视普及后对电影造成的影响时，认为电视虽然使电影摆脱了影院的配置，让观众得以自由行动，但因为电视的私人化和日常化，而无法支撑公共讨论，所以，任务还得需要录像装置来完成。格罗伊斯通过录像装置图像的碎片化、不确定性和失控状态，总结出它的三大功能：其一是把电影和影院的神圣化的配置给世俗化了，观众在录像装置面前可以自由走动，并且随时可以离开；其二是借助录像装置，观众得以窥见以前被隐藏起来的整套技术设备和拍摄手段；其三是录像装置或从日常生活的电视中截取图像，或是从电影中截取图像，之后在美术馆中把日常图像神圣化，或把电影图像重组，试图创造新的意义。格罗伊斯为录像装置总结的上述三项功能都是批判性的，其对象是电影和影院的空间配置。乔斯利特的病毒美学也是批判性的，对象是电视、商品和网络。只不过乔斯利特不仅将病毒美学局限在美术馆，而是强

---

① 伍迪·瓦苏尔卡（Woody Vasulka，1937—2019），生于捷克共和国，后移居美国纽约。创作于1987年的《记忆的艺术》被认为是他在录像语言上最成熟的一件作品，该作品的在线播放地址：https://vimeo.com/393267719；斯特肯认为，"《记忆的艺术》是一种记述电影之死的尝试。在这里，电影图像是过去，是正褪色的黑白历史图像，且被电子图像所吞噬。"参见，马里塔·斯特肯：《录像记忆的政治学：电子的涂擦与铭刻》，载迈克尔·雷诺夫，埃里卡·祖德堡编《分辨率：当代录像实践》，钟晓文等译，湖南美术出版社，2016，第19页。

调了白南准与广播电台合作项目的重要性。病毒美学的要点是要进入网络，进入日常生活中的电视屏幕，在日常生活中批判电视。格罗伊斯的装置美学却得出了相反的结论，认为录像装置的作用在于把日常图像神圣化，而这其实是典型的现成品逻辑。由此可见，格罗伊斯对录像装置的美学批判并不彻底，而乔斯里特的病毒美学也已被阻断。

倘若按照乔斯利特和格罗伊斯的理论指向，录像艺术需要通过批判电视和电影来确认自己的激进特质，那么我们可以说，今天大多数展出于美术馆和画廊中的录像装置已经做到了这一点。但是，悖论就在这时发生了，录像艺术抵达了激进性的彼岸，却同时返回到了保守性的原点，它们被困于美术馆之中。这个悖论既是当代录像艺术的困局，也是录像批判电视和电影这一理论路径的困局。这样的悖论其实早已暗含于乔斯利特的病毒美学和格罗伊斯的录像装置美学之中：基于电视显示器的录像艺术，本寄希望于如病毒一样寄生在电视网络中，从而完成对电视、商品和网络的批判，但最终被阻隔在美术馆和画廊空间内部；录像装置竭尽全力把电影和电影院的神圣化配置世俗化了，却在美术馆中再次把各类图像推入神龛。

造成录像艺术一体两面，激进与保守共存这一悖论的核心是美术馆和画廊体制。当录像和录像装置发展到严重依赖美术馆的阶段时，录像艺术其实已经否定了自己对电视和电影的批判，在艺术体制方面变得比电视和电影更加保守。在美术馆和画廊这类隔离的空间中，艺术家可以展示电视和电影所不能展示的内容，使用电视和电影所不能使用的语言，制造电视和电影所无法制造的观感，所以，录像艺术在美术馆中以最激进的姿态，批判着当代的图像制造机器和日常的视觉感知习惯。但是，相反的情况也依然存在。美术馆在确保录像艺术激进的批判性的同时，也在传播机制和艺术功能方面让它变得极为保守。这里的保守首先体现在录像艺术进入美术馆后，进一步限制了电视、电影和互联网能够赋予观众的主动权。尤其是随着当代电视和互联网的发展，观众可以轻而易举地观看、保存、回看、快进和静止每一部录像时，美术馆的录像艺术却拒绝将这些控制权交予观众。所以，格罗伊斯的录像装置美学显然轻视了电视和互联网结合后，给电影和影院空间带来的变革。录像艺术拒绝交付控制权，根本原因在于它们拒绝，或无法以正常影片的渠道进入网络传播，或者它们包含的移动图像和装置的空间特性自然屏蔽了互联网。

既拒绝进入网络传播，实际上又无法进入网络传播的录像装置是多频录像，或又被称为多路视频。这样的录像装置早在艺术家贝丽尔·克罗特1974年创作的《达豪集中营1974》中，就以四通道的形式展现出来，该作品由四个屏幕构成，其中1、3和2、4通道放映同样的视频内容，观众观看时，需要同时面对四台电视机显示器。在这件作品之后，近二十年来出现在当代美术馆中的一系列多频录像，并未从本质上超越这件作品的创作逻辑。多频录像主要指那些在美术馆内并置两个及以上屏幕的作品，艺术家可以围绕一个主题，控制每块屏幕播放的内容。这类装置的美学基础是20世纪前卫艺术最重要的技术创新之一——拼贴。如果说早期柏林达达的作品是在拼贴现成照片，那么多频录像实际是在拼贴电视屏幕。录像装置显然不再满足于将蒙太奇作为电影构成的基础技巧，把拼贴的异质性埋在电影的叙事性之下。为了区别于单屏录像，多频录像把达达主义拼贴中的现成图像，替换为数块屏幕或投影。这样，多频录像依靠屏幕拼贴，既把自己与传统院线电影区别开来，又与一般当代艺术的档案式纪录片区别来开。多频录像是录像艺术最激进的表达形式，它引入碎片化的图像，制造出不确定性的多频屏幕关系，从而消除了观众总体把握和理解图像的预期。

恰是这样激进的多频录像装置，才把录像艺术永久地封闭在美术馆内。离开美术馆，我们无法复制多频录像的原始视觉观看模式，即眼睛与屏幕呈现的一对多的视觉模式。这导致录像装置永远无法整体进入私人的日常屏幕，即便得以进入，其原始视觉观看方式也无法保留。青年艺术家刘野夫的《草稿1，构图1、2、3、4》（2016）在这方面表现得非常极端。艺术家在黑房间内并置四块屏幕，其中一块屏幕只播放纯色，用来干扰其他三块屏幕的视觉环境，其余三块屏幕均是对大卫·林奇《蓝丝绒》的戏仿。这类录像装置创造出独特观感的同时，也将观者的视觉经验牢牢控制在美术馆的黑房间内，成为永远无法复制的秘密。录像艺术被困于美术馆，究其原因，还是在于它无视图像技术和网络传播发展的基本走向——大众获得图像的便捷性。从电视机进入家庭，到电影被压缩入录像带和DVD进入电视机，再到所有图像均通过互联网得以进入任何一块私人屏幕，技术都在不断将图像推送给大众。而生存于美术馆中的当代录像艺术恰好相反，它们被装置化后，完全封闭在美术馆和档案之中。

结论　如何让图流通？

《蜻蜓之眼》中蕴含的批判意识，依然是录像艺术保持激进性的基础，但是这一基础却因作品无法真正流通起来，而失去了预设的意义。让图像流通起来，这一看似自摄影术发明之后，已经得到解决的问题，今天却成为录像艺术最难跨越的障碍。找到进入日常私人屏幕的入口，这是录像艺术得以流通的关键所在，国内类似"实验影像中心"这类机构，在推动录像艺术线上展映方面，不失为一个很好的范例。[①] 今天看来，录像艺术在某种意义上反而应该急需回到电视，争取进入随时

[①] 实验影像中心（Center for Experimental Film），这是一家致力于影像展映与研究的机构，也是一个专注于收集实验影像的资料馆。

可以将内容推送给受众的网络，也可以说是采用流媒体传播技术。而至于录像艺术是否有必要，或者是否可以回到电影，这个问题依然不明朗。可能正是因为观察到录像艺术在美术馆中的封闭性，2016年策展人鲍栋和艺术家陈友桐发起了"艺术家的电影"项目。如果说一直以来都是电影及其影院的空间配置入侵到美术馆，那么这个项目的目的显然是美术馆中的录像艺术向电影的还击。项目邀请五位青年艺术家各自拍摄一部正式的电影短片，以此来区别于那些依赖美术馆的录像艺术。2017年底，其中三位艺术家——陶辉、辛云鹏、方璐——创作的短片首次公映，随后通过参加各类电影节，在各大城市的艺术空间以巡展的方式传播。但是，这类录像艺术向电影的反击依然是局部性的，它们承担着放弃录像艺术审美激进性的风险，却没有达到真正电影的大众化。

录像批判电视和电影这一媒介视角，依然是今天录像艺术得以存在的重要前提。遗憾的是，该理论没有处理当代录像艺术因被隔绝于美术馆和画廊而产生的悖论。实际上，即便《堡垒》真的想成为电影，但因其携带的画廊基因，这一转换也难以实现。而《蜻蜓之眼》批判电影的激进性，或许只有真正进入电影的传播渠道，才能彻底实现。面对这一窘境，倘若我们跟随其他理论家，无视《堡垒》与《蜻蜓之眼》的区别，将类似电影的录像统称为"另一种电影""展览电影"或"艺术家的电影"，这会错失判断它们之间差异的契机。所以，问题依然是美术馆和画廊体制，当代录像艺术要摆脱激进和保守的悖论，唯有跃出这一体制。录像批判电视和电影的这一媒介视角也并非不再有效，而是应该将注意力从美术馆和画廊体制内转移到体制之外。这在一定程度上意味着录像要返回电视和电影的流通渠道，与它们争夺公众和社会资源。从这个角度上讲，格罗伊斯笔下的录像装置因专为美术馆和画廊体制而生，已成为无法行动的景观，而乔斯利特的病毒美学则依然具有借鉴意义。正如后者在《反馈》一书的"宣言"篇章中所言:"让我们努力让图像动起来……创造病毒。你的图像将如何流通?把'艺术圈'里的资源当作工作的基础,但不要局限于此。用图像去建立公众。"[1] 着眼于流通,而不是将图像封闭于美术馆和画廊体制,这或许是"让图像动起来"所要表达的真正含义。按照这个逻辑,呼吁录像返回电视和电影,也是寄希望于录像可以像病毒一样,寄生于电视和电影的传播渠道,保持批判电视和电影激进性特质的一项方案。

---

[1] 大卫·乔斯利特:《反馈:录像艺术的媒体生态学》,郭娟译,湖南美术出版社,2017,第180页。

翻转剧场与反场所的异托邦
——参与式艺术的两种空间特性

摘要：目前学界对参与式艺术的阐释多从政治哲学的"对抗"和"协商"视角出发,而本文尝试从前卫艺术的空间生产角度展开分析,提出参与式艺术的两种主要空间生产方式:"翻转剧场"和"反场所的异托邦"。翻转剧场是对一般剧场二元化空间的颠覆,从而模糊了剧场空间和日常空间,观看者和表演者之间的界限。反场所的异托邦借用福柯的术语,特指那些扎根日常生活空间,拒绝表演,把持续性的事件作为艺术生产方式的在地实践。最终,参与式艺术继承前卫艺术挑战艺术体制的传统,在一定程度上赋予美术馆展示档案和触发社会事件的新功能。

关键词:参与式艺术;翻转剧场;异托邦;前卫艺术

艺术家不再是某一物件的唯一生产者,而是情境的合作者和策划者;有限的、可移动的、可商品化的艺术作品不再存在,取而代之的是一些没有时间起点,不知何时结束的不间断或长期项目;观众从"观看者"或"旁观者"转变为合作者和参与者。

——克莱尔·毕晓普

如果按照汪民安先生的判断"最近二三十年文化变革的一个显著征兆就是当代艺术的盛行"①，那么近十几年来，当代艺术最为核心的理论争论之一便是围绕参与式艺术而展开（或曰艺术介入社会）。这场论争主要由法国批评家尼古拉斯·博瑞奥德的"关系艺术"为引线，讨论艺术家、参与者与公众之间应该建立何种关系。这场讨论将艺术家在项目中尝试建立的关系大体分为两类：对抗与协商。显然，对抗与协商是两个政治哲学的概念，其底色是尚塔尔·墨菲和尤尔根·哈贝马斯的政治哲学理论。②但是，直到目前，我们依然没有办法在两种对立的方案之间作出非此即彼的抉择。与其在这两类政治哲学判断中择其一，本文转而尝试从具体空间入手，分析参与式艺术的空间生产方式。

一、基于空间生产的前卫艺术实践

之所以能够从空间的视角分析时下热议的参与式艺术，或曰艺术介入社会，主要基于笔者对前卫美学谱系的基本判断，即前卫艺术的发展史很大程度上体现为艺术家占据空间和改造空间的历史。我们也可以借用列夫菲尔的空间生产概念来重述这一判断：前卫艺术的历史

---

① 汪民安：《艺术批评为何？》，《从 A 到 Z：当代艺术关键词——FRIEZE25 年精选集》，太原：北岳文艺出版社，2017 年，第 6 页。
② 这场争论涉及法国哲学家雅克·朗西埃、美国批评家格兰·凯斯特和克莱尔·毕晓普等，具体讨论可见蒋洪生，《关系艺术，还是歧感美学：雅克·朗西埃 VS. 尼古拉·布里欧》，雅昌艺术网，http://gallery.artron.net/20130529/n456459.html；王志亮《对抗还是协商：参与式艺术争论的两条审美路线》，《美术观察》，2017 年第 1 期，第 135—141 页。近五年间，有关参与式艺术的实践和讨论在中国迅速展开，仅在 2017 年就出现两个较大型的以社会参与为主题的展览，一个是"城市共生——深港城市/建筑双年展"（深圳），一个是"社会剧场——重庆青年美术双年展"（重庆）；相关讨论也不断涌现，如《碧山》杂志 2017 年第 10 辑专辟"艺术介入社会"讨论该问题，2018 年"艺术社会学青年学者论坛"（南京，东南大学）也对艺术介入社会和城乡发展展开专题讨论。

是一部空间生产的历史。根据这一定义,参与式艺术无疑是最有代表性的当代前卫艺术形式。

前卫艺术之前,没有任何一种艺术形式专注于塑形既存空间。自历史上的前卫艺术之始(未来主义、达达艺术和生产主义等),我们才看到专为改造空间而生的艺术形式。经典艺术门类,即便是为占据空间而生的雕塑,也大多不过是特定空间的摆件。当经典雕塑变化形式,开始塑形空间时,就会激起部分人的强烈反应,这正是迈克尔·弗雷德批评极少主义雕塑时所感知到的空间危机。弗雷德批评极少主义的文章,可以看作经典现代主义者对艺术塑形空间的极端反应。但是,显然极少主义并非前卫艺术,它仅仅是对经典现代主义雕塑的一次越界。空间在极少主义的作品中仅具有抽象的物理特性,而无社会属性。前卫艺术的空间既包括美术馆的白立方,又包括日常生活空间和自然空间。总之,前卫艺术塑形的空间绝非抽象的物理空间,而是具体的社会空间。

彼得·比格尔认为前卫艺术为了融合艺术与生活,不得不反对特定的艺术体制。而这个艺术体制的具体承载者,便是各式各样的展示和表演空间。所以,前卫艺术的目标指向最后往往落实到空间中。前卫艺术的空间生产具体是指艺术家用作品或自身表演改变了既定空间的固有属性。沿着空间这条线索,我们可以看到前卫艺术空间生产的两条脉络。一是现成品,其中以杜尚的《泉》为典型代表。基于这条线索的前卫艺术可以划分为历史上的前卫和新前卫(或后前卫),前者主要涵盖20世纪初的各类前卫艺术团体,后者则以"体制批判"为核心,特指20世纪60至80年代的一批艺术家,如德国的汉斯·哈克。在学术著作方面,美国"十月学派"的《1900年以来的艺术:现代主义、反现代主义和后现代主义》可谓这一脉络的代表；①二是基于参与式的表演和行动，其中以未来主义剧场、苏联实验戏剧和达达现场表演为基础，经偶发艺术，发展至20世纪90年代至今的参与式艺术。在学术著作方面，克莱尔·毕晓普的《人造地狱：参与式艺术和观看者政治》很好地勾勒和分析了前卫艺术的这条谱系。

上述两条脉络是前卫艺术发展的两翼，两者可共同归于有关"空间"问题的讨论。空间成为我们今天理解前卫艺术的核心范畴。批判艺术体制是现成品艺术的核心意义，这已成为众所周知的论断。但进一步讲，现成品批判艺术体制，目的终究是去改变展示空间的固有属性，使其和日常生活空间相连接。发展自现成品本身的体制批判，在20世纪60年代之后的新前卫实践中被进一步精确化了。现成品之外，前卫艺术家基于参与式的表演和行动涉及的面向更广阔，生命力更强。由现成品发展而来的装置艺术，在当代已经演变为撼人的景观装饰，而只有那些强调参与式的表演和行动依旧游走在艺术和日常生活的边界线上。前卫艺术发生之始，参与式的表演和行动就不只面对展出空间，更挑战了演出空间——剧院，以及日常生活空间——广场、街道、酒馆。直到今天，参与式艺术依然活跃于这类场所之中。

按照列夫菲尔的空间三元辩证法，空间可被分为"空间实践"、"空间的表征"和"再现性空间"。空间实践是绝对的原始自然形态的空间；空间的表征是社会化的空间；再现性空间则是主体真实体验后，对空间的再现，它受到空间的表征的压抑，又超越它，返回空间的实践中。②我们的艺术处于再现性空间之中，而前卫艺术却是对再现性空间的"越出"。前卫艺术不仅停留在"再现"阶段，而是"越出"

---

① Hal Foster, Rosalind Krauss, Yve-Alain Bois, Benjamin H.D. Buchloh, *Art Since 1900*（Thames & Hudson, 2016）.
② 张子凯：《列夫菲尔〈空间生产〉评述》，《江苏大学学报（社会科学版）》2007年第5期，第11-12页。

至"空间实践"和"空间的表征"领域。前卫实践即是一种空间生产。正如列夫菲尔赋予空间的历史逻辑,如何取代资本主义那抽象的、均质的空间?社会主义必须进行自身的空间生产,这个空间即是差异性空间。

那么接下来的问题在于,前卫艺术如何越出再现性空间呢?正如上文所述的两条脉络,前卫艺术一般使用现成品和参与两种方式。无论哪种方式,前卫艺术总是要创造"震惊",从而取代"共鸣"。这也是沃尔特·本雅明的消散遣心与迪奥多·阿多诺的静观冥想之差异。无论在绘画领域,还是戏剧领域,观众或是坐在剧场,或是站在画前,都一定要浸入作品,产生共鸣,方能完成欣赏。自从历史上的前卫艺术开始,让观众"走神"就成为他们的重要目的。但是,现在看来,现成品和拼贴确实已经应验了比格尔对新前卫的预言,形成了自我否定,完全成为景观装置或者影像景观。这类作品现在达到的效果恰是"走神"的反面,重新返回对观众身体和注意力的控制——这也是弗雷德批评剧场化的依据。如今只有参与式的艺术,最能代表前卫艺术的当代形态,因为它既没有完全进入艺术体制,又保持了让观众"走神"的接受特点,准确说,参与式艺术甚至没有观众。参与者不是观看者,而是表达者、述说者和行动者。

"翻转剧场"和"反场所的异托邦"是参与式艺术空间生产的两种方式,两者都以越出再现空间,直接进入空间实践和空间的表征领域为目标。翻转剧场是布莱希特戏剧"间离"效果的当代极端形式,它不仅颠倒了观众与表演的关系,而且将社会场所和自然景观转化为剧场空间。至于反场所的异托邦,我们用来指另外一类排斥剧场式表演的艺术实践。艺术家在社会一隅,用艺术的方式进行改造社会的实验。他们正在实实在在地塑形实体空间。

二、弗雷德与毕晓普：剧场与翻转剧场

2017年在美国古根海姆美术馆举办的"世界剧场：1989年后的艺术与中国"展，因美国人策划，又因涉及虐待动物，导致某些作品被迫取消展示，这让该展览成为艺术界热议的话题，"剧场"也随之成为一个炙手可热的词。当然，策展人孟璐的剧场是总体性的隐喻，而我们在本文中谈论的剧场基于现实空间而来。在当代批评理论中，讨论剧场概念的最著名文章是迈克尔·弗雷德的《艺术与物性》。沈语冰曾精确地总结过弗雷德剧场理论的三个关键点：设计观众的"情境"，追求跨界的"综合"，呈现无限的"延绵"。[①]笔者认为，"情境"和"延绵"是弗雷德剧场的关键。情境和延绵分别指涉空间和时间，两者对于剧场的建构来说缺一不可。谁的空间和时间呢？当然是观众。极少主义作品不仅自己占据空间，而且将观者纳入自身空间之中；时间则是观众观看作品时，需要不断移动视线和位置而经历的过程。

如今当我们都在信服弗雷德的剧场概念时，可曾反问过，既然极少主义是剧场，那还有什么作品的展示不是剧场？显然，弗雷德拿现代主义的空间自足和瞬间性来对比极少主义剧场化时，仅仅基于单件作品来考虑，从未在整体上把展示空间与剧场空间进行过比较。历史上没有任何作品如波洛克和罗斯科的绘画一样，需要巨大的尺寸，需要占据一个独立的立方空间。假如我们把一个独立展厅看作一个整体，那么根据现在的展示空间来看，弗雷德对剧场的界定已然失效。因为没有任何一个展示空间不在构建观众的情境，不在呈现无限的延绵。

[①] 沈语冰：《译后记》，载迈克尔·弗雷德《艺术与物性：论文与评论集》，张晓剑、沈语冰译，江苏凤凰美术出版社，2013，第417页。

当代美术馆和画廊中的展厅设计，其剧场化的程度显然要远远高于极少主义的剧场效应。

弗雷德提出剧场化概念的最大贡献在于，他指出了极少主义作品的观看机制。而这个概念可供讨论的地方却在于，他未经转化地把剧院空间和美术馆空间相比较，完全抹去了两者的本质差异。回到极少主义设计的观看机制，作品设计了观众的情境，观众身体的进入和移动成为作品的一部分。但是，对比一下剧院的情况，剧院中观众的位置是被固定的，舞台位置独立于观众位置，两者泾渭分明。这样的空间安排，难道不是经典现代主义艺术的空间结构吗？而在这样的剧场中，表演产生的效果是"间离"，还是"共鸣"，则完全依赖于演员和导演使用的技巧。

所以笔者认为，弗雷德的剧场概念一开始就是翻转剧场，而不是传统的"表演"与"视听"的剧场。相反，无论是古典艺术，还是现代艺术，他们在经典的剧院和博物馆中，都遵循"表演"与"视听"的二元关系——这才是真正的剧场。因此，我们与其说弗雷德反对"剧场性"，不如说弗雷德反对"翻转剧场性"。对于他而言，现代艺术的审美，一定应该呈现经典剧场的模式，观众是观众，表演是表演，两者各占据一个自足的空间。

至此，我们面临一次概念的颠倒。极少主义不是剧场性，而是翻转剧场性。弗雷德所支持的现代主义艺术才是经典的"剧场性"。无论剧场还是翻转剧场，在场都是两者的关键概念，他们的区别只不过体现在观众的身体是否移动而已。所以，我们用弗雷德的剧场概念来讨论当代的参与式艺术，显然是错位的。参与式艺术的谱系不在极少主义的翻转剧场性，而是在于历史上前卫艺术对剧场空间的颠覆和拓展。

所以，我们今天讨论参与式艺术的剧场化时，还应从毕晓普提出的剧场谱系出发。① 毕晓普为整个参与式艺术的翻转剧场谱系找到了这样三个起点：一个是意大利的未来主义剧场，另一个是苏联的大众剧场和大众景观，第三个是巴黎达达的户外表演。对比毕晓普谈论的剧场概念，我们会发现，弗雷德的"剧场"仅是隐喻意义上的，与表演没有任何关系。而自未来主义剧场开始，艺术家早已在真实剧场中开始了翻转剧场的表演。这类翻转剧场的表演发展至今，已经涉及日常生活的各类空间，如剧院、酒馆、画廊和美术馆，甚至是户外空间。

首先是在剧院中反剧院，这也是翻转剧场的最原初形式。激活观众是这类翻转剧场的重要目的。从未来主义剧场到苏黎世达达在伏尔泰酒馆中的表演，这类最初的翻转剧场都旨在混合多种表演于一体，给观众造成足够的震惊。1910 年开始，未来主义艺术家——波丘尼、卡拉和鲁索洛——参与了几场意大利的"晚会"。虽然我们没有办法看到当时晚会的照片，但却可以通过两件艺术家的速写，了解到当时的大体情况。一件作品是波丘尼的《漫画：1911 年 1 月 1 日，未来主义者在特雷维索的晚会》，另一件是杰拉多尔·多托里的《未来主义者在佩鲁贾的晚会》在这两张带有纪录性质的漫画中，未来主义者将美术馆和剧场空间进行了交错并置。剧场的核心功能是展示动态表演，但未来主义者展示的却是静态绘画。漫画中的会场一片混乱，未来主义者在舞台上发表演讲，观众们在呼喊，绘画在这个舞台上成为主角。当然，未来主义者并没有真正摧毁美术馆，而是把作品直接搬进剧场，以此否定美术馆的权威性。与此同时，剧场的空间性质也被改变。他们创造了一个综合性空间，艺术家、作品和观众同时在场。面对这样一个混杂性空间，我们可以说未来主义者把美术馆搬进了剧院，亦可

---

① 据笔者了解，克莱尔·毕晓普首先提示了这一谱系的源头，而文本接下来的论述将主要从空间转换角度，来展示参与式艺术的空间特征。Claire Bishop, *Artificial Hells: Participatory Art and the Politics of Spectatorship*, Landon: Verso, 2012, pp.41–65.

以说他们把剧院改造成了新型美术馆。所以,未来主义者实际建立了一个似是而非的空间,它既不是普通的剧场,更不是美术馆,而是两者的混杂体。未来主义者要与观众共享同一空间,要求观众在场。马里内蒂将这种混杂性的空间称为未来主义剧场,以此区别于传统剧场被动、无聊和死气沉沉的气氛。未来主义者借助交响乐、诗歌、绘画和雕塑的混合再现,让剧场不再是剧场,让原来静坐的观众运动起来,究其原因,是要颠覆美术馆象征的父权。未来主义崇拜速度、运动和时间,因此那些代表过去的空间——美术馆、图书馆和学院——成为被攻击的对象。未来主义剧场正是他们建构的替代性空间,一个完全面向现时和在场的空间。

其次是公共空间的剧场化。在这类翻转剧场中,剧院的室内空间被翻转至户外,成千上万的大众被召集起来参与演出。这早在苏联被称为"大众景观"。"大众景观"虽然遵循戏剧的基本形式,却使用压倒性的集体意象,来调动公众意识。[①] 如为纪念十月革命,1920年尼古拉·埃夫泥洛夫在圣彼得堡导演的《东宫的震荡》,有八千多人参与,吸引了超过十万观众观看。"大众景观"与更早一点的"大众剧场"一起构成了当时苏联实验戏剧意识形态的两翼,一侧是集体主义,另一侧是平等意识。大众剧场更在意消除表演者与观众的等级秩序,于是改变了剧场的空间布局,以及强调演员的业余性。例如弗谢沃洛德·梅耶荷德和弗拉基米尔·马雅可夫斯基的《神秘滑稽剧》。在舞台设计中,梅耶荷德改变了舞台布置,让舞台通过斜坡直接与观众座席相连接。表演过程中观众可以来回走动,最后一场表演时,观众被邀请上台一起参与表演。比上面这一事例更进一步的是业余者剧场,这类剧场实验为了让戏剧大众化,完全依靠业余演员完成演出。

---

① Claire Bishop, *Artificial Hells: Participatory Art and the Politics of Spectatorship*(Landon: Verso, 2012), p.58.

同样是将公共空间剧场化，但后来苏联的集体行动小组则与早期的戏剧实验有着全然相反的目的和意义。集体行动小组以艺术家安德烈·莫纳斯特尔斯基为核心，自1976年开始不断在莫斯科的郊外策划集体活动，他们把这类活动称为"郊外旅行"。

区别于大众景观，我们可以称集体行动小组的项目为"小众剧场"。大众景观与城市广场相结合，而小众剧场则与郊外空域相结合，两者形成鲜明对比。前者是苏联集体主义意识形态的产物，后者则是逃离集体的个体沉思。莫斯科郊外空旷无人的空间被翻转为剧场，它的"空性"为主体的独立思考提供了可能性。例如，在1976年的作品《显现》中，近三十位参与者接到邀请到莫斯科郊区的伊斯马洛夫斯基地区。当参与者到达该区域一边后，两名表演者从另外一边出现，穿过空地到达参与者所在地，分发给观众每人一份证书，以证明他们到场参与了这次活动。由于集体行动小组的"郊外旅行"一般发生在空阔的郊区，因此，参与者到达目的地需要耗费一定时间。表演者与参与者之间相隔距离遥远，彼此视野非常模糊，而且观众并未被提前告知表演内容。寒冷的环境中，聚集在一起的观众等待观看对面要发生的事情。这个等待的过程，包括乘坐火车、公交车等交通工具到达和离开聚集地的过程，以及事后参与者对事件的评论，都成为集体行动小组作品的有机组成部分。于是，集体行动小组的翻转剧场也包含了剧场之外的时间。正是在这些似乎什么都没有发生的"空白时间"中，莫纳斯特尔斯基强调了他们的核心美学话语："集体行动小组的美学话语不是建立在艺术行为本身，而是其伴随而来的附属物，例如到达现场的各种限制因素，以及与计划没有直接关系的事件等。"[1] 参观者到达活动场地的等待时间，以及在活动过程中出现的等待时间（等待表演者出现、靠

---

[1] Boris Groys Edited, *Empty Zones: Andrei Monastyrski and Collective Actions* (London: Black Dog Publishing, 2011), p.72.

近、消失等），都成为莫纳斯特尔斯基所谓的"中断"，时间的"中断"恰是主体沉思的开始。这种沉思被苏联观念艺术家伊利亚·卡巴科夫生动地描述出来。作为参与者，他曾这样描述自己在活动过程中的感受："从我上火车那一刻开始……这是第一次，我回到了我的'自身'；我们拥有了自己的世界，与现实世界平行。"[1]在参与者经历多重"中断"的过程中，集体行动小组在某种程度上实现了布莱希特的"间离效果"理论。

翻转剧场的第三个表现形式是美术馆的剧场化。表面看来，这是我们在当代艺术展示空间所见最多的剧场形式，实则不然。当代艺术展览现场的多数表演依然是传统的剧场，因为这类表演未在根本上改变艺术家演与观众观看的二元关系。一场在美术馆中的表演可被称为翻转剧场，它必须同时讨论表演者和观看者的身份问题。在古巴艺术家塔尼亚·布鲁格拉的作品中，她将当代美术馆翻转为剧场，意味着剧场将成为控制主体行为的权力空间。《塔特林的低语，5#》实施于2008年的泰特现代美术馆旋涡大厅，表演者为两位伦敦骑警。表演开始，两位骑警进入旋涡大厅，关闭入口。大厅中的观众并没有接到有关表演的通知，因此，骑警的出现对于他们来说是一场意外。骑警采用日常工作中的方法控制观众，例如通过马匹的侧移，不断将观众分组、拆散与再分组，持续时间二十分钟。

按照布鲁格拉的说法，她更倾向于将这件作品作为一个事件来看待，然后才是一件作品。骑警和观众都非表演者。骑警隶属于伦敦警察厅，他们进入展厅，对观众采取控制措施。这些行为属于他们日常工作的再现。在这样一个临时翻转的空间中，没有所谓的表演者和观察者，只有实施控制者与被控制者。

---

[1] Boris Groys Edited, *Empty Zones: Andrei Monastyrski and Collective Actions*（London: Black Dog Publishing, 2011）, p.14.

总之，翻转剧场是对传统剧场形态的颠覆。在这个过程中，颠覆既有的空间功能是艺术家的首要任务，之后便是对于观众和表演者身份的颠覆。我们也可以说，只有颠覆了传统的表演者与观看者之间的固定位置和身份，我们才能完成对整个剧场空间的翻转。无论剧场如何翻转，剧场空间都无法摆脱临时性与虚拟性的特征。未来主义剧场和大众剧场翻转的室内空间，大众景观与集体行动小组翻转的室外空间，《塔特林的低语，5#》又返回到室内空间。这类空间的翻转随着各自所处时间和地域的差异，其背后的文化意义显然各不相同。无论哪种翻转剧场，事件结束，被翻转的剧场也随即消失。所有参与者对所参与事件的临时性与虚拟性早有准备，即便是突然"闯入"泰特现代美术馆的两名骑警，也不过配合艺术家演出了一部自由发挥的戏剧。观众被暂时限制人身自由，一开始的惊恐必然会转为表演式的配合，因为在美术馆中，任何观众都会意识到，这是一个安全之地。在无法摆脱空间的临时性和虚拟性的情况下，异托邦成为参与式艺术的另一种空间转化方式。

三、作为反场所的异托邦

异托邦天然具有颠覆既定社会空间属性的特征，福柯称之为"反场所"。场所即是那些已经存在于现实世界的日常生活空间。我们只有重述福柯的异托邦理论，才能用反场所来分析参与式艺术的异托邦特征。福柯在1967年的一次题为《另类空间》的演讲中提出了"异托邦"的概念。他解释道，异托邦是"类似于反场所的东西，是有效实现了的乌托邦，在其中，真正的场所被同时表现着，争论着，倒置着……

这类地方绝对不同于他们所反映，所谈论的所有场所"①。可见，"异托邦"既反映着社会，也对抗社会的常规空间。它并置异质空间。

福柯虽然界定了异托邦的反场所属性，但在具体的论述中，显然没有给它划定明确的边界。按照福柯的阐释，异托邦几乎囊括社会空间中除工作和私人生活之外的所有场所。他阐述了四种类型的异托邦。第一种类型以养老院和精神病院为典型，这类异托邦专为身体脆弱和异常的社会成员所设立；第二类以公墓为典型，它们存在于整个人类历史中，但意义有所不同，并占据不同的地理位置；第三类以剧院、影院和花园为代表，它们可以并置异质性空间；第四类以图书馆、博物馆和集市为代表，它们是异质时间的集合。当然，在福柯的论述中，四种类型的异托邦界限并非如此清晰，不可逾越。例如公墓，福柯认为它也属于第四种类型的异托邦，因为公墓的时间显然不同于我们日常生活的时间。每种异托邦都有一道屏障——或可见，或不可见——将自己与现实场所隔离开来。与现实空间相比较，异托邦不是创造幻象空间，就是创造补偿性空间。

根据福柯对异托邦的举例和规定，我们自然会问：还有什么空间不是异托邦吗？恐怕只剩下我们的日常起居空间了。哪怕是我们的工作空间也有可能是异托邦。例如，对于那些在公墓、花园、监狱和图书馆的工作人员来说，异托邦和常规空间就合二为一了。

所以，福柯规定的异托邦显然太过宽泛，不足以帮助我们寻找真正的异质空间。或者说，福柯的异托邦原本就是维持社会正常运行的关键因素，它们就是真实的场所本身。从某种程度上说，当代艺术，尤其是参与式艺术创造的空间才是真正的异托邦。因为它具有真正的

---

① Michel Foucault, *Of Other Space: Utopias and Heterotopias*, *Architecture /Mouvement/ Continuité*, October, 1984, "Des Espace Autres," March 1967, Translated from the French by Jay Miskowiec, p.3-4. 中文译文参见《另类空间》，王喆译，《世界哲学》，2006年，第6期，第52-57页。

反场所特征，与常规场所呈现异质性关系。这类异托邦改变了所有既定场所的固有属性，创造出一个个全新的存在空间。

　　法国批评家博瑞奥德在阐述关系艺术时，就已经涉及这样的异托邦概念，他用了迷你乌托邦的概念："建构共活关系是60年代艺术的历史常态。90年代艺术重拾这个问题，但是搁置了六七十年代最为核心的艺术定义问题……社会乌托邦和革命的希望让位于日常生活的迷你乌托邦和模仿策略。"[①] 迷你乌托邦来自20世纪60年代有关社会乌托邦的理想，但是它在20世纪90年代却显得更加现实。更准确地说，博瑞奥德的迷你乌托邦更类似于情景主义者试图建构的"情境"，不过，在他看来，德波号召的"建构情景"概念是以"替代"为核心，"试图用艺术在日常生活中的实验性实现来替代艺术再现"。就关系美学的主张来说，艺术的边界在20世纪90年代已经不是问题，关系艺术也不再希冀让艺术在生活中实现。依照博瑞奥德的观点，艺术在一个独立时空中生产出新的关系模式，远比试图在日常生活中实现艺术更能提示景观的破坏力。也就是说，历史上的前卫艺术的乌托邦是一个面向未来的时间概念，一个从未实现的空间概念，而迷你乌托邦是面向当代，确实存在于整个社会结构中的一个时空。当然，博瑞奥德提倡的关系艺术并非都符合反场所的异托邦概念，但艺术家提拉瓦尼亚的作品却具有明显的异托邦特征。这位艺术家的作品一般会改变画廊和美术馆空间的固有属性，从而创造一个临时的异托邦。

　　参与式艺术中的异托邦与剧场有着根本区别。首先，在经典剧场和翻转剧场中，总是上演各种形式的戏剧。反场所的异托邦则从根本上拒绝表演，它是一系列实在事件的集合。其次，发生在美术馆内和美术馆外的翻转剧场，它所承载的是一系列临时性事件，而反场所的

---

① Bourriaud, N., *Relational Aesthetics*, trans., Simon Pleasance and Fronza Woods（Paris: Les Presses du Reel, 2002）, p. 31.

异托邦则是发生在社会空间中的连续性事件，它总以档案的形式进入美术馆。鲍里斯·格罗伊斯所谓艺术作品转向艺术档案，实际就是指反场所的异托邦的档案化问题。[①] 再次，翻转剧场从不改变空间形态，表演结束，剧场即消失。反场所的异托邦则不然，它以改变特定空间的固有属性为目的，这是所谓"反场所"的关键。总之，反场所的异托邦不仅占据空间，它还创造空间。正如列夫菲尔论述的再现性空间，反场所的异托邦超越空间实践和空间表征，生产出新的空间。

近几年来中国当代艺术家在乡村展开的一系列艺术实践，可以在一定程度上反映出反场所的异托邦是如何创造了新型空间。如果说乡村是常规空间的一个特定场所，那么由于艺术实践的介入，这类常规空间反而成了反场所的异托邦。乡村之于当代艺术具有两方面意义：一方面，它们是当代艺术面对的问题现场，另一方面，它们是艺术家在艺术体制之外实践的自由之地。这个艺术体制，主要指当代的艺术市场和美术展览体制。上述两方面意义是一枚硬币的两面，相伴而生。2008年艺术家靳勒在甘肃石节子村建立石节子美术馆，这是一次将整个生活空间转换成艺术空间的尝试；2012年，焦兴涛等人在贵州北部山区的羊磴镇建立"羊磴艺术合作社"，持续开展艺术创作；2015年唐冠华等人在福州开始实践南部生活"共识社区"。[②] 这类乡村实践一般具有四个基本特点：

第一个特点是自我组织。任何一个在乡村展开的参与式艺术，都不是自上而下的政府行为，而是由艺术家自发组成团体，然后在乡村展开实践。自我组织的核心是艺术家行动的自发性。由于艺术家的一

[①] 格罗伊斯在《生命政治时代的艺术：从艺术作品到艺术档案》一文中，详细阐释了当下艺术的档案转向，他提出艺术成为一种生活方式，而艺术作品仅仅成为对这类生活的记录。详见 Art Power, Cambridge: MIT Press, 2008, pp.53-66.

[②] 这是一个实验社区，它指有共识的某类人群自发组成的独立生活社区。详见"家园计划"微信公众号：anotherland。

切艺术实践都是自发行为,所以自然产生了第二个特点,即自我授权。没有人赋予艺术家相应的权利和义务介入乡村生活,他们自我规定着自己的权利边界,没有统一的行动目标。正是因为此,每个团体所处理的问题和实践效果各有差异。第三个特点是付诸行动。参与式艺术都将行动而不是展示放到第一位。艺术家的行动改变着参与者的日常生活结构。例如,共识社区在福建的具体活动得以落实到一个微型的社会结构中,他们在福州闽侯县荆溪镇关中村建设自己的生活空间,而艺术成为维持空间发展的必要因素;羊磴艺术合作社的许多项目都直接改变着羊磴镇建筑外观,以及居民的日常生活。第四个特点是预设平等。之所以说这样的社团具有政治性,主要因为他们在自己成员之间,自己与社区邻居之间预设了一个平等的概念,平等又以最基本的协商为手段。这是我们至今可以讨论他们政治性的关键点。平等观念是羊磴艺术合作社的基础行动理念,其组织者焦兴涛用更加明确的协商来概括他们的艺术实践:

"羊磴艺术合作社"还试图去建立一种艺术的工作方法以及与现实的关系。在中国今天的政治现实语境下,艺术除了高蹈的对抗的姿态,就是对自我小宇宙的纠缠悱恻。有没有可能产生一种新的艺术工作方法?在"貌合神离"中"各取所需",以"艺术协商"的方式让种种曾经必须"以艺术的名义"的形状、事件、言谈、聚集成为生活中自然生长的日常。"羊磴"计划就是一个"艺术协商"的实践,毫无疑问,它针对的是中国最广大的政治。[1]

最后我们要追问:反场所的异托邦有何意义呢?我们可以用亚政治这样的术语来描述反场所的异托邦的意义。反场所的异托邦的空间同时也是亚政治的空间。亚政治从短期效果来看,往往不会对制度权威构成挑战。它发生在阶级和政党政治之外,所涉及的问题也不再通

---

[1] 焦兴涛:《焦兴涛与王志亮的通信》,2015年4月,未发表。

过传统意识形态来表达，同时也不是要诉诸政治制度来加以解决。[①] 按照乌尔里希·贝克的观点来说，亚政治不是主体对政治权力作出的反应，而是对社会现代性消极后果的回应。亚政治的主体不再是特定阶级，而是对某一问题有共同意见的各类人群。

反场所的异托邦实现了亚政治的作用，它让那些被个人主义抽离出社会秩序的主体重新回到社会现场。这个现场在亚政治领域不必然意味着对公共话题展开讨论，而是进入一种人际关系共处的网络。这些主体包括参与社团的艺术家和一般公众，以及社团活动所邀请和涉及的其他个人。

首先，笔者也总是怀着矛盾的心情观察这类乡村实践，因为他们统一避免了政治性的"抗争"，选了协商的和平路径，所以时常显得政治正确。其次，假设亚政治领域的协商是当代中国情境下所不得已采取的策略，那么这些社团是否达到了协商的目的？面对这些实践，狭义的艺术和审美显然已经无法适用。鉴于此，我们考察的标准是否应该回到社团如何影响了社区形态和参与者的意识？又在多大程度上实践了协商原则？这些问题现在依然不明朗。没有什么艺术实践比反场所的异托邦更需要时间来检验。

结语：被拓展的美术馆功能

从历史上的前卫艺术开始，以美术馆为代表的展示空间就成为艺术家进行空间生产的主要场所。作为前卫艺术的当代形式，参与式艺

[①] 亚政治是社会学家乌尔里希·贝克（Ulrich Beck）的术语，详见乌尔里希·贝克，安东尼·吉登斯，科斯特·拉什：《自反性现代化》，赵文书译，商务印书馆，2014，第18–31页。墨菲对贝克的评论详见《论政治的本性》，周凡译，江苏人民美术出版社，2016年3月，第30–35页。

术对美术馆的影响也是显而易见的。无论是翻转剧场，还是反场所的异托邦，艺术家都在强调艺术的事件性质。艺术事件或许可以重演，但却绝对不能被静止地陈列。在反对复制性这个层面上，反场所的异托邦比翻转剧场更激进，艺术家们从事的空间生产即是生活本身，日常生活无法被重演，只能以档案的形式呈现出来。基于此，当代的参与式艺术给美术馆带来更多挑战，或者更准确地说，在美术馆试图包容这类艺术形式时，无形中拓展了自身的功能。在常规的艺术品展示、收藏和教育功能外，美术馆逐渐具有了档案馆的职能，它不再展出艺术作品本身，而是展出有关艺术的种种档案。这类档案现在已经频繁现身于各大双年展的现场。另外，美术馆展出这类档案，又进一步推动了艺术事件的持续发展，所以，美术馆往往又成为艺术事件发展的推动者，有时甚至是触发者。例如，2016 年上海双年展的"51 人"项目，由五十一个一次性事件组成，如果没有美术馆和双年展为依托，这个项目或许从来不会发生。显然，相比基于现成品的装置艺术，参与式艺术已经成为 21 世纪更前卫的艺术形式。它通过事件来从事空间生产，从而进一步影响了当下的整个艺术体制。同样，如何定义和言说这类艺术形式，也是我们当下艺术理论面临的巨大挑战。

心之所向
行必能至

杨培伦

  杨培伦，男，1990年生，汉族，中共党员，河北石家庄人，祖籍河北曲阳。原就职于河北传媒学院影视艺术学院，讲师，硕士生副导师。河北省文艺评论家协会会员、石家庄市影视艺术家协会会员。2018年毕业于中国艺术研究院影视系广播电视艺术学专业，获艺术学硕士学位，现于广西师范大学文学院中国语言文学专业攻读文学博士学位。主要研究方向：民间文学与民族文化、国产电视剧历史与文化等。从业以来，先后在《电影文学》《当代电视》等核心期刊发表学术论文多篇，主持校级重点课题1项，省级博士研究生创新课题1项，参与国家级、省级科研课题多项，曾参与编撰《中国大百科全书·影视表演卷》（第三版）、《中国电影大典·期刊卷》，参编教材《影视剧本写作》等。论文《浅析中国悬疑探案类网络剧的新变化》《破圈、建构、现实：中国悬疑涉案剧的发展与突破——以〈隐秘的角落〉为例》获中国知网"高价值、高被引、高下载论文"认证，科研论文也先后荣获河北省文艺评论奖、中国金鹰电视艺术节全国优秀电视评论文章等荣誉。2023年入选中青年文艺人才"燕赵秀林计划"。

个人感悟

如何在数字时代做好专业的文艺评论

  在人人都可评论、人人都是评论家的数字交互时代,专业的文艺评论工作者面临着全新的机遇与挑战。数字媒介解构了精英化、单向型的传播话语体系,传播权利的大众化普及推广促使文艺评论形成争论、协商的多元空间。而作为一名聚焦电视剧艺术、民间文艺的观察者,在面对快速迭代、话题频出的市场环境时,如何保持冷静态度,以理性与专业的眼光审视行业问题,就成了数字时代给予我们评论者的必修课程。而对于如何做好评论,我想从以下几点浅谈一下我的看法。

  首先,要夯实艺术理论基础,提高艺术鉴赏能力。文艺评论区别于一般的审美欣赏,要建立在理性的专业基础之上,综合考量作品的艺术价值。因此评论者要努力夯实基础理论,对艺术门类的艺术语言、发展历史、时代特质等有充分的认知。对于作品的评论也应站在一定的理论高度,进得去出得来,避免一味地沉浸于感性的审美体验之中。此外,文艺创作不仅仅是一种个人行为,诗人杜甫曾言:"文章千古事,得失寸心知。"优秀的艺术作品要禁得住时间的考验,既要体现创作者的艺术追求,又能弘扬积极的价值理念。在《文心雕龙·风骨》中刘勰认为文本创作要有"风清骨峻"的艺术追求,其言"故辞之待骨,如体之树骸。情之含风,犹形之包气"均要求文辞情采应如君子具有骨力与气概,优秀的艺术作品文辞应表达精当,情感抒发昂扬爽朗。因此,专业的艺术评论者要努力提高自身的鉴赏能力,能够拥有一双发现"美"的慧眼。

其次,要紧跟时代步伐,学会多元表达。数字时代让每一位观众都有了发表观点的机会,弹幕、微博、豆瓣、知乎、公众号、抖音、小红书……从实时文字短评到观后长篇评论再到自拍点评视频,多元化的评论渠道促使时下艺术评论如火如荼。因此当代的文艺评论工作者也要充分利用数字化平台,积极拓宽评论渠道。此外,因趣缘聚合的圈层文化也激发互联网艺术评论朝着专业性发展,不少散落"民间"的评论文章也常常给专业评论者"高手在民间"的感叹,因此,时刻保持学习姿态,不断从不同渠道汲取营养,亦是当代文艺评论者的必备技能。

最后,要有勇于批评艺术症候的气魄。面对数字时代争论协商式的评论环境,电影、电视剧等带有大众文化属性的艺术评论工作,面临着前所未有的困难与挑战。影视作为文化工业的典型产品,商业逻辑是其不可忽视的重要属性。影视作品的评论往往会直指作品问题,甚至会间接影响作品的经济价值,而对于演员的评价还常触及其粉丝群体的敏感神经,一不小心就会面临群起而攻之的尴尬处境。控评拉踩、诽谤造谣、人肉搜索等网络暴力行为均在不同程度上影响着艺术评论的客观与公正。

"削足适履"还是"美美与共"
——中国舞蹈类综艺节目创作反思

【摘要】从20世纪90年代该类型节目的发轫至今，舞蹈类综艺节目利用节目流程设置、悬念建构、电子信息技术运用等特有的电视话语体系逐步将高雅的舞蹈艺术进行了收编改造，使其呈现出通俗娱乐的大众文化特质。但电视舞蹈类综艺节目现存的弱化舞蹈艺术内涵、消费符号畅行等行业症结也受到舞蹈学界的批评，该类型节目要实现良性发展，必须重视电视媒介特性、共营文化矩阵、创新节目形式。

【关键词】舞蹈类综艺节目；历史梳理；话语改编；文化批判；审美反思

在2020年8月举办的第二十六届上海电视节白玉兰奖评选中，湖南卫视的舞蹈竞技类综艺节目《舞蹈风暴》荣获"最佳电视综艺节目"奖。该节目从国内外顶尖艺术学府、院团和舞蹈工作室中甄选明星舞者来团战竞演，用时下流行的电视话语体系将原属于剧院舞台的舞蹈艺术进行了有效的荧屏建构。同年10月10日，趁热打铁的《舞蹈风暴》（第二季）如约而至，开播仅两日就取得了三千四百万播放量，微博指数第一名的不俗成绩。① 以《舞蹈风暴》为代表的电视舞蹈类综艺节

---
① 数据来源：骨朵数据。数据截止时间2020年10月12日。

目采用多元化的电视话语将舞蹈艺术进行了通俗解构，不仅推介了国内众多优秀舞者，使其被大众所关注和了解，还有效地吸纳了不同文化圈层受众的关注，打破了舞蹈艺术原有的圈层壁垒。然而，舞蹈界的学者们却对此产生了强烈的隐忧：被碎片化、奇观化、符号化的舞蹈节目，是否有益于纯正的舞蹈艺术发展？的确，回顾中国舞蹈类综艺节目的创作历史，呈现出了舞蹈艺术从高雅走向通俗的发展趋势。大批量舞蹈类综艺节目制作与播出的背后所追求的不单纯是舞蹈艺术的普及与推广，反而更多时候呈现的是现代工业社会语境中消费符号、商业资本的戏谑与狂欢。舞蹈艺术与电视媒介的合谋，究竟是消费境遇中高雅艺术削足适履的妥协求全，还是两者美美与共、各美其美的双生与共融，仍需进一步的思考与论证。

一、舞蹈艺术与电视媒介的合谋发展

舞蹈艺术与电视媒介的联袂由来已久。1958年5月1日，中国第一家电视台"北京电视台"（现中央广播电视总台的前身）正式开播，开播首日的19：30就播出了《四小天鹅》《牧童和村姑》《春江花月夜》等三个舞蹈节目，成为中国电视文艺节目的先锋。虽然彼时的电视舞蹈类节目尚未有复杂的电视语言介入，大多是单纯将舞台舞蹈照搬上电视荧屏，但也为后期该类型节目的审美形态、声画语言的运用进行了前期尝试，为舞蹈类综艺节目的创作积累了有益经验。时至1999年，中央电视台综艺频道推出了一档至今依然在播的舞蹈类综艺节目《舞蹈世界》，该节目通过展播国内众多优秀舞蹈作品，为舞蹈和电视观众之间建立起了有力的桥梁，是舞蹈在电视荧屏上得以展示的重要窗口。①2000年，中央电视台推出了"CCTV电视舞蹈大赛"将舞蹈艺术以"比赛竞技"的形态呈现在更多的观众面前，大赛凭借中央电视台的权威性、专业性，吸引了国内专业舞蹈群体的广泛参与，获得了国内舞蹈界人士的认可与肯定。然而，在市场经济条件下，专业的电视舞蹈大赛却呈现出了"圈内火热、圈外遇冷"的尴尬境况，阳春白雪的舞蹈艺术在通俗文化大行其道的电视媒介中显得过于曲高和寡。

2005年被中国电视学界称为"中国电视选秀元年"，除了《超级女声》（2004）、《我型我秀》（2004）、《加油好男儿》（2006）、《快乐男声》（2007）等音乐选秀节目外，东方卫视《舞林大会》（2006）以"舞蹈+明星+竞赛"的全新形式在一众音乐选秀节目中脱颖而出，开播五季以来，该节目借助明星效应和竞选机制，创造出了稳固的观众吸附力和跨年龄层的观众人群结构②，为中国电视舞蹈类综艺节目创作了较为成熟的类型范式。此外，除明星舞蹈竞演外，平民舞蹈选秀也开始在2010年前后悄然出现。2011年在东方卫视热播综艺《中国达人秀》（第二季）中，舞者卓君凭借超高人气获得年度冠军。卓君高超的街舞技艺、励志的人生故事在给当年的中国观众留下了深刻印象的同时，也让中国电视综艺节目的制作者们看到了平民舞蹈选秀节目的可能。2013年东方卫视和中央电视台相继推出《舞林争霸》和《舞出我人生》两档舞蹈选秀节目。前者吸纳了国内众多舞种的优秀舞者，使民族民间舞、现当代舞、拉丁舞、街舞等多舞种同台竞演，有效地向受众推广了舞蹈艺术的多元门类；而后者则采用"明星+平民"竞选模式，以"圆梦励志"为主题打造出了中国首档舞蹈类综艺励志节目。2014年浙江卫视借用《中国好声音》的强大品牌效应推出了舞蹈竞演

---

① 百度百科：https://baike.baidu.com/item/舞蹈世界/714944?fr=aladdin。
② 李青：《叙事·人设·审美：〈新舞林大会〉对舞蹈类综艺的拓新之鉴》，《电影评介》，2019年第4期，第109–112页。

节目《中国好舞蹈》，与《舞林争霸》相似，该节目引入了国内各舞种的优秀青年代表，展现了国内舞蹈界青春靓丽的行业生态。节目邀请杨丽萍、金星、黄豆豆、方俊等舞蹈家担任评委，在保证节目专业度的同时，极具艺术个性的评委也为节目制造了诸多话题，使得舞蹈类综艺节目一时成为热门的节目类型。

2015 年后，伴随着融媒产业的日臻完善，中国电视受众的收视行为也在日趋改变，以传统家庭客厅文化为代表的集体收视模式正在逐步式微。据相关数据表明，以"90 后"为主的新生代家庭的电视开机率也在逐年下降，而以个体为单元的分屏收视行为已逐步成为主流趋势。非群体化收视已经成为融媒时代的典型趋势。此时的国内舞蹈类综艺节目在数量丰富的同时，过度娱乐化和同质化等问题同样突出，已很难满足分流语境中不同观众，特别是希望能够观看一些有格调和质感节目的观众群体的审美需求。因此，针对不同文化圈层垂直开发"小众"舞蹈综艺成为近年来各大平台寻求突破发展瓶颈的全新尝试。2018 年优酷视频的《这！就是街舞》和爱奇艺视频的《热血街舞团》得益于互联网媒介所拥有的稳固的青春文化圈层，以"街头文化"为内核成功找到了舞蹈类综艺节目与年轻受众的契合点。《这！就是街舞》成功让优酷的"这！就是"系列综艺升级为"这！就是年轻态"的网综品牌。东方卫视《新舞林大会》（2018）在竞赛模式中强调情境冲突，利用"连续剧式"的模式强化节目叙事性特征。① 江苏卫视《蒙面舞王》（2020）承接王牌音乐节目《蒙面唱将猜猜猜》（2016）的"蒙面"元素，加强舞蹈节目的悬念设计。深圳卫视的《起舞吧！齐舞》（2019）、湖南卫视的《舞蹈风暴》、东方卫视的《舞者》（2020）等节目放大了舞蹈艺术的技术呈现与身体美学，给予观众全新的观舞体验。

---

① 李青：《叙事·人设·审美：〈新舞林大会〉对舞蹈类综艺的拓新之鉴》，《电影评介》，2019年第 4 期，第 109-112 页。

二、电视媒介对于舞蹈艺术的编码改造

电视艺术作为一种独立的艺术门类，有其特有的话语体系与行文逻辑。电视媒介中的舞蹈节目也必然会打破舞蹈艺术原有的场域规则，以电视语言的形式重新编码与改造。伯明翰学派的著名学者雷蒙·威廉斯在其著作《电视：科技与文化形式》中以"电视流"的概念定义了电视艺术的特有形式，他认为看似无关、碎片化的电视文本已经在"情感结构"的内在逻辑引领下，被编织成了由此及彼、犬牙交错的节目流。在商业因素的驱动之下，电视编码者利用画面、声音（对白、音乐、音效）、蒙太奇剪辑、字幕等基本电视语言，依据电视话语规则将其结构成"真正细致的流程"，此时的电视产品被精心编排并拥有多重结构，以强大的"卷入性"逐步实现了对"观众"的商品化改造。就节目自身结构而言，完整的电视节目基本遵循"开端—发展—高潮—结局"的经典叙事结构，而电视舞蹈类节目虽然主要内容由不同舞蹈片段组成，但各片段之间的排列组合与缝合承接也依附于情感结构的内在逻辑。以《舞蹈风暴》（第一季）为例，该节目第一期共由十一组舞蹈片段组成，涉及芭蕾舞、拉丁舞、古典舞、街舞、现当代舞等多个舞种，在看似相对独立的舞蹈片段之间，编码者利用主持人的后台采访、专家的专业点评、舞者个人录像视频简介等元素进行缝合，使之成为一个连贯的整体。十一组舞者中话题度与关注度较高的知名舞者、明星舞者与尚未被大众熟知的舞坛新秀被有意识地交错安排，使得整期节目极具"势能"，成功吸引了观众的注意力。

在收视竞争的驱动下，电视制作者的直接目的是制造强吸引力的画面吸引更多观众的观看并持续锁定，而其中悬念设计作为一种重要

的叙事法则，不仅驱动着电视节目的进程，还对吸引观众注意力起到至关重要的作用。例如东方卫视的《新舞林大会》摒弃了旧版单纯舞者竞演的模式，采用全新的"连续剧式"的养成模式，节目中明星舞者在各种"选择"与"被选择"之间徘徊往返，"不确定性"因素的注入给予了节目充足的悬念感。每期节目前《舞林前传》的花絮制作，不仅将舞者私人空间进行了公共化演绎，其间所展现的刻苦练功、困难挑战等场景，也使观众对正片中舞者的最终作品充满了期待。除了在赛制方面加强节目悬念设计之外，节目本身的镜头剪辑也有意在营造一种紧张和悬念氛围。例如在《舞蹈风暴》（第二季）第一期的节目结尾设计，电视编导有意安排了舞蹈圈内著名且极具个人魅力的青年男舞蹈家黎星以"挑战"①方式出场。节目结尾利用近五分钟的篇幅介绍舞者黎星的过往成就，开启"挑战"机制后，电视画面用慢镜头混剪的方式表现出了参赛伙伴、主持人、上一季前三强、专家评委等一众人的惊讶激动的情绪反应，配合"挑战"机制所引发的震撼力音效、醒目夸张的花字设计，节目的结尾在一片"山雨欲来风满楼"的感官刺激下落下帷幕，而观众只能在"欲知后事如何，且听下回分解"的情绪中殷切期盼下一期节目的播出。电视节目在快速的、极具感官刺激的光影转化之间，让观众们毫无招架之力。电视艺术以电子技术为基础，以现代化的电子信息技术为依托丰富和拓展了电视综艺节目的美学形态。对于舞蹈类综艺节目而言，先进的电子信息技术给予了电视舞蹈全新的视听体验。例如《舞蹈风暴》借鉴《舞蹈革命》（2018，加拿大TVA电视台播出）节目样式，采用一百二十八个机位，三百六十度环形拍摄手法；《起舞吧！齐舞》《舞者》等节目采用"4K超高清"拍摄技术呈现舞者的"子弹时间"。这些电子信息技术的运用使得淹没

---

① 湖南卫视《舞蹈风暴》第二季赛制升级，参赛选手除逐一竞演外，还可以直接启用"挑战"机制对抗上一季三强选手。

或隐匿于剧场环境内与极速运动中的动作瞬间被放大凸显,无论是强大的技术力量还是惊人的细节巧思,都借用电子信息技术被赋予了更多在空间美学层面上被解读的意味。①

三、精英立场的艺术隐忧与消费语境的审美反思

从1999年的《舞蹈世界》到2020年的《舞蹈风暴》(第二季),中国电视舞蹈类综艺节目以多样化的节目形态传播着舞蹈艺术的独特魅力,成为普通受众接受舞蹈艺术审美的最主要途径。然而,在电视与观众欢欣鼓舞的同时,舞蹈艺术学界对于电视舞蹈类节目却产生了强烈的艺术隐忧与审美批判。自由舞评人高雁的《舞蹈共赏时代已来?——由〈舞蹈风暴〉热播现象谈起》在肯定电视媒介对舞蹈艺术传播意义的同时,也提出"舞蹈类综艺节目为了营造氛围,令观者不得不时常跳脱出原本顺畅的审美过程,无法保有解读作品时应有的逻辑思维,只剩下炫技的叹赏和部分片段的印象"②的问题,产生电视破坏舞蹈艺术完整性的隐忧。而青年学者汪起正在《资本搭台,舞蹈就该"唱戏"吗?——关于"舞蹈明星"与综艺选秀的几点思考》中更加鲜明地指出"热播的综艺节目让更多的舞者被看到,让舞者一时光芒万丈,产生出'我就是明星'的错觉""看着脚背好就会惊叹、看见比例好就会夸赞,久而久之成为舞蹈人审美的固定格式"③等问题,用犀利的语言批评了舞蹈类综艺节目是资本与媒介合谋游戏的产物,呼吁舞蹈人

---

① 高雁、黄凯迪:《舞蹈共赏时代已来?——由〈舞蹈风暴〉热播现象谈起》,《舞蹈》,2020年第1期,第15–19页。
② 同上。
③ 汪起正、黄凯迪:《资本搭台,舞蹈就该"唱戏"吗?——关于"舞蹈明星"与综艺选秀的几点思考》,《舞蹈》,2020年第1期,第20–23页。

守住本分、脚踏实地。可见，建立于精英文化立场的艺术隐忧是诸多舞蹈学界人士普遍的价值取向，其正如20世纪二三十年代德国法兰克福学派对电视媒介那般彻头彻尾的批判：他们认为大众文化是消费社会与现代化工业背景下兴起的市民文化，庸俗与雷同是其典型特征，文化工业使得大众自愿放弃个性，并以他人好恶为尺削足适履以顺应大众潮流。艺术在消费语境中无所适从与随波逐流，这既是文化的祛魅，也是传播的原罪。①虽然，学者们对电视进行了彻底批判，在一定程度上强化了精英与大众、高雅与通俗的二元对立模式，但其所担忧的消费文化对高雅艺术的冲击确实在舞蹈类综艺节目中得到了凸显。

首先，电视舞蹈类综艺节目确实弱化了舞蹈艺术的文化内涵和艺术魅力。舞蹈艺术作为"高、精、尖"的小众艺术，以剧院"黑匣子式"的沉浸式审美接受为主。在长时段的审美过程中，观众可以深刻感受舞者用精湛的舞蹈语汇所塑造的各色人物，品读曲折婉转的叙事文本，并久久回味舞蹈艺术深刻的文化内涵。而电视媒介则是以家庭观影为主，相对嘈杂和自由的观影环境使得观众无法完全沉浸式观看。此外，电视还利用蒙太奇手法调节情感，通过刻意选择的形象，变更视觉角度、控制镜头长度和构图等技术手段组织审美反映，追求新奇、轰动、冲击等效果。②对于电视媒介如此的传播形式，加拿大学者德里克·德克霍夫提出了"感受到的意义"概念，认为在电视快速的光影转化根本没有留给观众"感受闭合"的时间，使之在刺激与反应之间存在"间隔的缺失"。受众在电视所传达的如洪流般的信息流里，无法保持理性的思考与深刻的认识。电视生产的内容是对受众感官的刺激而不是心智的对话，是一种浅层的、被感受的意义。被电视话语所解构的舞蹈艺术，正在以一种肤浅化、碎片化、奇观化的形式在电视媒介上传播。

① 王乙涵：《大众文化与电视自制剧》，中国电影出版社，2018，第11页。
② 丹尼尔·贝尔：《资本主义文化矛盾》，赵一凡等译，生活·读书·新知三联书店，1989，第155页。

其次，电视舞蹈类综艺节目的实质是符号的消费与商业的狂欢。不可否认，电视媒介制作舞蹈类节目的直接目的是获取更大的经济利益。在消费社会的语境下，人们的消费已经由单纯的物质消费转向符号性消费，商品背后所能指的"意义"成为消费者消费的内在驱动力。《舞蹈风暴》《舞者》被电视制作者有意识地赋予了"高雅艺术"的标签，大肆标榜这类节目的受众均是有较高文化艺术素养、独特艺术见解的人。在这种特殊"意义"的感召下，趋之若鹜的受众通过节目的消费，积极寻求自身身份的认同与价值的确认。此外，为了谋求更大的商业价值，电视舞蹈类综艺节目还呈现出了"身体审美化"的特征。为了满足观众对于"身体"的审美欲望，电视制作者从舞者的选择、舞服的设计、镜头的运用等多角度放大了舞者的"身体美"，并以奇观化的特征编织节目文本，与强调"身心合一"的身体美学相比，电视舞蹈类综艺节目中对于身体的呈现就显得过于苍白与空洞。

四、电视媒介的审美引领、氛围营造与类型创新

诚然，中国电视舞蹈类综艺节目时至今日依然存在众多发展症结，舞蹈艺术也在快速的光影流变中呈现出了片段化、浅层化的审美特征。但如舞蹈学者一般，产生对于舞蹈艺术经由电视媒介而祛魅的忧心则大可不必，舞蹈艺术与电视媒介的融合绝不是舞蹈艺术"削足适履"的屈从和将就。舞蹈艺术要善于利用电视媒介的艺术特性，努力寻求电视、网络等大众传播媒介与舞蹈艺术的契合点，两者双生共融、美美与共才是电视或舞蹈界共同的愿景所在。

首先，舞蹈艺术要放低姿态，正确认识电视、网络媒介的媒介属性，善于利用媒介优势，对受众进行审美引领，让"舞蹈艺术"被看见。

虽然西方的众多学者把电视称之为"被感受到的意义",认为电视是一种庸俗的、浅层的、碎片化的感官文化,但电视真的就止步于此吗?答案并非确定,电视编码者们一直在努力地挖掘电视节目的审美深度,努力通过优秀的节目与观众达到审美共鸣,并使观众久久回味。对于电视舞蹈类节目而言,第一,电视制作者要摒弃奇观化的制作思路,归回舞蹈艺术本体;第二,电视技术的运用要以更好表现舞蹈本体为初衷,规避过分强调高难度动作对于舞蹈艺术的重要性,消除观众产生"高难度动作＝优秀舞蹈作品"的错误认知;第三,要积极邀请舞蹈业界专家,加强作品专业解读,对观众进行审美引领;第四,要善于表现年轻舞者的舞蹈理念与舞蹈认知,给予青年舞者表达不同艺术观点的平台等。

其次,"小众艺术"要利用电视媒介的大众传播属性,创造多元文化矩阵,营造全民文化氛围。例如2017年中央电视台推出的大型文博探索节目《国家宝藏》,利用"戏剧剧场"的通俗形式让观众直观文物的前世传奇,节目特别设计的"今生故事讲述"环节重点突出千年文物的历史价值和现实意义,让观众看到中国的千年前的发明创造,现在依然还被运用到大国重器的制作之中。节目通过守护人、印信、宣誓等一系列的仪式性设计,让观众切身感触到中国千年文化的厚重,感悟到当代中国人肩负的历史使命。同样通过《舞蹈风暴》等电视舞蹈类节目的热播,让胡沈员、黎星、敖定雯、王占峰等原本深耕剧院的优秀舞者被大众关注,奇观化的舞蹈影像在给予观众感官刺激的同时,也使观众们生发出去看一场"真正舞剧"的审美冲动。通过电视舞蹈类节目的推广,反哺剧院舞剧的行业现象正在一步步得到验证。但是,目前的舞蹈节目还停留在使观众对舞蹈未知到了解的科普阶段,尚未使得观众产生从"爱看"到"爱动"的质变。因此,舞蹈节目要利用媒介平台,打造多元文化节目,现实与媒介配合来共营全民舞蹈文化氛围，推动全民舞蹈文化热潮的早日到来。

最后，从电视节目本身而言。从《舞林大会》《舞蹈争霸》《中国好舞蹈》到近年的《舞者》《蒙面舞王》《舞蹈风暴》等节目，众多以"对抗"为内核的舞蹈节目的反复复制，也逐步触及电视舞蹈竞技节目的产能天花板。舞蹈艺术作为一门高雅的艺术形式，绝非只有"竞赛"一种电视表现形式，节目形式的创新与创造思路的拓展是目前舞蹈类综艺节目亟待解决的问题。

结 语

伴随着众多舞蹈类综艺节目的热播，舞蹈艺术正在凭借电视、网络等大众传播媒介，以一种前所未有的美学形态快速传播，越来越多的优秀舞者被大众所熟知，越来越多的舞种经由节目得到了科普与推广。诚然，单纯通过几档综艺节目的热播无法断言全民舞蹈时代的到来，但是近年来优秀舞蹈类综艺节目的层出不穷、"艺术本体"的内容回归，节目品质与市场流量的正态发展等改良信号，都让人们看到了电视舞蹈类节目开阔的发展前景。舞蹈艺术与电视媒介的融合共生、美美与共的行业愿景，还需电视制作者与舞蹈界专业人士的合力创造。